猫のまぼろし、猫のまどわし

東雅夫 編

猫ほど不思議が似合う動物はいない。謎めいたところが作家の創作意欲をかきたてるのか、古今東西、猫をめぐる物語は数知れず。本書は古くは日本の「鍋島猫騒動」に始まり、その英訳バージョンであるミットフォード（円城塔訳）「ナベシマの吸血猫」、レ・ファニュやブラックウッド、泉鏡花や岡本綺堂ら東西の巨匠たちによる妖猫小説の競演、萩原朔太郎、江戸川乱歩、日影丈吉、つげ義春の「猫町」物語群、ペロー（澁澤龍彥訳）「猫の親方　あるいは長靴をはいた猫」など21篇を収録。猫好きにも不思議な物語好きにも堪えられないアンソロジー。

猫のまぼろし、猫のまどわし

東　雅　夫　編

創元推理文庫

BEWITCHED BY CATS

edited by

Masao Higashi

装画・扉イラスト　北村紗希

目次

パート３　怪猫、海をわたる　二五七

編者解説

猫のまぼろし、猫のまどわし——東西妖猫名作選

猫　別役実

猫は、「化ける」ことの出来る動物のひとつである。言うまでもなく、この種の動物はそんなに多くはない。一般には、狐とか狸が「化ける」と信じられているが、これは俗説である。民俗学の文献には、多くの実例が出されており、従って民俗学者の中には、これを「化ける」種類の動物に分類するものもいるようだが、動物学者でそうするものはない。

実験段階でその事実がいまだに実証されていないせいもあるが、動物学者たちに言わせると、どうも彼等には（狐や狸のことであるが）、「化ける」ことの必然性が感じられない。駆け出しの映画女優が、「必然性」もないのにすぐ裸になりたがるのに似て、酷な言い方をすれば、どことなく大衆に媚びているようなところがある、と言うのである。

やはり「化ける」ためには、それなりの必然性と、どうしようもなくそうせざるを得ないような、突きつめた純粋性がなくてはならない。そうでないと、「化けた」ということの、一途でひたすらな心情が、こちらの胸に突きささってこないのだ。

猫やむじな(註1)にはそれがある。動物変容学の泰斗として自他ともに許すトロント大学のジョン・スミス博士は、その著書《ジュスティーヌは変幻自在(註2)》の中で、次のように書いている。

「彼女が化けようとする時には、いつもそのことが私には、はっきりとわかりました。彼女はそうせざるを得ないのです。そのように追いこまれたのです。そして……哀しみが私の胸にあふれ、私はしばしば涙を流しました……。」

つまり、この記述からも理解出来るように、猫が「化ける」のは我々に対するサービスなのではなく、一種の逃避なのであり、それによる自己防衛行為なのである。もちろんこの場合、どのような事情における如何なるものからの逃避であるのかということが、当然ながら問題になるであろう。単なる外敵に対してなら、彼女等はその俊敏なる足を用いて、そのまま走り去れば事足りるからである。

しかし、それはひとまず置いてここでは我々は、スミス博士が如何にしてその飼猫「ジュスティーヌ」[註3]を「化ける」に至らしめたか、という点に注目してみよう。

たとえば、我国の民俗学の文献の中には、狐や狸などが何ものかに「化けた」場合に、その何ものかから狐や狸の「化けた」事実を見顕(みあらわ)わすことを、「尻尾をつかむ」という言葉で表現している事例が、数多く残されている。もちろん、事実として狐も狸も決して「化ける」ことはないのであるから、こうしたことは全くのナンセンスのように思えるが、もしかしたらこの事例は、万一それらが「化ける」としても尻尾だけは変容の埒外(らちがい)に置かれるのだということを、暗に説明しようとしているのかもしれない。だとすればこの原則を、実際に「化ける」ことの出来る猫とむじなに応用出来ないものだろうかと、スミス博士は考えたのである。

実は、スミス博士がこのことを考えついた時、その飼猫「ジュスティーヌ」はまだ一度も

「化けた」ことはなかった。猫が「化ける」のは七歳を過ぎてからであり、「ジュスティーヌ」はまだその時、五歳三ヶ月に過ぎなかったからである。しかし、スミス博士は「ジュスティーヌ」がやがて「化ける」であろうことを予想し、彼女が「化けた」時にそれを持続的に見顕わすべき装置として、新案特許「尻尾固定機」を作製した。これは、独特のデリケートなバネの効用により、猫もしくはむじなの尻尾を、苦痛を与えることなく固定するための精密な機械であり、特にその固定部分の感触には入念な工夫が施されているのである。

試作品が出来上った時、スミス博士は「ジュスティーヌ」の尻尾を、試みにそこに固定してみた。彼女は、最初やや戸惑って、それを尻尾からはずそうとしたが、固定部分の感触がよく、しかも若干の伸縮を可能にしておいたせいで、間もなく気分を柔らげ、気にしなくなった。同時に、博士もそこから目を放した。というのは、その時突然アンナ夫人が実験室の扉を荒々しく開いて現れ、朝食のチーズについて博士を口汚くなじったからである。この問題が、実際にどのようないきさつにあったのか、我々は知ることが出来ない。著書のこのくだりを読んでみても、両者の口汚いやりとりからは、問題のチーズについて、誰がどのような責を負うべきか、判断のしようがないのである。

が、ともかく、口論が最高潮に達し、アンナ夫人が再び荒々しくその戸口から出て行ったとたん、「ジュスティーヌ」が「化けた」のである。このくだりは、最も感動的なところなので、原文をそのまま引用しよう。

「そこに、アンナが立っていた。私はもう一度扉の方を眺め、彼女がそこから今出ていったことを明らかに示すようにそれがまだかすかにゆれているのを確かめてから、再びふり返って彼女を見た。アンナだった。彼女は、今の今までそうであったような全身の怒りと憎しみを奇跡のようにふるい落して、むしろ悄然と、やや淋し気にそこにたたずんでいた。私は聞いてみた。『あなたは、どなたですか』『アンナ・スミス夫人です』と、彼女は答えた。私は、何故かひどくはにかみながら、彼女の背後に目をやった。灰色のフレヤースカートの間から、まるで小さな罪悪のように出た尻尾が、そのまま固定機につながっていた。『ジュスティーヌじゃないのかい』私はもう一度、少し打ち解けた口調で、聞いてみた。『いいえ、私はアンナです』彼女は、私を拒絶するかのように、きっぱりとそう言った。ジュスティーヌが化けたのだ。」

ここから、そしてその後の多くの実験から、博士は多くの事実を明らかにしている。ひとまず、民俗学の文献の中から賢明にも博士が限定して判断したように、尻尾だけが変容の埒外に置かれるという事実は証明された。しかし、ここで民俗学は大きな、そして致命的な誤りをおかしているのであるが、「尻尾をつかむ」というのは、変容した姿からその本体を見顕わすことではなく、少くとも「ジュスティーヌ」の場合で言えば、まさしく変容を促すためのものとして機能したのである。つまり「ジュスティーヌ」は、「尻尾をつかみ」（尻尾固定機につなぎ）その条件のもとで、肉体的にではなく精神的な苦痛、もしくは不快感を与えることによって、その度に「化けた」からである。

「猫は」と、スミス博士は誇らし気に書いている。そして「恐らくむじなも」と、これはやや気弱につけ加えている（むじなの実験は、その尻尾が固定機にそぐわなかったのでやってなかったのだ)。「尻尾をつかまれると、言ってみれば形而上的な不安に襲われるのである。そしてそれが、『化ける』ための最初の条件となる。つまり彼等は、形而上的な不安から逃避し、自己を防衛するために、『化ける』のである。」

もちろん、この点についてはいささか異論のある動物学者も居ないではないが、ともかく博士のこの実験によって、七歳以下の猫でも、条件さえ整えば「化ける」ことが可能であると証明されたのは、画期的なことであった。また、これは既に多くの学者によって主張されていたことであったが、「化ける」のが雌猫だけに限られる、という事実も、博士の実験によって証明された。博士はこの事実に拠って、猫の場合に限り、その雄と雌を、概念の異る存在として分類し直すべきだと主張したが、これは採用されなかった。

ともかく、このようなわけで、動物学の中でもこれまでとかく異端視されがちであった「動物変容学」(註4)が、博士の功績によって漸く「日の当る場所」に出てきたのである。もちろん、それに関わるいくつかの学説、定理はいずれも猫を実験動物として出されており、むじなについては、博士の試作品第二号の「尻尾固定機」が、再びその尻尾をつなぎとめることに失敗したこともあって、いまだに実験動物としての有効性が証明されていない。

民俗学者たちも、対抗上ひそかに「尻尾固定機」の類似品を作り、狐と狸の変容の過程を観察すべく、作業を開始したと伝えられるが、いずれ成功は覚つかないであろう。過日、地方の三等動物学者のもとに、狐と狸の見分け方について教示を仰ぎにきたというから、実験開始に至るには、まだかなりの年月を要するのである(もちろんその三等動物学者は、中央の指示に従って、それを拒絶した）。

（註1）一部に、むじなを狸の異称とする説があるが、ここではそれを採らない。

（註2）学術書にしてはタイトルがやや通俗的であるが、これはその出版をトロント大学の学術出版部が拒絶したため、博士がやむなく、商業出版社に委ねたせいである。現在でこそ名著として評判が高いが、当時は通俗本として、オカルトのコーナーか、良くてもサイエンス・フィクションのコーナーに並べられていた。

（註3）このジュスティーヌの上に、ジュリエッタという姉猫がおり、これは主として夫人のアンナが可愛がっていた。しかしこれは、博士に言わせると極めつきの「性悪女」であり、彼がどんなにけしかけても、決して「化けよう」とはしなかったそうである。

（註4）要するに、「化ける」種類の動物に関する様々なことを調査し実験する学問のことであるが、博士のこの画期的な成果を見るまでは、そうした種類の学問が存在することすら認められていなかったのである。現在ではもう既にそんなことはないが、しかし未だにこれに対する偏見はひどく、我国においても、これについての専任講師を置いてない大学が、数多くあるのが実情である。

Part 1

猫町をさがして

猫町

散文詩風な小説（ロマン）

萩原朔太郎

蠅を叩きつぶしたところで、蠅の「物そのもの」は死にはしない。単に蠅の現象をつぶしたばかりだ。——

ショウペンハウエル

1

旅への誘いが、次第に私の空想から消えて行った。昔はただそれの表象、汽車や、汽船や、見知らぬ他国の町々やを、イメージするだけでも心が躍った。しかるに過去の経験は、旅が単なる「同一空間における同一事物の移動」にすぎないことを教えてくれた。どこへ行ってみても、同じような人間ばかり住んでおり、同じような村や町やで、同じような単調な生活を繰り返している。田舎のどこの小さな町でも、商人は店先で算盤を弾きながら、終日白っぽい往来を見て暮しているし、官吏は役所の中で煙草を吸い、昼飯の菜のことなど考えながら、来る日も来る日も同じように、味気ない単調な日を暮しながら、次第に年老いて行く人生を眺めている。旅への誘いは、私の疲労した心の影に、とある空地に生えた青桐みたいな、無限の退屈した風景を映像させ、どこでも同一性の方則が反覆している、人間生活への味気ない嫌厭を感じさせるばかりになった。私はもはや、どんな旅にも興味とロマンスを無くしてしまった。

　久しい以前から、私は私自身の独特な方法による、不思議な旅行ばかりを続けていた。その私の旅行というのは、人が時空と因果の外に飛翔し得る唯一の瞬間、すなわちあの夢と現実との境界線を巧みに利用し、主観の構成する自由な世界に遊ぶのである。と言ってしまえば、もはやこの上、私の秘密について多く語る必要はないであろう。ただ私の場合は、用具や設備に面倒な手数がかかり、かつ日本で入手の困難な阿片の代りに、簡単な注射や服用ですむモルヒネ、コカインの類を多く用いたということだけを附記しておこう。そうした麻酔によるエクスタシイの夢の中で、私の旅行した国々のことについては、ここに詳しく述べる余裕がない。だがたいていの場合、私は蛙どもの群がってる沼沢地方や、極地に近く、ペンギン鳥の居る沿海地方などを彷徊した。それらの夢の景色の中では、すべての色彩が鮮やかな原色をして、海も、空も、硝子のように透明な真青だった。醒めての後にも、私はそのヴィジョンを記憶しており、しばしば現実の世界の中で、異様の錯覚を起したりした。

　薬物によるこうした旅行は、だが私の健康をひどく害した。私は日々に憔悴し、血色が悪くなり、皮膚が老衰に澱んでしまった。私は自分の養生に注意し始めた。そして運動のための散歩の途上で、ある日偶然、私の風変りな旅行癖を満足させ得る、一つの新しい方法を発見した。

私は医師の指定してくれた注意によって、毎日家から四、五十町（三十分から一時間くらい）の附近を散歩していた。その日もやはりいつも通りに、ふだんの散歩区域を歩いていた。私の通る道筋は、いつも同じように決まっていた。だがその日に限って、ふと知らない横丁を通り抜けた。そしてすっかり道をまちがえ、方角を解らなくしてしまった。元来私は、磁石の方角を直覚する感官機能に、何かの著るしい欠陥をもった人間である。そのため道のおぼえが悪く、少し慣れない土地へ行くと、すぐ迷児になってしまった。その上私には、道を歩きながら瞑想に耽る癖があった。途中で知人に挨拶されても、少しも知らずにいる私は、時々自分の家のすぐ近所で迷児になり、人に道をきいて笑われたりする。かつて私は、長く住んでいた家の廻りを、塀に添うて何十回もぐるぐると廻り歩いたことがあった。方角観念の錯誤から、すぐ目の前にある門の入口が、どうしても見つからなかったのである。家人は私が、まさしく狐に化かされたのだと言った。狐に化かされるという状態は、つまり心理学者のいう三半規管の疾病であるのだろう。なぜなら学者の説によれば、方角を知覚する特殊の機能は、耳の中にある三半規管の作用だと言うことだから。

　余事はとにかく、私は道に迷って困惑しながら、当推量で見当をつけ、家の方へ帰ろうとして道を急いだ。そして樹木の多い郊外の屋敷町を、幾度かぐるぐる廻ったあとで、ふとある賑やかな往来へ出た。それは全く、私の知らないどこかの美しい町であった。街路は清潔に掃除されて、鋪石がしっとりと露に濡れていた。どの商店も小綺麗にさっぱりして、磨いた硝子の飾窓には、様々の珍しい商品が並んでいた。珈琲店の軒には花樹が茂り、町に日蔭のある情趣を添えていた。四つ辻の赤いポストも美しく、煙草屋の店に居る娘さえも、杏のように明るくて可憐であった。かつて私は、こんな情趣の深い町を見たことが無かった。一体こんな町が、東京のどこにあったのだろう。私は地理を忘れてしまった。しかし時間の計算から、それが私の家の近所であること、徒歩で半時間くらいしか離れていないいつもの私の散歩区域、もしくはそのすぐ近い範囲にあることだけは、確実に疑いなく解っていた。しかもそんな近いところに、今まで少しも人に知れずに、どうしてこんな町が有ったのだろう？

　私は夢を見ているような気がした。それが現実の町ではなくって、幻燈の幕に映った、影絵の町のように思われた。だがその瞬間に、私の記憶と常識が回復した。気が付いてみれば、それは私のよく知ってる、近所の詰らない、有りふれた郊外の町なのである。いつものように、四ツ辻にポストが立って、煙草屋には胃病の娘が坐っている。そして店々の飾窓には、いつもの流行おくれの商品が、埃っぽく欠伸をして並んでいるし、珈琲店の軒には、田舎らしく造花のアーチが飾られている。何もかも、すべて私が知ってる通りの、いつもの退屈な町にすぎない。一瞬間の中に、すっかり印象が変ってしまった。そしてこの魔法のような不思議の変化は、単に私が道に迷って、方位を錯覚したことにだけ原因している。いつも町の南はずれにあるポストが、反対の入口である北に見えた。いつもは左側にある街路の町家が、逆に右側の方へ移ってしまった。そしてただこの変化が、すべての町を珍しく新しい物に見せたのだった。

　その時私は、未知の錯覚した町の中で、ある商店の看板を眺めていた。その全く同じ看板の絵を、かつてどこかで見たことがあると思った。そして記憶が回復された一瞬時に、すべての方角が逆転した。すぐ今まで、左側にあった往来が右側になり、北へ向って歩いた自分が、南に向って歩いていることを発見した。その瞬間、磁石の針がくるりと廻って、東西南北の空間地位が、すっかり逆に変ってしまった。同時に、すべての宇宙が変化し、現象する町の情趣が、全く別の物になってしまった。つまり前に見た不思議の町は、磁石を反対に裏返した、宇宙の逆空間に実在したのであった。

この偶然の発見から、私は故意に方位を錯覚させて、しばしばこのミステリイの空間を旅行し廻った。特にまたこの旅行は、前に述べたような欠陥によって、私の目的に都合がよかった。だが普通の健全な方角知覚を持ってる人でも、時にはやはり私と同じく、こうした特殊の空間を、経験によって見たであろう。たとえば諸君は、夜おそく家へ帰る汽車に乗ってる。始め停車場を出発した時、汽車はレールを真直(まっすぐ)に、東から西へ向って走っている。だがしばらくする中に、諸君はうたた寝の夢から醒める。そして汽車の進行する方角が、いつのまにか反対になり、西から東へと、逆に走ってることに気が付いてくる。諸君の理性は、決してそんなはずがないと思う。しかも知覚上の事実として、汽車はたしかに反対に、諸君の目的地から遠ざかって行く。そうした時、試みに窓から外を眺めて見たまえ。いつも見慣れた途中の駅や風景やが、すっかり珍しく変ってしまって、記憶の一片さえも浮(うか)ばないほど、全く別のちがった世界に見えるだろう。だが最後に到着し、いつものプラットホームに降りた時、始めて諸君は夢から醒め、現実の正しい方位を認識する。そしていったんそれが解れば、始めに見た異常の景色や事物やは、何でもない平常通りの、見慣れた詰らない物に変ってしまう。つまり一つの同じ景色を、始めに諸君は裏側から見、後には平常の習慣通り、再度正面から見たのである。このように一つの物が、視線の方角を換えることで、二つの別々の面を持ってること。同じ一つの現象が、その隠された「秘密の裏側」を持ってるということほど、メタフィジックの神秘を包んだ問題はない。私は昔子供の時、壁にかけた額の絵を見て、いつも熱心に考え続けた。いったいこの額の景色の裏側には、どんな世界が秘密に隠されているのだろうと。私は幾度か額をはずし、油絵の裏側を覗いたりした。そしてこの子供の疑問は、大人になった今日でも、長く私の解きがたい謎になってる。

次に語る一つの話も、こうした私の謎に対して、ある解答を暗示する鍵になってる。読者にしてもし、私の不思議な物語からして、事物と現象の背後に隠れているところの、ある第四次元の世界――景色の裏側の実在性――を仮想し得るとせば、この物語の一切は真実(レアール)である。だが諸君にして、もしそれを仮想し得ないとするならば、私の現実に経験した次の事実も、所詮はモルヒネ中毒に中枢(ちゅうすう)を冒(おか)された一詩人の、取りとめもないデカダンスの幻覚にしか過ぎないだろう。とにかく私は、勇気を奮(ふる)って書いてみよう。ただ小説家でない私は、脚色や趣向によって、読者を興がらせる術(すべ)を知らない。私のなし得ることは、ただ自分の経験した事実だけを、報告の記事に書くだけである。

2

その頃私は、北越地方のKという温泉に滞留していた。九月も末に近く、彼岸を過ぎた山の中では、もうすっかり秋の季節になっていた。都会から来た避暑客は、既に皆帰ってしまって、後には少しばかりの湯治客が、静かに病（やまい）を養っているのであった。秋の日影は次第に深く、旅館の侘（わび）しい中庭には、木々の落葉が散らばっていた。私はフランネルの着物をきて、ひとりで裏山などを散歩しながら、所在のない日々の日課をすごしていた。

私の居る温泉地から、少しばかり離れた所に、三つの小さな町があった。いずれも町というよりは、村というほどの小さな部落であったけれども、その中の一つは相当に小ぢんまりした田舎町で、一通りの日常品も売っているし、都会風の飲食店なども少しはあった。温泉地からそれらの町へは、いずれも直通の道路があって、毎日定期の乗合馬車が往復していた。特にその繁華なU町へは、小さな軽便（けいべん）鉄道が布設されていた。私はしばしばその鉄道で、町へ出かけて行って買物をしたり、時にはまた、女の居る店で酒を飲んだりした。だが私の実の楽しみは、軽便鉄道に乗ることの途中にあった。その玩具のような可愛い汽車は、落葉樹の林や、谷間の見える山峡（やまかい）やを、うねうねと曲りながら走って行った。

ある日私は、軽便鉄道を途中で下車し、徒歩でU町の方へ歩いて行った。それは見晴しの好い峠の山道を、ひとりでゆっくり歩きたかったからであった。道は軌道（レール）に沿いながら、林の中の不規則な小径（こみち）を通った。所々に秋草の花が咲き、赭土（あかつち）の肌が光り、伐（き）られた樹木が横たわっていた。私は空に浮んだ雲を見ながら、この地方の山中に伝説している、古い口碑（こうひ）のことを考えていた。概（がい）して文化の程度が低く、原始民族のタブーと迷信に包まれているこの地方には、実際色々な伝説や口碑があり、今でもなお多数の人々は、真面目（まじめ）に信じているのである、現に私の宿の女中や、近所の村から湯治に来ている人たちは、一種の恐怖と嫌悪の感情とで、私に様々のことを話してくれた。彼等の語るところによれば、ある部落の住民は犬神に憑かれており、ある部落の住民は猫神に憑かれている。犬神に憑かれたものは肉ばかりを食い、猫神に憑かれたものは魚ばかり食って生活している。

　そうした特異な部落を称して、この辺の人々は「憑き村」と呼び、一切の交際を避けて忌み嫌った。「憑き村」の人々は、年に一度、月の無い闇夜を選んで祭礼をする。その祭の様子は、彼等以外の普通の人には全く見えない。稀（ま）れに見て来た人があっても、なぜか口をつぐんで話をしない。彼等は特殊の魔力を有し、所因の解らぬ莫大（ばくだい）の財産を隠している。等々。

　こうした話を聞かせた後で、人々はまた追加して言った。現にこの種の部落の一つは、つい最近まで、この温泉場の附近にあった。今ではさすがに解消して、住民はどこかへ散ってしまったけれども、おそらくやはり、どこかで秘密の集団生活を続けているにちがいない。その疑いない証拠として、現に彼等のオクラ（魔神の正体）を見たという人があると。こうした人々の談話の中には、農民一流の頑迷さが主張づけられていた。否（いや）でも応でも、彼等は自己の迷信的恐怖と実在性とを、私に強制しようとするのであった。だが私は、別のちがった興味でもって、人々の話を面白く傾聴していた。日本の諸国にあるこの種の部落的タブーは、おそらく風俗習慣を異にした外国の移住民や帰化人やを、先祖の氏神にもつ者の子孫であろう。あるいは多分、もっと確実な推測として、切支丹(キリシタン)宗徒の隠れた集合的部落であったのだろう。しかし宇宙の間には、人間の知らない数々の秘密がある。ホレーシオが言うように、理智は何事をも知りはしない。理智はすべてを常識化し、神話に通俗の解説をする。しかも宇宙の隠れた意味は、常に通俗以上である。だからすべての哲学者は、彼等の窮理(きゅうり)の最後に来て、いつも詩人の前に兜(かぶと)を脱いでる。詩人の直覚する超常識の宇宙だけが、真のメタフィジックの実在なのだ。

こうした思惟(しい)に耽りながら、私はひとり秋の山道を歩いていた。その細い山道は、径路に沿うて林の奥へ消えて行った。目的地への道標(みちしるべ)として、私が唯一のたよりにしていた汽車の軌道は、もはやどこにも見えなくなった。私は道を無くしたのだ。

「迷い子！」

瞑想から醒めた時に、私の心に浮んだのは、この心細い言葉であった。私は急に不安になり、道を探そうとしてあわて出した。私は後へ引返して、逆に最初の道へ戻ろうとした。そしていっそう地理を失い、多岐(たき)に別れた迷路の中へ、ぬきさしならず入ってしまった。山は次第に深くなり、小径は荊棘(いばら)の中に消えてしまった。空しい時間が経過して行き、一人の樵夫(きこり)にも逢わなかった。私はだんだん不安になり、犬のように焦燥しながら、道を嗅ぎ出そうとして歩き廻った。そして最後に、ようやく人馬の足跡のはっきりついた、一つの細い山道を発見した。私はその足跡に注意しながら、次第に麓の方へ下って行った。どっちの麓へ降りようとも、人家のある所へ着きさえすれば、とにかく安心ができるのである。

幾時間かの後、私は麓へ到着した。そして全く、思いがけない意外の人間世界を発見した。そこには貧しい農家の代りに、繁華な美しい町があった。かつて私のある知人が、シベリヤ鉄道の旅行について話したことは、あの満目荒寥たる無人の曠野を、汽車で幾日も幾日も走った後、ようやく停車した沿線の一小駅が、世にも賑わしく繁華な都会に見えるということだった。私の場合の印象もまた、おそらくはそれに類した驚きだった。麓の低い平地へかけて、無数の建築の家屋が並び、塔や高楼が日に輝やいていた。こんな辺鄙な山の中に、こんな立派な大都会が存在しようとは、容易に信じられないほどであった。

私は幻燈を見るような思いをしながら、次第に町の方へ近付いて行った。そしてとうとう、自分でその幻燈の中へ這入って行った。私は町のある狭い横丁から、胎内めぐりのような路を通って、繁華な大通の中央へ出た。そこで目に映じた市街の印象は、非常に特殊な珍しいものであった。すべての軒並の商店や建築物は、美術的に変った風情で意匠され、かつ町全体としての集合美を構成していた。しかもそれは意識的にしたのでなく、偶然の結果からして、年代の錆がついて出来てるのだった。それは古雅で奥床しく、町の古い過去の歴史と、住民の長い記憶を物語っていた。町幅は概して狭く、大通でさえも、ようやく二、三間くらいであった。その他の小路は、軒と軒との間にはさまれていて、狭く入混んだ路地になってた。それは迷路のように曲折しながら、石畳のある坂を下に降りたり、二階の張り出した出窓の影で、暗く隧道(ネル)になった路をくぐったりした。南国の町のように、所々に茂った花樹が生え、その附近には井戸があった。至るところに日影が深く、街全体が青樹の蔭(かげ)のようにしっとりしていた。娼家(しょうか)らしい家が並んで、中庭のある奥の方から、閑雅な音楽の音が聴(きこ)えて来た。

大通の街路の方には、硝子窓のある洋風の家が多かった。理髪店の軒先には、紅白の丸い棒が突き出してあり、ペンキの看板にBarbershopと書いてあった。旅館もあるし、洗濯屋もあった。町の四辻に写真屋があり、その気象台のような硝子の家屋に、秋の日の青空が侘しげに映っていた。時計屋の店先には、眼鏡をかけた主人が坐って、黙って熱心に仕事をしていた。

街は人出で賑やかに雑閙(ざっとう)していた。そのくせ少しも物音がなく、閑雅にひっそりと静まりかえって、深い眠りのような影を曳(ひ)いてた。それは歩行する人以外に、物音のする車馬の類が、一つも通行しないためであった。だがそればかりでなく、群集そのものがまた静かであった。男も女も、皆上品で慎(つつし)み深く、典雅でおっとりとした様子をしていた。特に女は美しく、淑(しと)やかな上にコケチッシュであった。店で買物をしている人たちも、往来で立話をしている人たちも、皆が行儀よく、諧調(かいちょう)のとれた低い静かな声で話をしていた。それらの話や会話は、耳の聴覚で聞くよりは、何かのある柔らかい触覚で、手触(てざわ)りに意味を探るというような趣きだった。とりわけ女の人の声には、どこか皮膚の表面を撫でるような、甘美でうっとりとした魅力があった。すべての物象と人物とが、影のように往来していた。

私が始めて気付いたことは、こうした町全体のアトモスフィアが、非常に繊細な注意によって、人為的に構成されていることだった。単に建物ばかりでなく、町の気分を構成するところの全神経が、ある重要な美学的意匠にのみ集中されていた。空気のいささかな動揺にも、対比、均斉、調和、平衡等の美的方則を破らないよう、注意が隅々まで行き渡っていた。しかもその美的方則の構成には、非常に複雑な微分数的計算を要するので、あらゆる町の神経が、異常に緊張して戦いていた。例えばちょっとした調子はずれの高い言葉も、調和を破るために禁じられる。道を歩く時にも、手を一つ動かす時にも、物を飲食する時にも、考えごとをする時にも、着物の柄を選ぶ時にも、常に町の空気と調和し、周囲との対比や均斉を失わないよう、デリケートな注意をせねばならない。町全体が一つの薄い玻璃で構成されてる、危険な毀れ易い建物みたいであった、ちょっとしたバランスを失っても、家全体が崩壊して、硝子が粉々に砕けてしまう。それの安定を保つためには、微妙な数理によって組み建てられた、支柱の一つ一つが必要であり、それの対比と均斉とで、辛うじて支えているのであった。しかも恐ろしいことには、それがこの町の構造されてる、真の現実的な事実であった。一つの不注意な失策も、彼等の崩壊と死滅を意味する。町全体の神経は、そのことの危懼と恐怖で張りきっていた。美学的に見えた町の意匠は、単なる趣味のための意匠でなく、もっと恐ろしい切実の問題を隠していたのだ。

始めてこのことに気が付いてから、私は急に不安になり、周囲の充電した空気の中で、神経の張りきってる苦痛を感じた。町の特殊な美しさも、静かな夢のような閑寂さも、かえってひっそりと気味が悪く、何かの恐ろしい秘密の中で、暗号を交しているように感じられた。何事かわからない、ある漠然とした一つの予感が、青ざめた恐怖の色で、忙がしく私の心の中を馳け廻った。すべての感覚が解放され、物の微細な色、匂い、音、味、意味までが、すっかり確実に知覚された。あたりの空気には、死屍のような臭気が充満して、気圧が刻々に嵩まって行った。ここに現象しているものは、確かに何かの凶兆である。確かに今、何事かの非常が起る！　起るにちがいない！

町には何の変化もなかった。往来は相変らず雑鬧して、静かに音もなく、典雅な人々が歩いていた。どこかで遠く、胡弓をこするような低い音が、悲しく連続して聴えていた。それは大地震の来る一瞬前に、平常と少しも変らない町の様子を、どこかで一人が、不思議に怪しみながら見ているような、おそろしい不安を内容した予感であった。今、ちょっとしたはずみで一人が倒れる。そして構成された調和が破れ、町全体が混乱の中に陥入ってしまう。

私は悪夢の中で夢を意識し、目ざめようとして努力しながら、必死に踠いている人のように、おそろしい予感の中で焦燥した。空は透明に青く澄んで、充電した空気の密度は、いよいよ刻刻に嵩まって来た。建物は不安に歪んで、病気のように瘠せ細って来た。所々に塔のような物が見え出して来た。屋根も異様に細長く、瘠せた鶏の脚みたいに、へんに骨ばって畸形に見えた。

「今だ！」

と恐怖に胸を動悸しながら、思わず私が叫んだ時、ある小さな、黒い、鼠のような動物が、街の真中を走って行った。私の眼には、それが実によくはっきりと映像された。何かしら、そこにはある異常な、唐突な、全体の調和を破るような印象が感じられた。

瞬間。万象が急に静止し、底の知れない沈黙が横たわった。何事かわからなかった。だが次の瞬間には、何人（なんぴと）にも想像されない、世にも奇怪な、恐ろしい異変事が現象した。見れば町の街路に充満して、猫の大集団がうようよと歩いているのだ。猫、猫、猫、猫、猫、猫、猫。どこを見ても猫ばかりだ。そして家々の窓口からは、髭（ひげ）の生えた猫の顔が、額縁の中の絵のようにして、大きく浮き出して現れていた。

　戦慄から、私はほとんど息が止まり、まさに昏倒（こんとう）するところであった。これは人間の住む世界でなくて、猫ばかり住んでる町ではないのか。一体どうしたと言うのだろう。こんな現象が信じられるものか。たしかに今、私の頭脳はどうかしている。自分は幻影を見ているのだ。さもなければ狂気したのだ。私自身の宇宙が、意識のバランスを失って崩壊したのだ。

　私は自分が怖くなった。ある恐ろしい最後の破滅が、すぐ近い所まで、自分に迫って来るのを強く感じた。戦慄が闇を走った。だが次の瞬間、私は意識を回復した。静かに心を落付（おちつけ）ながら、私は今一度目をひらいて、事実の真相を眺め返した。その時もはや、あの不可解な猫の姿は、私の視覚から消えてしまった。町には何の異常もなく、窓はがらんとして口を開けていた。往来には何事もなく、退屈の道路が白っちゃけてた。猫のようなものの姿は、どこにも影さえ見えなかった。そしてすっかり情態が一変していた。町には平凡な商家が並び、どこの田舎にも見かけるような、疲れた埃っぽい人たちが、白昼の乾いた街を歩いていた。あの蠱惑（こわく）的な不思議な町はどこかまるで消えてしまって、骨牌（カルタ）の裏を返したように、すっかり別の世界が現れていた。ここに現実している物は、普通の平凡な田舎町。しかも私のよく知っている、いつものU町の姿ではないか。そこにはいつもの理髪店が、客の来ない椅子を並べて、白昼の往来を眺めているし、さびれた町の左側には、売れない時計屋が欠伸をして、いつものように戸を閉めている。すべては私が知ってる通りの、いつもの通りに変化のない、田舎の単調な町である。

意識がここまではっきりした時、私は一切のことを了解した。愚かにも私は、また例の知覚の疾病「三半規管の喪失」にかかったのである。山で道を迷った時から、私はもはや方位の観念を失喪(しっそう)していた。私は反対の方へ降りたつもりで、逆にまたU町へ戻って来たのだ。しかもいつも下車する停車場とは、全くちがった方角から、町の中心へ迷い込んだ。そこで私はすべての印象を反対に、磁石のあべこべの地位で眺め、上下四方前後左右の逆転した、第四次元の別の宇宙(景色の裏側)を見たのであった。つまり通俗の常識で解説すれば、私はいわゆる「狐に化かされた」のであった。

3

私の物語はここで終る。だが私の不思議な疑問は、ここから新しく始まって来る。支那の哲人荘子(そうし)は、かつて夢に胡蝶となり、醒めて自ら怪しみ言った。夢の胡蝶が自分であるか、今の自分が自分であるかと。この一つの古い謎は、千古に亘(わた)ってだれも解けない。錯覚された宇宙は、狐に化かされた人が見るのか。理智の常識する目が見るのか。そもそも形而上の実在世界は、景色の裏側にあるのか表にあるのか。だれもまた、おそらくこの謎を解答できない。だがしかし、今もなお私の記憶に残っているものは、あの不可思議な人外の町。窓にも、軒にも、往来にも、猫の姿がありありと映像していた、あの奇怪な猫町の光景である。私の生きた知覚は、既に十数年を経た今日でさえも、なおその恐ろしい印象を再現して、まざまざとすぐ眼の前に、はっきり見ることができるのである。

人は私の物語を冷笑して、詩人の病的な錯覚であり、愚にもつかない妄想の幻影だと言う。だが私は、たしかに猫ばかりの住んでる町、猫が人間の姿をして、街路に群集している町を見たのである。理窟や議論はどうにもあれ、宇宙のあるどこかで、私がそれを「見た」ということほど、私にとって絶対不惑の事実はない。あらゆる多くの人々の、あらゆる嘲笑の前に立って、私は今もなお固く心に信じている。あの裏日本の伝説が口碑している特殊な部落。猫の精霊ばかりの住んでる町が、確かに宇宙のあるどこかに、必らず実在しているにちがいないということを。

古い魔術

アルジャーノン・ブラックウッド

西條八十訳

一

どうも世の中にはこういう人があるらしい。まったく平々凡々な人で、異常な出来事などに会いそうな性質はどこにもない。それで居て、そのスムースな生涯の中で、一度か二度聞いた人が、あっと声をのむようなふしぎな出来事に遭遇しているのだ。心霊学の医師であるジョン・サイレンスが、ひろく張りめぐらした研究網の中にひっかかるのは、なによりもこうしたケースがいちばん多いと言えよう。そうしてサイレンスは、深い人間愛と、根気と、同情でしばしばこれら複雑怪奇な、そして人間にとってもっとも深甚な興味ある問題を解決するのである。

かれはあまりに奇妙で、幻怪で、とうてい信じられないような事実をジッと根源まできわめてゆく。事物の核心にあるこんぐらかりを解きほぐし、その処置によって相手の苦悩するたましいを自由にしてやる——その療法にかれは全情熱を傾けるのだ。しかも、かれが解きほごした結び目は、普通ならば、ただ「ふしぎだ」の一言で済んでしまうことなのである。

もちろん、世間はそれを事実を信じさせるような——すくなくとも、説明になりそうな根拠をもとめる。人間の中にはうまれつき冒険的な性格を持っている人がいて、かれらは自分たちの刺激的な生活を適当に説明することばをいつも持ち合わせているし、またその性格から自然に冒険を生むような環境をつくり上げてしまう。こういう人たちは、自分でわかっているから、ふしぎな話を聞いても、それ以上聞こうとしないで満足する。だが、一方、こんな並外れた経験にはさっぱり縁のない、鈍感な、普通の人たちは説明がないと、ショックをうけたあとで、がっかりする。誰かがその話し手に同情したことばでも言うと、すぐこうまぜっかえしてしまう。

「あの男に、そんなことがあるもんか？　あんな平凡な男に！　ばかばかしすぎる。なにかの間違いだよ」

しかし、それにしても、アーサー・ヴェジンという小男が、サイレンスに話したような奇妙な事件が、事実あったことにはまちがいはない。それは外面的にせよ、内面的にせよ、事実起ったのだ。その話を聞いたかれの知り合いたちは、「そんな事件はあのあたまのへんてこなイスザードには起るかも知れない。また変り者のミンスキーにも起るかもしれない。だが、ヴェジンみたいなごく平凡で、物さしどおりに暮して死んでゆくようにできている男には起りっこない」と笑うが、それにも関らず事実なのである。

ヴェジンの日常生活はどうか知らないが、この物語に関するかぎり、ヴェジンの生活は「物さしどおり」ではなかった。この話をするとき、かれの弱々しい顔つきはガラリと変ってくる。

声は話が進むにつれ、だんだんと低く静かになり、そのたどたどしいもの言いは、真実を細かに伝えそこなうのを恐れるかのようである。かれは、この話をする度毎に、おなじ生活を繰り返し味わっているかのようである。その全人格が、物語の中に、音立てず、つつまれてしまう。物語がかれを圧しつけ、まるで、自分がその体験から逃げだしたことを綿々わびているようにもきこえ、またこんな幻怪な物語に参加したことの弁解を言っているようにもきこえる。

いったいこの小男ヴェジンは気の弱い、優しい、神経のこまかい人間で、容易に自分を主張せず、人間や獣に対して優しく、めったに厭と言うことがなく、当然自分の所有物であるものを、自分のだともなかなか言えないようなたちなのである。かれの人生の全企画も、ごく穏かなもので、これまで、事件と言えば、汽車に乗りおくれたり、乗合バスに蝙蝠傘(こうもりがさ)を忘れたりするぐらいのものだったのだ。しかも、この奇妙な事件が起きたときには、かれは四十の歳(とし)を友人たちの計算よりずっとよけい越していたのである。

ヴェジンの話をいちどならず聴いたジョン・サイレンスは、話のこまかいところが、ときどき減ったり、殖えたりするが、総体として真実にちがいないと言った。全部の光景が、かれの脳裡に映画のように映っているらしいのである。想像でつくったようなところは一か所もない。かれがその話をすっかり話し切ったときの効果はすばらしい。とびいろの眼が訴えるようにかがやき、ふだんは控え目がちなその愛すべき性格が、ぐっと大きく浮きぼりになって出てくる。もちろん、どこまでも謙遜だか、話しているうちに、かれは現在を忘れ、過去のその冒険の中に溌剌と生きているような顔つきになるのだ。

その事件が起ったとき、ヴェジンは汽車に乗って、北フランスを通っていた。毎年のならわしで、独りぼっちで山の旅をした帰りみちだったのである。持物は網棚にのせた手鞄ひとつ。汽車は満員で息づまるようだった。乗客の大部分は、休暇旅行のやりきれないイギリス人だった。ヴェジンはかれらがきらいだった。同国人だからというのでなく、そろって騒々しくでしゃばりだからだった。かれらは大きな手足とツイードの服で動きまわり、かれの静かな旅行気分をすっかりこわしてしまった。まったくこのイギリス人たちに、ブラスバンドのようにさわぎまわられていると、ヴェジンは、いつか自分までもっと無遠慮で騒々しく振舞わねばならないような気もちになってきた。

結局、ヴェジンは汽車に乗っているのが不愉快になり、はやく旅行を終えて、サービトンに住んでいる未婚の妹のところへ帰りたいと念ずるようになった。

そこで列車が、北フランスの小さな駅に、十分間停車したとき、かれは脚を伸ばしにプラットフォームへ降りた。すると、おどろいたことに、またもやべつのイギリス人の一団がほかの列車から乗り移ってくるではないか。かれはもう旅をつづける気がなくなってしまった。さすが無気力なかれも反撥を感じ、いっそ今夜はひと晩この小さな町に泊り、明日、遅くても空いた列車で行こうという考えがあたまにひらめいた。だが、そのとき車掌は「もうみなさん、お乗り下さい」と叫び、かれの車室の廊下は人でひしめいていた。そこでヴェジンは一生一度ともいうべき決断をふるって、鞄をとりに突入した。

しかし、廊下も踏段も満員で通れなかったので、かれは窓ガラスをたたいた。(彼は隅の座席に居たのだ）そして、向い合いに坐っていたフランス人に、鞄を渡してくれと頼んだ。ここで途中下車するということを貧弱なフランス語で述べたのだ。すると、その年とったフランス人は、半ば警（いまし）めるような、半ば咎（とが）めるような目つきでジロリとヴェジンの顔を見た。そのときの目つきは死ぬまで忘られないとヴェジンは言うのだ。そして動きだした列車の窓から鞄をわたしてくれたが、同時に、かれの耳に長い文句のことばをささやいた。なにしろ、急いで、しかも低い声で言われたので、ヴェジンには最後の数語しかわからなかったが、そのことばは“A cause du sommeil et à cause des chats”と、いうのだった。

サイレンス博士が、この持前の心霊学的敏感さで、その老フランス人が、ヴェジンの冒険の重点だと説明すると、ヴェジンは、その老人が会った瞬間から好きな感じがしたが、そのわけはわからないと答えた。この二人は、旅行中、四時間も向い合っていたのだが、それまでことばは交さなかった。――ヴェジンは、遠慮して下手なフランス語をしゃべらなかったのだ――しかし、老人の眼はいつもジッと、無作法と思われるほど自分にそそがれており、またいくつもの名状しがたい鄭重さや心づかいで、自分に親切を示していたとヴェジンは言うのだ。このふたりの人間はお互に好きで、その人柄は、けっして衝突しなかった。たとえ知り合いになったとしても衝突しなかったろうと思われる。このフランス人は、相手の目立たぬイギリス人の上に、無言ながらある保護力を発揮していたらしい。ことばにも動作にも表わさないが、相手に好意を持ち、よろこんでサーヴィスをしたいという気もちを見せていたのだった。

　聴手のジョン・サイレンスは、どんな患者の反感をも溶かし去る、持前の同情的な微笑をた

たえながら、

「それで、そのフランス人が、鞄を渡したあとで言ったことばは、あなたには十分わからなかったのですか」ときいた。

「非常に早くて、低い声で、しかも情熱的だったんです。それでわたしは、事実上全部は聞きそこないました。おしまいの数語がわかっただけでした。それは、その時だけ、その人の声がはっきりしていて、顔が、車の窓からずっとそとへ――わたしの顔のちかくまでつき出ていたからでした」と、ヴェジンが答えた。

「"A cause du sommeil et à cause des chats" ですな」と、サイレンスがひとり言のように、その文句をくりかえした。

「そのとおりです。わたしは、そのフランス語は『眠りのために、猫のために』という意味だとおもうんですが、どうでしょう?」

「そのとおり。わたしもそう訳しますね」

と、サイレンスが短く言った。かれは必要以上話手のじゃまをしたくないらしかった。

「それから、そのほかのことばの意味は――初めのほうは全然わからなかったんですが――とにかく何かをしてはいけないというのらしかったんです。どうもこの町におりてはいけないとか、町のどこそこに行ってはいけないという警告のようでした。どうもそんな気がしました」

だが、もちろん、汽車は出発し、ヴェジンは、プラットフォームにただひとり、なんとなく佗しい気もちでとりのこされたのだった。

見ると、駅のうしろには、平原からもり上がったけわしい丘があって、この町はだらだらと上のほうへつづいている。丘のてっぺんには荒廃した大寺があり、そこから二つの塔が見おろしていた。駅から見ると、この町は、近代風なつまらない町だが、事実行ってみると、その中世紀風な興味ある地帯は、頂上の見えないところにあるのだった。

ヴェジンが、丘をのぼりつめ、その古い街へはいると、かれはいきなり、近代生活から過去の世紀へ歩み行ったような気がした。あの混雑した汽車の騒音は、なんだか遠い日の夢のようにおもわれた。旅行者たちや自動車から隔離し、秋の日ざしの下で静かな生活をいとなんでいる、このひっそりした丘の町の精神は、むらむらともりあがって、ヴェジンを魔力でつつんでしまった。いや、この魔力に気がつく前から、かれはその魔力に支配された行動をしていた。かれは、ごく静かな、まるで爪先立ちするような歩きかたで、家々の破風が頭をおおいそうな、そのくねくねしたせまい通りを歩いていた。やがてかれは、ポツンと建っている一軒のホテルの入口をくぐった。それはいかにも、へり下って、身を恥じているような姿のホテルで、こんな場所に建って、この町の静かな夢をみだすことを詫びているようだった。

しかし、ヴェジンは、そんな感じを最初から持ったのではない。ずっとあとになってそんなことがわかったのだ。そのとき、かれが感じたのは、今までの列車中の埃と騒々しさの直後に来た、この静寂と平和――その二つの対照だった。かれは、自分のこころがすっかりなだめられ、ちょうど猫が背中を撫でられているような感じがしたのだった。

「え、猫が背中を？　そんな気もちがしたのですか」と、ことばじりをつかまえて、サイレンス博士がきいた。

「はい。最初からそんな気がしました。わたしは、温かさと、静かさで、おもわず喉を鳴らしたくなるような気になりました。どうもその町全体の気分がそんなふうにおもわれたんです」

さて、大ざっぱにできているこの古めかしいホテルには、昔の馬車時代の雰囲気がただよっていたが、かれを特に歓迎しているようにも見えなかった。

「どうにか居られそうな気がしただけでした」とヴェジンは言うのだった。しかし、ホテル代は安く、わりあい居ごこちもよかった。それに、着くとすぐに命じたおやつのお茶の味がすばらしかったので、かれは大胆な、思いきったやりかたで汽車を降りてよかったと思った。ヴェジンにとっては汽車をおりたことが、大胆で思いきったことのように思えたのである。その行為に、なにか、犬のような気分を感じたのである。

さて、ホテルのへやの黒い鏡板や、低い不揃いな天井も、かれの神経をしずめてくれた。それからへやへゆくみちの、長い傾斜(ななめ)になった廊下も、いかにも「眠りの室」への自然な通路のようにおもわれた。まったく、このホテルのかれのへやは、全然雑音のとどかない、浮世のそとのうすぐらい、こじんまりした片隅であった。そこは裏庭に面していた。いかにも魅惑的で、そこにいるとごく柔かなびろうどにくるまれているような気もちになり、床には詰綿がはいっていて、壁はクッションで覆われているような気がするのだった。街路の物音は全然きこえない。かれをかこんでいるのは絶対の休息の雰囲気だった。

その眠たい午後、一日二フランのそのへやを契約するために、ヴェジンが会った人間は、たった一人だった。それはそこに居合せた頬髯の長い、年とった給仕男(ウェイター)で、かれはいかにもねむたそうな顔つきで、石を敷いた裏庭をのそりのそり歩いてやって来たのだった。それからまた、晩飯前に、町をひとまわりしようと階段をおりてくると、今度はホテルの女主人に出っくわした。

その女主人は、大柄な女で、手や、足や、目鼻だち全部が、からだの海から泳ぎだして、自分のほうへ来るような気がした。言わば、浮び出てきたような感じだった。しかし、彼女は巨(おお)きいからだと正反対に、大きな、くろい潑剌とした眼をしていた。そして、実際において、彼女がすこぶる強壮ですばしっこい生物であることを示した。ヴェジンが、最初見かけたとき、彼女は壁の日蔭の低い椅子で編物をしていた。その姿は、一見して、巨きな牝猫を想わせた。うとうと眠りながら、しかもちゃんと目をさましている――ひどく眠そうに見えて、しかも同時に、いつでもパッと行動しそうなあの牝猫だ。餌食をねらっている巨きな猫――そんな感じがした。

その女主人は、真心をこめてではないらしいが、とにかくていねいな、理解のあるような目つきで、チラとかれにあいさつした。そのときふと気がついたのだが、彼女の頸(くび)すじは、その図体に比較してひどく柔軟だった。くるりとむきを変えて、かれを見送った。あたまもごくしなやかに上下するのだった。

「しかし、その女主人が、わたしを見たとき、ふしぎな気もちが起りました。つまり、この女は顔とまったく反対のことをしようとしている。たとえば、石を敷いた庭をひと飛びに飛びこえて、ちょうど巨きな猫が鼠におどりかかるように、わたしにおどりかかりそうな気がしたんです」と、ヴェジンがとびいろの眼に、弁解するような微笑をうかべ、かれ特有のいかにも恥かしそうな肩つきをして言った。

ヴェジンが苦笑いをしている間に、サイレンス医師は黙ってノートに書き入れをした。すると、ヴェジンは、もうこれだけでも聴き手はこの話を信用してくれないだろうというような顔つきで、さらに話をつづけた。

「まったくその女は、大きいからだに似合わず、しなやかで、活動的に見えました。そして、通りすぎて背中のうしろへ行ってしまっても、その女はわたしのすることをチャンと知っているような気がしました。わたしに話す声も、なめらかで流暢(りゅうちょう)でした。まず手荷物のことをきき、へやの居ごこちをたずね、それから付け足して、晩飯の時刻は七時だと言い、その上に、その田舎町の人はみんな早寝だと言いました。つまり遅く帰られては困るということを言っているようでした」

どうもその女主人の声や態度の中には、この町へ来たら、「されるようにされていろ」と命じているような印象があった。何もかも準備計画ができているのだから、その線に沿っておなじにしているほかはないと教えているようだった。決然たる行動とか、するどい個人的な努力なんてものは、けっして求めていないのだった。つまりこれはちょうど、さっきの汽車の中と正反対だった。

ヴェジンは、和められた静かな気もちで、音立てず通りを歩いて行った。しみじみ自分が、いま快適な場所にいて、正しく慰撫されているという気持がするのだった。柔順にしていると、気持はじつにらくになる。かれはもう一ぺん喉をゴロゴロ鳴らしたくなった。町中がいっしょに喉を鳴らしているような気がした。

この小さい町の路から路をそぞろ歩きしていると、かれはここの匂いともいうべき休息の精神の中に、だんだん没入していった。かれはあてもなく、あちこちのぼったりおりたりしていた。九月の太陽のひかりが、斜めに屋根屋根の上に落ちていた。かたむいた破風や、開いた窓でふちどられて、くねくねめぐってゆく小路のかなたには、ふもとの平野の妖精郷めいたすがたが見られ、牧場や黄ばんだ雑木林が、靄の中に夢の地図のように横たわるのが望まれた。この町では過去の魔力が強力に生き、はたらいていることをかれらは感じた。

通りは絵のように着かざった男たちや女たちでいっぱいだった。みんないそがしそうにおもいおもいの方角へ歩いていた。だが、誰ひとりかれらにとくべつな注意を払うものはない。かわったイギリス人の服装を眺める者もない。ヴェジン自身も、自分の旅行服すがたが、この一幅の美しい絵のような町に不調和だということを忘れてしまった。かれは、だんだんとその風景の中に溶けこみ、自分が特別扱いされず目立たず、没我的存在であることをうれしくおもうようになった。まったくかれは、やわらかに彩色された夢であって、しかも夢であることを自覚しない、この風景の一部になったような気がした。

この丘の東側は、ずっと急な谷になっていた。斜面が影の海のような平野に落ちこみ、そこには点々とした森が島のように見え、またひろびろした切株畑が深い海のように見えていた。

ここへ来て、ヴェジンは古い城のとりでに沿ってぶらついた。昔はいかめしかったここの場所も、今ではくずれた魅惑的な灰白の壁に、葡萄の蔓や常春藤（きづた）が縦横にからまって、まぼろしのような風景を呈していた。かれが、しばらく平野の刈り込んだ樹のまるいあたまと同じ平面にある、そのとりでのひろい笠石の上に坐っていると、遙か下のほうに遊歩場のような広場が見えた。そこの黄いろい落葉の上のここかしこに、夕日が射し込んでいた。そして見おろしていると、町の人たちが、あちらこちら、夕ぐれのつめたい空気の中を散歩しているすがたが見えた。かれには、ただ、その人たちのゆるやかな足音が聞きとれるだけだった。話し声のつぶやきが、樹々の間をぬって、かれのところへ流れてきた。ヴェジンが遠くから見るかれらの静かな行動は、まるで影絵そっくりだった。

かれらは、そうした樹の葉で布越（ぬのご）しされたような遠いおぼろな谺（こだま）を身にあびながら、しばらくの間そこで物思いにふけっていた。かれにはこの町全体と、その町を老樹のように自然に生みそだてたこの丘一帯が、半分眠りながら平野の上に横たわり、まどろみながら催眠歌を口ずさんでいるようにおもわれたのだった。

すると、やがて角笛と絃楽器と木製楽器のひびきが、きこえてきた。町のバンドが、眼下の、人の集まったテラスの奥で、ごくやわらかな、深い音をしたドラムに合せて奏楽を始めたのだった。ヴェジンは、音楽に対して敏感だった。理解も深かった。そして、友だちには知らせないが、静かなメロディーの作曲もやったことがある。その低くながれる和音（わおん）を、誰もいないときにそっとペタルを踏んで、よく弾いていたのだった。

そんなわけで、いま、下の方から、樹々の間をぬけてながれてくる眼に見えない町のバンドの奏楽は、まったく魅惑的だった。曲目は全然わからなかった。どうも指揮者なしの即興曲のように思われるのだった。各楽曲の中にちゃんときまったタイムがなく、風に吹かれて鳴る、あのイーオリヤ琴のように、勝手に始まり、勝手に終るらしかった。いままさに沈みかけている夕日が、この町のこの場景と、この時刻の一部分であるごとく、この音楽もまさしく、それの一部分だった。そして、古風な、綿々と訴えるような角笛のやわらかな音が、折々するどい絃楽器のひびきで引き裂かれ、またそれらが、絶え間ないドラムのふかい、にぶい音に半ば消される味わいは、じつに奇妙な絶対な魔力で、かれのこころに触れ、それはもう楽しいという以上おそろしいほどのものであった。

とにかく、その音楽には妖術的なものがあった。第一に技巧を絶していた。それはかれに風に吹かれる樹々を想起させ、電線の間や、並んだ煙突の間や、または眼に見えぬ船舶の綱具の間でうたう微風を想起させた。それから、突然飛躍的な妙な映像(イメジ)をうかばせた。それは、世界のどこか荒涼とした場所での野獣のコーラスである、獣類たちが月にむかって吼えたり歌ったりしている光景である。かれは夜、屋根の上で、無気味(ぶきみ)な声をあげたりさげたりして鳴いている猫たちの、あの半ば人間的な、慟哭(どうこく)するような叫びを聞いているような気になった。そして樹々によって遠くかすかに隔てられたこの音楽は、空のかなたの遠いどこかの屋根で、そうしたふしぎな猫たちのむれが、互に語り合うおごそかな楽声でもあり、また月に向ってうたう合唱であるようにも思われたのだった。

「どうもこんな映像が浮かぶのは変だ」と、ヴェジンはそのとき感じた。しかし、この映像が、何よりもいちばん適切にその時の感じを描いていたのだ。奏楽にはじつに奇妙な間があった。そして漸次強音と漸次弱音とが、いかにも夜の屋根上の猫の世界を暗示するのだった。急に高まっては、また前ぶれなしにまた深い音に返る。そして協和音と不協和音とがひどく混り合っている。しかしそれと同時に、全体の楽声音の上に、いかにも甘いやさしい悲しみがただようのだった。そしてこうした不協和音が、あの調子はずれのヴァイオリンのように、けっして人の音楽精神を傷つけないのはじつにふしぎだった。

ヴェジンは、長い間、すなおな性格を、そのままに奏楽のながれに浸したあと、ホテルへ戻ってきた。日はくれて空気は肌さむくなっていた――

「そのほかに驚ろくようなことはなかったのですね」と、聴手のサイレンスが口をはさんだ。

「全然ありませんでした。だが、すべてがそんなに幻想的で魅惑的だったので、わたしの想像力は、つよい印象をうけたのです。つよすぎる印象といってもいいでしょう」と、ヴェジンは説明し、さらにことばをつづけて、

「いちどこんなふうに想像力がうごかされたために、ほかの印象が次々に生れてきたような気もします。帰るころには、その町の魔力はいろいろなふうにわたしにはたらきかけて来ました。もっとも自分には、それがはっきりわかっていたのですが――だが、その当時でも解釈のできないこともありました」

「なにか事件があったのですか」と、サイレンスがたずねた。

「事件というほどのものではありませんが、なんだかいろいろな感じがいきいきと、心の上にむらがってきたのです。そしてその原因がわからないんです。それはちょうど日が落ちたあとで、くずれかけた古い建物が、黄金と赤とをまぜた蛋白色の空に魔像のような影を投げていました。夕ぐれが、曲りくねった町中を走っていたのです。丘のまわりの平野は、夕闇の海の中に沈みかけていました。平地が闇とともにもり上がってくるように見えました。おわかりのように、こうした景色の魔術というものはいつでもあります。その晩もそうでした。だがわたしの感じたものは、この景色の魔術とは、直接関係のないものでした」

「つまり、美にともなう精神の変化ではないってわけですね」話手が躊躇しているのを見て、サイレンスがこう引きだすように言った。

「そのとおり」と、ヴェジンは答えて、勇気づいたが、もう苦笑いするのをやめて、話しつづけた。

「その印象はべつなところから来たのです。たとえば、この町の大通りには、勤め帰りの男女が雑沓したり、店や物売り車の所で買物をしたり、あちこちにかたまってしゃべり合ったりしているが、おかしいことに、その誰一人も、わたしに関心を持たないのです。外国人であり旅行客であるわたしを、誰一人振り返って見る者がないのです。わたしは、全然無視されているのです。わたしの存在は、かれらの間になんの興味も注意も惹かないのです。それと同時に、突然、こんな信念がわたしに湧いてきました。それは、かれらの無関心や不注意は本物ではないということです。かれらはただ無関心をよそおい、不注意をよそおっているだけなのです。

実際は、誰もかれもわたしを厳重に注視しているのです。わたしのいちいちの行動は、知られ、見守られているのです。わたしを無視しているのは見せかけです。とてもりこうな見せかけなのです」

ヴェジンは、ことばをとぎらせた。そして、わたしたちが笑っているか、いないかを確かめてから、また話しだした。

「どうしてそんなことに気がついたかと聞かれても、説明はできません。しかし、この発見はわたしに衝撃（ショック）を与えました。だが、ホテルへ着く前に、もうひとつのふしぎな事がつよくわたしの心にうかびあがり、わたしはそれを事実だと思わずにはいられませんでした。そして、この事も、わたしには、説明できないのです。わたしはただ事実をありのままお話するだけです」

小男のヴェジンは、椅子をはなれてストーヴの前の敷物に立った。自分の冒険談に夢中になるにつれ、かれの臆病さはだんだん影を隠してゆく。かれの両眼は、もうきらきらと輝いていた。

「さて――」と、ヴェジンはことばを継いだが、その声は興奮とともに、一段と高まった――「わたしが最初それに気がついたのは、一軒の商店へはいったときでした。もっとも、そうした考えは前から潜在的にあったのかも知れませんが、それがハッキリした形をとったのはそのときなのです――わたしはなんでも靴下を買っていました。そして、へたなフランス語をいっしょうけんめいしゃべっている間に、ふと気がついたのです。それは売店の女が、わたしが買おうと買うまいと、いっこうに無関心なことでした。買物をしてもしなくても、どっちでもいいというようなのです。つまり、ただ物を売るふりをしているだけなのです」

「これはあまりに小さい、空想めいた事実で、これから話す事実の基礎にならないかも知れません。しかし、実際には、けっして小さいことではないのです。わたしはこの事件が火薬に火をつけた最初の火花で、それからつづいてわたしのこころに大きな火が燃えだしたのだともおもいますよ」

「というのは、わたしには、突然わかったのです。この町全体が、これまでわたしが見ていたものとまるでちがっている或物だということがわかったのです。つまり、この町に住んでいる人たちのほんとうの活動力と関心は、見える以外のどこかほかのところに向いているのです。かれらのほんとうの生活は、この舞台面に見えないどこかに在るのです。かれらは売り買いし、飲んだり食べたりする。また、往来を歩きまわったりしている。だがそれでいて、かれの生存のほんとうの流れは、わたしの目の届かない、地下か、どこかの秘密の場所に在るのです。店へはいっても、露店をのぞいても、わたしが品物を買おうと買うまいと、かれらは全然気にしない。ホテルでも、わたしが滞在しようが出て行こうが一切無関心なのです。かれらの生活は、わたしの生活からはずっとかけ離れた、隠れた神秘の源から生れ、見えない、知らない道を走っているのです。すべてが大仕掛で、念入りな見せかけなのです。わたしのためにか、それともかれら自身のためにか、つくりあげたペテンなのです。かれらの精力の主流はほかのところを流れているのです。つまり、わたしという者は人間のからだにまぎれ込んだ歓迎されざる異分子のようなもので、全肉体の組織によって、吸収されるか、放逐されるかきめられるようなものなのです。この町はわたしにとって、まったくそんな存在だったのです」

「ホテルへのみちすがら、こうした奇怪な考えが、わたしのこころの中に、ぐいぐいはいり込んできました。そしてわたしは、いったいどこに、この町の真実の生活があるのか――その隠れた生活の関心と活動力はなんであるかを、一心に考えはじめたのです」

「さて、こうして、わたしの眼が開きかけると、わたしはほかの謎のような事実に次々と気がつきはじめました。第一に感じたことは、この町があまりにも静かなことです。通りには石が敷いてありますけれど、町の人たちはまるでなにかの布でつつんだ足で歩いているよう、ひっそりとじつに音を立てず、まるで猫のように歩くのです。ほとんど音を立てません。すべてがシーンとして、まるで口籠(くちご)をはめられているようです。住人たちの声も静かで、音程(おんてい)がひくく、ちょうど喉を鳴らしているようです。この小さな丘の町を寝かしつけているような、やわらかな夢のうとうとした空気の中には、騒がしい、出しゃばりな、また高い調子の音は、全然うまれないのです。それはちょうど、あのホテルの女主人に似ています。外見(うわべ)の休息が、内部の強烈な活動力をすっかり包んでいるのです」

「しかし、それにも関らず、無気力とか、鈍感というけはいは、どこにも見られないのです。住民はみんな活溌で、機敏そうなのです。ただかれらの上に、魔術めいたうす気味のわるい柔かさが、呪文のようにかぶさっているだけなのです！」

　ヴェジンは、ここまで話すと、両手で眼を覆った。回想がひどく生き生きとしてきたらしい。かれの声は、淀みのないささやきに変った。最後の部分が聞きとりかねるほどだった。かれは、まさしく真実を語っているのだが、話すことを楽しみ、かつ同時に憎んでいるように思えた。

やがてかれの声は、また大きくなって、話をつづけた――

「わたしはホテルへ帰り、晩飯をたべました。わたしは、新しいふしぎな世界を身辺に感じました。古い現実の世界は後退してしまいました。わたしが好むと好まぬとにかかわらず、ここに新しい、とうてい理解のできない或物が在るのです。わたしは、衝動的に汽車をおりたことを後悔しました。わたしは冒険に直面したのです。そして、わたしは、自分の性質に合わない冒険が大嫌いでした。その上、この事件は、わたしの中のどこかに深く隠れていた冒険の始まりらしくおもわれました。それをふせぎとめることも、測量することもできないので、おどろきと恐れが、心の中で混り合いました。わたしはこんな感じを味わわないのが、わたしの人柄だと、四十年間も、思いつめていたのでしたが――」

「わたしは二階のへやへ行き、ベッドにはいりましたが、気持は異常な思いと、怪しい景色で沸き返っていました。それからのがれようとしたわたしは、あの散文的な、騒々しい汽車や、元気ではしゃぎまわる乗客たちのことを、おもいつづけました。いっそあの連中といっしょに居たかったとさえおもいました。そのうちに、わたしはいつか夢路にわけ入りました。わたしは猫のむれや、音を立てずうごくけだものや、感覚を超えたおぼろで、声の無い静かな世界の夢を見つづけました」

二

ヴェジンは、そのホテルにあてもなく日一日と、予定よりも長く滞在してしまった。かれはなにかしらぼんやりした、夢うつつのような状態でいたのだ。べつに何をするのでもなかった。ただその町に魅惑されて、立ち去る決心がつかなかったのだ。今や、なににつけても決断することがかれにはむずかしくなった。時とすると、かれはどうしてあのとき思いきって汽車をおりられたか、と、それまでふしぎに思えるのだった。自分自身ではなく、誰かがそうしてくれたような気がした。そして、二度かれは、向い合いに坐っていた、あの、日にやけたフランス人を思いだしたりした。あのフランス人の「眠りのために、そして猫のために」という文句で終る、ふしぎな長いことばを全部知りたいとおもった。いったいどんな意味だったのだろう?

その間にも、この町の柔らかな静かさが、ずっとかれを虜（とりこ）にしていた。そしてかれは、かれ一流のふんぎりのつかない、おとなしいやりかたで、どこにこの町の神秘の源があるのか、またそれがなんのためにあるのかを探ろうとしていた。だが、フランス語が下手な上に、性質がそんなハキハキした調査に向いていないので、誰かをむりにつかまえて質問するようなこともできなかった。かれは、ただ、消極的に見てまわったりするだけだった。

天気は引きつづきおだやかで、靄がかかったようで、いかにもかれ向きだった。かれは町中を歩きまわり、どの通りでも横町でもみんなおぼえてしまった。町の人たちはかれを自由に行ったり来たりさせて、けっして邪魔をしなかった。そのくせかれらが、一刻でも自分から目を離さずにいることが、日一日とハッキリわかってきた。この町はちょうど、猫が鼠をねらっているように、かれを見まもっているのだ。いったい、この町の人たちがなんでこう忙がしくしているのか、かれらの活動力の主流はどこにあるのか、それだけはどうしてもわからなかった。隠れた謎だった。町人たちは猫そっくりに、やわらかで、静かで、そして神秘的だった。

しかし、自分がいつも看視されているということは、ますます明瞭になった。たとえば、町のはずれを歩いて、城壁の下にある小さな青々した公園にはいり、日光をうけた空きベンチに腰をかける。と、はじめのうちは自分ひとりぎりである。どのベンチもからだ。公園に人影はなく、小みちにも誰も歩いていない。ところが来てから十分ほどたつと、いつのまにか少くとも二十人以上の人があたりに散らばっている。砂利の小みちをぶらぶら歩いている者、花を見ている者、自分とおなじように木のベンチに腰をかけて日光を楽しんでいる者などが居る。しかも、誰ひとりかれのほうを見ようとはしない。しかし、かれには、この連中が自分を看視に来たことがわかるのだ。かれらは油断なく見まもっているのだ。通りのほうでも、みんなはそれぞれの用事で、とても忙がしそうにしている。だが、しばらくするとかれらはそんな用事はけろりと忘れ、ただ日光の下でのらくらとしているらしいのである。そしてかれらが公園を出て五分間もすると、公園にはまたもとのように人影がなくなる。ベンチもからになるのである。雑沓した大通りへ行ってもおんなじである。かれは決して一人にはなれない。町の人たちはいつもかれのことを考えているのだった。

　ヴェジンは、次第に自分がそうと知らせずに、いかに巧みに看視されているなということがわかるようになった。この町の人々は、直接にはなんにもしないのだ。すべて斜めに行動するのだ。この「斜めに行動する」ということばを考えたとき、かれはこころの中で笑った。しかし、このことばがいちばん適切にかれらの行動を描き出しているのだった。

　この町の人たちは、かれをじつに奇妙な角度から見る。ほかの者だったら、とんでもない方角を見るような目つきなのだ。それとかれらの動きかたは、ヴェジンが見ているかぎり、いつも斜(はす)かいである。まっすぐな、直接な行動ということは、どうもかれらにはできないらしい。たとえば、かれが一軒の店へ買物にはいったとする。と、そこの店の女はすぐに向うへ行って、勘定台(カウンター)の奥かなんかで、いそがしそうに何かをし始める。そのくせ、かれには返事をし、かれが来ていることは十分承知しているのだ。つまりこれが、かれらの客あしらいの唯一のやりかたなのだ。ちょうど、猫が人間に対するときとそっくりだ。ホテルの食堂でも同様だ。あの頬髯をはやしたていねいな給仕男も、行動は静かでしなやかだが、料理を注文しても、まっすぐにテーブルのところへは来ない。遠まわしに、ジグザグに歩いてくる。そしてまるでちがったほかのテーブルへ行くようなふりをして、さていよいよとなると、突然かれのそばに来るのだ。

　ヴェジンははじめてこんな事実に気がついたと、話をしながら、奇妙な独り笑いをした。

　かれのいるホテルには、ほかに泊客はなかったが、二、三人、町に住んでいる老人たちが食事をしにやって来た。ところが、その連中が食堂へはいるときのすがたも変なのだ。最初、かれらは入口に立ちどまって、へやのなかを見まわす。そしてジッとしらべてから、はすかいに、壁にピッタリ沿って歩いてくる。だから、どのテーブルに着こうとしているのかわからない。そして最後の瞬間に、まるで飛びつくようなかっこうで、きめた座席にすわるのだった。これを見たときも、ヴェジンは、猫たちのやりかたを思いだした。

このほか、何かで口を覆われたような、万事が直接でないこの奇妙にもの柔かな町で、ヴェジンが感じたいろいろなこまかい事件があった。そのひとつは、町の人たちがとんでもない迅さで、あらわれたり、居なくなったりすることである。これにはかれもあきれてしまった。これは自然のことなのかも知れないが、かれらが出入口もないところから、あっという間にあらわれ、また消え去るのが、かれには解釈がつかなかった。あるとき、かれは二人の中年の女のあとをつけていったことがある。その女たちは、ホテルのすぐそばのところで、往来の向う側からいやにジロジロかれを眺めていたのだった。すると、その女たちは、わずか数フィートさきにある横町へまがった。そこで、かれが大急ぎで追いかけていって見ると、もう誰もいない。目の前には全然人影のない通りがあるだけだった。ただひとつ、その女たちがくぐって行ったとおもわれるのは、五十フィートもさきにある家の張り出した入口なのだが、そこは人間なら、いかに速く走っても、そんな短時間に行かれそうもないところだった。

それと同様に、かれらの姿は、おもいもかけぬときに現われるのだった。一度かれは、低い塀のうしろで、誰かが言い争う声を聞いたことがある。そこでなにか起ったなと急いで行って見ると、成人の女や娘たちの一団が、声高にしゃべりあっていたのだが、かれの姿が塀の上に見えたとたん、かれらの声は急に、この町特有の低い、ささやき声に変ってしまった。そしてそのときでさえ、誰ひとり直接にかれをふり返って見るものはなく、なんとも説明のできない速さで空地を通りぬけ、そこらの戸口や、小屋の中にコソコソ姿を消してしまった。しかも、そのとき聞いたかれらの声は、奇妙にも、ちょうど獣類――特に猫たちが喧嘩するときたてるうなり声にそっくりに思えたのだった。

しかしながら、この町全体の雰囲気(ふんいき)には、なにかあたりまえの世界とかけはなれた、捕捉しがたい、変幻きわまるある物があり、同時に一方、その中に強烈な、実にいきいきとしたものがあった。それでヴェジンは、いまやこの町の生活の一部分となりながらも、この怪しい謎に当惑し、いらいらしてきた。しまいにはそれがだんだんこわくなってきた。

ヴェジンのあたまは次第に霧でくもったようになってきたが、その中にひらめた考えは、この町の人たちは、自分の決心を待っているのではないかということだった。いったい、こうするのか？　ああするのか？　そして、自分が態度をハッキリきめて見せたら、今度はむこうがなにか直接に返事をして、自分を仲間に入れるとか入れないとかするのではないかというように思われた。しかし、いったいなにをきめていいのか――それはまだ見当がつかなかった。

一、二度かれは、この町の人たちの生きている目的を知ろうとして、わざと小さい行列のあとをついて行ってみた。だが、まもなく見つけられると、その人たちは、めいめいべつな方角へ歩きだし、行列は散ってしまった。なにをやってみてもおんなじだった。かれらのほんとうの関心がどこにあるのかは、どうしてもわからなかった。教会は空虚(から)だった。町のはずれにあるサン・マルタンの古い伽藍は荒れはてていた。かれらは買物をしたいのではなく、義理で買物をしているようだった。売店はひまだし、露店にも客がなく、小さな喫茶店にも人影が絶えていた。それなのに、往来はいつでも混雑し、町の人たちはいつもざわめいているのだ。

ヴェジンはこう考えた。そして考えながらもその考えがあんまり奇妙なので、苦笑した。

「ことによると、この町の人たちは、夜の人間で、夜のうちだけ、ほんとうの生活をしているのではないか？　夕ぐれから正体をあらわすのではないか？　つまり、昼のうちは、見せかけの生活をし、太陽が沈むと、ほんとうの生活を始めるのではないか？　かれらは夜の魂を持ち、町全体が猫の手につかまれているのではないか？」

こんな想像が、なんとなく、かれをギョッとさせ、うろたえさせ、しりごみさせた。かれはむりに笑ってしまおうとしたが、自分がいよいよ不安に駆られていることがわかった。なんともいえないふしぎな力が、自分というものの中心に、数千もの見えない糸をからみつけているのだ。普通の生活からはまったく遠い何物かが――何年も目ざめなかった何物かが――自分のたましいをうごかしだしたのだ。それが自分の脳の中に手をのばして、そこに奇妙な考えをつくりだし、自分の細かい行動まで支配しはじめたのだ。

こうして、いつも日ぐれごろ、ホテルへ戻ってくると、かれは町の人々が閉った店を出て、たそがれの中をソッと歩いてくる姿を見かけた。かれらは、まるで歩哨のように通りの隅々をふらふらしており、かれが近づいてゆくと、スーッと影のようにどこかへ消えうせてしまうのだった。

ところで、かれのいるホテルは、相変らず十時になるとドアをしめてしまうので、かれには夜のこの町がどんな様子になるのかついぞ見る機会がなかった。また自分でも、はっきり見ようとする勇気がないのだった。

「眠りのために、そして猫のために」――このことばが、いよいよ度々かれの耳に鳴りわたった。しかし、その意味は依然としてわからなかった。

その上に、何者かが、毎夜かれを死人のように熟睡させていたのだった。

三

ヴェジンがあるひとつの事実を発見し、驚きを深め、危機(クライマックス)めいたものに近づいたのは、町へ来てからちょうど五日目だった。(この日数については、かれの話はときどき変るのである)もっともそれ以前にも、かれは、自分の性格にある微妙な変化がおこり、自分のこまかい習慣まで変わっているのに気がついていた。しかし、かれはそれをわざと無視しようとしていたのだが、もう無視することができなくなった。それで恐ろしくなったのである。

だいたい、かれは積極的な人間ではなかった。どちらかといえば、消極的で、柔順で、黙従的だった。だが思いきった行動が必要となると、サッと、とてもつよい決断力が出るのだった。ところが今度はその決断力がひどくおとろえたのに気がついたのだ。かれにはもう決心というものがつかなくなった。というのは、その五日目に、かれはあまり長くこの町に居すぎたから、引き上げようと考えた。どうも立ち去るほうが安全だというような感じがしたのだ。ところが発つ気にならない！　それに気がついたのである。

ヴェジンはこの無気力の状態をことばでは表現できず、表情と身ぶりで、サイレンス博士に伝えた。かれに言わせると、こうした町中の人間の看視の眼が、いつかかれの足に網をまきつけてしまい、罠にかかったようになって逃げる力を失ったというのである。かれは自分が大きな蜘蛛の巣にひっかかった蠅のような気がした。とらえられて、出て行けないのだ。これはなんともいたましい感じだった。意志がだんだんしびれたようになり、全然決断ができなくなったのだ。キッパリした行動——逃走——そんなことは、思うさえ恐ろしくなった。つまりかれの生活の流れが内部のほうにうごきだし、今まで、ほとんど手も届かない奥底に埋れていたある物を浮びあがらせようとしている感じだった。長い間、それこそ幾年も幾世紀も忘れていたある物を、かれに自覚させようとしている気分だった。かれの中にあるひとつの窓が、まさに開けはなたれ、そこから全然新しいべつな世界——しかもどこか見おぼえのある世界が見えて来そうな気分だった。そして、その窓のむこうには、またひとつ大きなカーテンがかかっている。それが巻きあげられると、その新世界がいっそうよく見えて、そこではじめて、このふしぎな町の住民の秘密が理解される——そんな気分だった。

「ああ、あの連中は、それでおれを看視して、待っているのか？　おれがいつかれらの仲間になるか、それとも断るか、それを待っているのか？　つまりそれを決めるのはかれらではなくて、おれなのか？　それを」ヴェジンはふるえるこころで、こうひとり言を言った。

　すると、ちょうどこのとき、自分がいまやっている冒険の気味のわるい本質が、ハッキリわかった。そして、ヴェジンはまったく驚いてしまった。それは今まで融通無碍（ゆうずうむげ）だとおもっていた自分の性格の安全性が、危機に瀕し、こころがすっかり卑屈になってしまったことを発見したからだった。

　そうでなければ、なぜおれは急にこんなふうに、こっそりとできるだけ音をさせないように、しかも、絶えずうしろを振り返って歩くようになったのだろう。誰もいないホテルの廊下を、ほとんど爪先だちで歩いたり、そとへ出るとわざわざ廂（ひさし）のかげみたいなところばかり選って歩くのだろう？　なにかを恐れていないのならば、なぜ日がくれたあと外出する気にならないのだろう？　家の中にいたほうが安全だという気がするのだろう？　ほんとうに、自分はなぜこうした心理になったのだろう？

　こう考えたというヴェジンに、サイレンス博士が、その心理の説明をきくと、かれは済まぬような顔で、どうも説明できないと答えた。

「ただ、油断していると、なにか起るのではないかという気がしたのです。恐ろしかったのです。でもそれは説明のできない直感のようなものでした。どうも町全体がわたしを追いかけ、なにか求めているような気がしたのです。一度つかまったら、自分は自己を失う――すくなくとも、いま意識している自分をうしなうような気がしたのです。でも、わたしは心理学者じゃないので、それ以上うまく説明できないのです」と、答えるだけだった。

ヴェジンが、この発見をしたのは、夕飯の三十分前、中庭をぶらぶらしているときだった。それからかれはすぐ二階へあがった。静かな自分の部屋で、ゆっくりひとりぼっちで考えようとしたのだ。中庭にも、人気はなかった。でも、おそろしいあの大きな女主人が、いつひょっこり出てくるかも知れぬ。そして、編物をするふりをして、腰かけて、また自分を看視するかも知れぬ。こういうことは、たびたびあった。かれはその女主人の視線がたまらなくいやだった。かれは、いつかの幻想を忘れなかった。それは、まったくとてつもないことだが、自分がくるりと背中をむけたとたん、その女主人が、いきなり飛びかかって、ひと躍りで、自分の首すじをつぶしてしまいそうな気がしたのである。もちろん、これはナンセンスな幻想だが、かれにはずっとその幻想がとり憑いていた。そして、一度とり憑いたら、それはもうナンセンスではないのだ。現実と一体になるのだ。

そこで、かれは二階へ行った。夕がたで、廊下には石油ランプがまだともっていなかった。かれは、古い床づくりのでこぼこした上を、つまずきつまずき歩いて行った。廊下をむいて並んでいるドアのおぼろな輪郭の前を通って行った。かれはこれらのドアが開かれるのを見たことがなかった。どのへやにも客が居ないのだ。かれは、今では習慣となった爪さき立ちで歩いていった。

自分のへやまで行くみちに、急に曲るところがある。うすぐらい廊下を、かれが両手で壁をさぐりさぐり行くと、ふと指が壁でない何物かにさわった——なにかうごめくものだ！　それは柔らかで、温くて、なんともいえないいい匂いのするもので、自分の肩ぐらい高いものだった。さわったとたん、かれは毛皮をきたいい匂いの少女を想像した。

しかし、このとき、かれの神経はつかれすぎていたのにちがいない。よくしらべる気にもならず、かれは逃げるようにして、うしろの壁にへばりついてしまった。すると、そのなんとも知れぬ相手は、サラサラと音をさせて通りすぎた。廊下に軽い足音を立てて行ってしまった。あたたかい、いい匂いの風が、かれの鼻孔にただよってきた。

ヴェジンはその瞬間、息をのみ、立ちどまり、壁にもたれてジッとしていた——それから、駆けるようにしてへやへ飛びこむと、鍵をかけてしまった。だが、かけたのはこわかったからではなかった。かれは興奮していたのだ。それは楽しい興奮だった。かれの神経はぴりぴりしていた。からだ中がひどくほてっていた。ふと、かれは二十年前、まだ少年だったころ、初めて恋をしたときの感じが、これとそっくりだったことをおもいだした。熱い生命のながれが全身を走り、なんともいえぬやわらかな歓喜となって、脳の中へのぼってきた。かれの気分は、突然、なごやかにうっとりと、甘くなってきた。

へやはもうまっくらだった。かれは窓際のソファの上にうつ伏して、何が自分に起ったのか、これはどういう意味なのかと怪しんだ。だが、かれにはっきりわかった唯一つのことは、かれの中に在る何物かが、突然、急激に、魔術的に変化したということだった。かれには、この町を立ち去る気が全然なくなった。もうそんなことを考えるのさえいやになった。いまの廊下での出来事が、いっさいを変えてしまったのだ。あの、いい匂いが鼻さきにのこっていて、かれのこころをうっとりとさせていた。かれには、すれちがったのが、一人の少女であるとわかっていた。くらやみの中で、その少女の顔にかれの指がさわったのだ。ところが、じつにふしぎなことには、自分の気持では、その少女と実際にキスをした——唇と唇をかさねてキスをしたような気がするのだった。

かれはソファの上でふるえながら、考えをまとめようとした。まず、せまい廊下ですれちがっただけの娘が、どうしてこんな電流にかけられたようなスリルを与えたのか。なぜその甘美な感じで、いまも自分がふるえているのか——それがわからなかった。しかも、それは動かせぬ事実なのだ！　けれど、いくら考えてみてもわからない。なにか、昔の焔のようなものが、自分の血管の中にはいりこみ、全身の血をかきたてている。そして、自分が廿才でなくて四十五才であることも、てんで問題にならないのだ。とにかく、心の中の攪乱と動揺の中から、ひとつの事実だけが鮮明になった。それはうすやみの中の、その見たこともない、知りもしない少女に、わずか触れたという、ただそれだけの雰囲気が、自分の心の中心に、今日までねむっていた情火をつよく掻きたて、かれの全人格をいままでの弱い鈍感状態から、突然烈しい暴れくるうような興奮状態に駆り立てたということだった。

しかし、時間がたつと、齢の効でヴェジンの興奮はだんだん鎮まってきた。そのときに、ノックの音がきこえた。晩飯の時刻がそろそろ終りになることを、給仕男が知らせに来たのだ。かれは身づくろいをして、階段をそろそろ、食堂へ降りていった。

はいってゆくと、みんながかれの顔を見た。時間がひどく遅かったからだ。かれはいつもの隅の椅子について、食事をはじめた。神経の動揺はまだおさまらなかった。しかし、庭にも、食堂にも、さっきの少女のペティコートが見えないことが、いくらかかれのこころを落ちつかせた。かれは次々の料理が喉につかえるほど、急いで食べていた。とそのとき、食堂内のざわめきが、かれの注意をひいた。

かれの椅子はドアのそばにあるので、食堂の大部分はかれのうしろにあった。しかし、ふり返らないでも、いまはいって来た人間が、さっき廊下ですれちがった少女であることがわかった。じつにかれには、その物音をきかず、顔も見ない前から、それを感じていたのである。かれ以外のただ一人の客だった老人が立ち上がり、はいってきた少女にあいさつしていた。やがて、かれが胸をドキドキさせながらふり向くと、一人の、くねくねとした、いかにもしなやかな身ごなしの少女が、へやのまんなかを通って自分のいる隅のほうへ、まっすぐに歩いてくる。彼女のうごきかたは、まるで若豹（わかひょう）のように優美だった。そして、近づいてくると、かれのこころは楽しく眩暈（めま）いをしたようになり、はじめのうちは彼女の顔さえわからなかった。それに、彼女の来たことが、どうしてこんなにもうれしく、ゾーッとさせるのか判断がつかなかった。

「お嬢さんのお帰りだ！」

と、近くで給仕男がつぶやくのがきこえた。これで、はじめてその少女がこのホテルの女主人の娘であることがわかった。そのうちに彼女はかれに近づき、声がきこえた。自分にあいさつしているのだった。赤い唇、笑うと白い歯が見え、それから真黒な髪のほつれ毛が、こめかみのへんでゆれるのが見えた。あとは、まるで夢のようだった。感情がたかぶって、濃い雲のようになり、眼さきを隠し、はっきり見えず、また自分がどんなに振舞ったかもわからぬようにしてしまったのだ。おぼえているのは、その娘が、可愛らしく頭をさげてあいさつしたこと――そのきれいな大きい眼がなにかをさぐるように、ジッと自分の眼に見入ったことなどである。うすぐらい廊下で感じたあの芳香が鼻孔を襲った。彼女は、かれのほうへ身をのりだし、片手をテーブルのうえについていた。彼女がすぐそばにいる――それが、かれの感じた第一のことだった。彼女は、自分のホテルの客に居心地をたずねていた。いちばんおくれて来た客――すなわち、かれに、自己紹介をしていたのだった。

「こちらはいらしってからもう四、五日になります」と、給仕男(ウェイター)のいうのが聞え、次に、まるで歌っているように美しい彼女の声がきこえた。

「まあ、あなたはまだ当分いて下さるのでしょうね。母はもう年とってお客さまのお世話ができませんけど、今度はわたくしが帰りましたから、お埋めあわせしますわ。きっとサーヴィスいたしますわ」

と、彼女は、明かるく笑った。

ヴェジンは、こみあげる感情と闘いながら、ていねいに応対しようとおもって、半ば椅子から立ちあがった。吃り吃り返事をしようとした。だが、そのはずみに、自分の片手が偶然テーブルにのっていた彼女の手にさわってしまった。すると、そのショックが、まるで電気にでも触れたように、からだの髄(ずい)にまでしみとおった。かれのたましい全部が波のように大きくゆれた。かれは少女の目が、なんともいえぬふしぎな強烈さで自分の顔にそそがれているのを見、次の瞬間、なんにも言わずに、また椅子に坐ってしまった。娘はいつの間にか、へやの半分むこうへ去り、かれは自分がデザート・スプーンとナイフで、サラダを食べかけているのに気がついた。

娘の帰ってくるのを待ちながら、かつ、おそれながら、かれは料理をほとんど呑むようにして済ませた。それからまた独りで考えようとしてへやへ戻った。

今度、廊下にはあかりがついていた。それで、べつにかわった出来事にも出会わなかった。しかし、曲りくねっている廊下は陰影でほのぐらく、曲り角をまがってからの最後の部分は、ふだんよりもずっと長いような気がした。それはまるで、山の小道かなんぞのように、だんだんひくくなっていって、それをずっと爪さき立ちでおりてゆくと、ホテルのそとへ出て、大きな森のまん中へ出るような感じがした。心がみょうに浮き浮きとし、あやしい幻想であたまがいっぱいだった。そしてやっとへやにはいると、かれはドアをぴったり閉め、わざと蠟燭をつけなかった。そして開けはなした窓際で、雲のように次々にわいてくる長い長い想いに身をまかせたのだった。

四

この少女に関するヴェジンの話は、特別な甘味もなく、ひどく言いにくそうにボソボソと語られたのだった。かれはその娘がなぜそんなにもふかく——まだ見ない前からかれの心をうごかしたのか、全然わけがわからないと言った。ただうすくらがりで、すれちがっただけで、かれはもう火のようになってしまったのだ。かれは女の魔力なんてものを知らなかった。もう何年となく、異性の誰とも優しい交渉など持ったことがなかった。かれはひどく内気なたちであり、自分もそれを知っていて、わざとそういう交渉を避けていたのだ。だが、今度の娘はむこうから積極的だった。まるでちゃんと作戦を立てたように、あらゆる機会をつかんで肉迫してくるのである。もちろん、彼女は清潔で可憐だった。しかも、露骨で挑戦的なのだ。たとえあのくらがりですれちがわなくても、その輝かしい眼の一瞥で十分かれを捉えてしまったのだ。

「つまり、あなたはその娘が、まったく健康で善良な気がしたというんですね？　たとえば反対に、びっくりしたとか、こわいとかいうような感じはありませんでしたか」と、サイレンス博士がヴェジンにきいた。

ヴェジンは、例のかすかに弁解するような眼をあげて、チラと博士の顔を見たが、しばらくたって、やっと返事をした。かれはこれくらいの問題にでも顔をポーッとあかくし、伏目がちに答えるのだった。

「さあ、はっきりとは言えませんが、あとになってへやに坐っていると、いくぶん厭な感じがしました。なんといったらいいか、その娘が神聖でないような気がしたのです。といっても、精神的にも肉体的にも、その娘が不潔だというのじゃありません。つまり、そのなんとなくゾーッとするような気もちでした。その娘がそばへ来て返事をすると、その——」

と言いかけて、ヴェジンはまた顔を火のように真赤にし、

「とにかく前にも後にもあんな感じは味わったことがありません。それは、たぶんあなたがおっしゃった妖術のようなものだとおもいます。つまり、その娘の顔を毎日見たり、声をきいたり、あでやかなすがたを見たり、または時々その手にさわったりしていられるのなら、この気味のわるいホテルに、何年いてもいいというような気持でした」

「ところで、その妖術のような力の源はどこにあると感じましたか？　それが説明できますか」と、わざと目をそらしながら、サイレンス博士がきいた。

「それは無理です。好きになった女の魅力がどこにあったかをいうことは、誰にもできますまい。わたしにも言えませんね。ただ言えることは、その女が自分とおなじ家の中でくらしたり眠ったりしているということが、たまらなく楽しくおもわれたのです」と、ヴェジンが、できるだけ威儀をつくろって答えた。それから、さらに眼を輝かして言い足した。

「それからもうひとつ言えることは、この町や、町の人たちを目立たずにうごかしている奇妙な魔力が、この娘の中にそっくりこもっているような気がしたことです。まるで豹のようになめらかにうごき、音を立てずあちこちに移りまわる。それから町の人たちと同じ、間接的な、斜な歩きつきをします。そして、なにか秘密な目的をもち、わたしをその目的の対象としているようなところもそっくりでした。その娘はいつもわたしから目を離さない。これがわたしにはこわくもあり、うれしくもあったのです。しかもその看視のしかたが、いかにも無雑作であって完全なのです。わたしほど敏感でなければ、また、わたしほど前々から用心していなければ、絶対に気がつかぬほどなのです。いつも、落ちついて、いつも遊んでいるようで、しかもすぐどこへでも現われてくるのです。決して看視をのがれられないのです。へやの隅っこにいても、廊下にいても、わたしには窓ごしにのぞいているその娘の目が見え、笑い声がきこえるのです。大通りのいちばん雑沓(ざっとう)するところにいてもそうなのです」

初対面のあと、ヴェジンとその娘とは、急激に親しくなっていった。かれはうまれつき謹直な男だった。謹直な男というものは、たいていせまい小さな世界でくらしているものだから、異常な出来事が起きると、めちゃめちゃにされてしまう。だから本能的にそういう変わったことをきらうのだ。だが、ヴェジンは、この娘に会ってから当座、謹直も忘れがちだった。ところで娘はいつもつつましく振舞っていた。それにホテルの女主人の代理でもあり、客に対してはそうでなければならないのだった。しかし、二人が仲よくなるのも無理ではない。彼女は若いし、美しくも、チャーミングでもある。その上にフランス生れだ。しかもヴェジンをとても好いているように見えるのだ。

だがそれと同時に、ヴェジンには、時により場所によって、なんとも言えぬちがった気持になるときがあった。とてもこんなに看視される場所には居たたまれぬという気持だった。そう思って息がつまるほど愕然とするときがあった。それは半ば喜び半ば恐れている悪夢のような生活だった――と、かれは、サイレンス博士に言うのだった。そして、一度ならずかれは、自分がなにを言ったり、したりしているかにさえ気がつかなかった。それはまるで自分が、自分のものではない、なにかの本能で追い立てられているような感じだった。

そんなわけで、その町を立ち去ろうという考えは、いつも胸にうかびながら、その度毎に決断がつかず、日一日と長く滞在してしまった。そして、次第にこの夢のような中世紀風の町の一部分になり、自分の人格を喪失していった。かれはまもなく、心の奥のカーテンがおそろしい響きをたてたとき、自分はそのうしろにかくれているこの町の秘密の目的を見るのだろうと思っていた。ただ、その時には、自分はもう、人間ではない、全然ちがったものに変化しているのだろうと考えていた。

その間にかれは、ホテルが自分を引きとめておこうといろいろ企画しているのに気がついた。寝室には花がかざられ、へやの隅には気持のいい安楽椅子が据えつけられた。食堂の自分のテーブルには特別な料理が出るようになった。イルゼ嬢と話す機会はだんだん多く、愉快になっていった。もっとも、話題は、天気の話や、町の噂にかぎられていた。ところで、イルゼ嬢はけっして急いで話を終らせない。しかも、その間に、ときどき奇妙な文句を挿むのだった。その文句の意味は、かれには理解できなかったが、非常に意味の深いことだけは感ぜられるのだった。

そして、こうしたわからない意味にみちた文句の中に、イルゼ嬢の隠れた目的が秘められていて、かれを不安にさせた。そのことばは、かれがこの町に無限に滞在しなければならぬということを暗示したものだった。

あるとき、午飯のあと、日のあたる庭の椅子に並んで坐っていると、彼女が、耳もとで、やさしい声で言った。

「あなた、まだ決心がおつきにならないの？　そんなにむずかしかったら、みんなでお助けしなければならなくなるわ」

ちょうど不安になっていたところへこんな質問をされたので、ヴェジンはギョッとした。彼女はそれを可愛らしい笑顔で言い、その片方の目の上にはひとすじのおくれ毛をただよわせ、かれをのぞいた顔は半分いたずらそうだった。ことによると、それは彼女のフランス語を聞きちがえたのかも知れなかった。彼女がそばへくると、かれの貧弱な語学力はいつもひどく混乱したからである。しかし、このときの彼女のことばと態度とそれから、その背後にある何物かがかれを仰天(ぎょうてん)させてしまった。それは、この町全体が、なにか重大なことに関して、かれの決心を待ちうけているという感じをつよくかれに与えたのだった。

それと同時に、彼女の声と、それから、彼女が柔らかな黒い服をきて、そばに居るという事実が、たまらなくかれをうごかしていた。そこで、かれは少女の眼の中にたのしくおぼれながら、とぎれとぎれに言った。

「わたしが出発できないでいるというのは、ほんとうです。それはイルゼさんが来たからです」

ヴェジンはこの文句の成功におどろいた。そして自分ながら名文句をいったものだとおもった。だが同時に、言ったことを後悔して舌を嚙みたいようにおもった。

「ではあなたはこの町がお好きなのね。さもなければ、いらっしゃるはずがないわ」と、娘が、ヴェジンのお世辞を無視して言った。

「わたしは、この町に魅惑され、あなたに魅惑されたんです」と、かれは言った。なんだか自分の舌が、頭脳で抑えられないほどすべるような気がした。そして、かれは、まさに、もっと

思いきったいろいろなことを続けて言おうとしたが、このとき、娘は椅子から身軽に立ち上がって行きかけた。そして、

「今日は、葱のスープよ。わたし行って見なくちゃ。さもないと、ヴェジンさんのお気に入らないわ。そしてここを出ていかれたらたいへんだわ」

と、日ざしの中で、かれを振り返っていった。

かれは、彼女が庭を通り、猫族めいた優美な軽いからだつきで去りゆくのを見送った。彼女の簡素な黒い洋服が、やはり猫の毛皮をおもわせた。彼女は、ガラス戸のはいったドア口からもう一ぺんかれのほうをふり向いて笑い、それから立ちどまって、ホールの内側の隅で、いつものように編物をしている母親に話しかけた。

しかし忘れられないのは、その時の光景だと、ヴェジンは言うのである。

かれがぶかっこうなホテルの女主人に目をやったとき、その母娘(おやこ)の姿の上に、なんとも言えぬ怪奇な変化が起った。二人はまったく別な人間に変ったようになった。まるで魔術でそうなったかのように、二人は堂々とした威厳あるすがたにつつまれてしまった。ふとった母親の表情や態度はまるで王者のようになり、乱れくるう躁宴(そうえん)の中で笏(しゃく)を振りながら、真っ黒な凄まじい玉座にどっかと坐しているように見えた。それからまたあどけない小娘のイルゼも、柳のように優美で、若豹のようにしなやかであるにもかかわらず、突如としてうす気味のわるい威厳でかがやいた。そして頭上に焔とけむりを立て、脚下に夜の暗黒を踏んまえてしずしずと歩くように見えたのだった。

ヴェジンは、おどろいて息をのみ、射ぬかれたようになった。するとほとんど同時に、その幻覚は消え、ただ陽のあたる庭に立つ母娘のすがたが見えてきた。娘が母親に「葱入りのスープ」の話を笑いながらするのが聞え、その次に娘が可愛らしい肩越しに、かれをチラと見るのが見えた。その可憐なすがたは、夏のそよ風の前に撓(たわ)んでいる露おびた薔薇をかれに想わせた。

まったくその日の「葱入りのスープ」の味は特別上等だった。というのは、かれの小さいテーブルの上には、もう一人分の食器の用意ができていた。そして、かれは、給仕(ウェイター)が説明するように、

「イルゼさんが今日、あなたのお相手をなさいます。大切なお客さまには、ときどきそうなさるのです」

というのを、波うつこころで聞いたのだった。

事実イルゼ嬢は、この楽しい昼食の間、かれのそばに坐り、フランス語で静かに、居心地はいいかどうかなどたずねながら、ドレッシング・サラダをまぜたり、自分の手でかれに食物をよそってくれたりした。そして、その日の午後、かれが、彼女が用の済みしだい現われてくるのをのぞみながら、中庭で煙草をすっていると、彼女はそばへやって来た。かれが立ち上がって迎えると、その瞬間、彼女はふしぎなはにかんだ表情を見せて、言いだした――

「母があなたに、この町のいいところをもっと見て頂きたいと申しますの。わたしもそう思いますわ。ご案内しましょうか。どこでも見せてあげますわ。わたしの家はここにもう何百年も住んでいるんですもの」

そして、ヴェジンの返事も待たず、彼女はかれの腕をとり、いやおうなしに街へつれて出た。それはいかにもそれが当然であるというような自然な態度で、ずうずうしさとか厚かましさというような点はすこしも見られなかった。彼女の顔は、楽しさと興味でかがやいていた。裾のみじかいドレスと、ほつれた髪が彼女を、可愛い十七の少女のように見せた。彼女は、いかにも無邪気でいたずらそうで、自分の歳も忘れて生れの町を誇り、その昔の美に生き生きとして見えた。

二人は町中をまわった。彼女は自分で興味があるとおもう主だったところを見せてくれた。それは彼女の祖先たちがくらしたくずれた古い家や、母親一家が何世紀となく住んでいた、くらい、貴族めいた邸や、数百年前、魔法使いの女たちが大勢焚殺（やきころ）されたという市場のあとなどであった。それを説明する彼女のことばは、生き生きとして、流れるようだった。並んでてくてく歩くかれには、ごくわずかしかその説明がわからなかったが、自分がすでに四十五才であることがうらめしく、若い日に返りたい気もちが切々として湧くのだった。そして彼女の話を聞いてると、故郷のイングランドも、我家のあるサービトンも、いつか遠く、まるで世界歴史のちがったページのような気もちがするのだった。彼女の声は、かれの中にある、数えきれない昔の或る物に——深く深く眠っている或る物に触れるようだった。それはかれの意識の表面の部分を気もちよく眠らせ、ごく底の、古いものを目ざませた。ちょうどこの小さい町のうわべだけが近代化しているように、かれの存在のうわべのものは、うとうとと眠らされて、おし黙らされて、その下にあるものが、うごめきだしてきた。あの大きなカーテンがすこしずつ揺れだした。まもなくそれはサッと開いて、そして……

とうとうヴェジンにはわかりだした。自分の中にはこの町の気分が、複写されるのだ。表面の自分がかくれると、それにつれて内面の、かくれた自分が出てくる。表面の自分より、もっとほんもので、いきいきしたものが浮びでてくるのだ。そして、この少女は、たしかそれをつかさどる女司祭(おんなしさい)だ。それを成しとげる最高機関なのだ。彼女と並んでくねくねした道を歩いてゆくと、新しい考えや新しい解釈が、かれのこころの中にあふれて来た。そしてこの夕日にいろどられた、古い破風(はふ)のついた町並が、すばらしく蠱惑的(こわくてき)に見えてくるのだった。

と、このときに、実際説明のできぬ奇妙な事件が起り、かれをおどろかせ、うろたえさせた。それはつれの少女の顔を真蒼(まつさお)にし、笑っている唇から悲鳴をあげさせたのだった。というのは、このときちょうど秋の落葉が燃えていた。そこから、青いひとすじのけむりが立ちのぼっていた。それが赤い屋根屋根を背景に、うつくしい絵のように見えた。そこでかれは、イルゼ嬢を呼び、ここかしこの落葉焚く火を指さして見せたのだ。すると、それを見るなり、彼女の顔は死んだようになり、彼女は疾風のように駆けだした。そして駆けながら、けたたましい声でかれに何かを叫ぶのだ。かれには一語もわからなかったが、ただ、彼女がびっくりしていることと、それから、早く立ち去りたがっていること——そして自分をもつれて逃げたがっていることだけがわかった。

しかし、五分あとには、彼女は何事も起らなかったように静かになった。もとのように幸福そうな顔になった。そしてふたりは、それなり、その事件を忘れてしまったのである。

まもなく、かれらは、並んで古い城壁にもたれ、かれが、はじめてこの町へ来た日に聞いたあの楽隊の奇妙な奏楽を聞いていた。それは、あの日のようにまた、かれのこころをうごかした。すると、ふしぎに舌がうごきだし、うまくフランス語がしゃべれるようになった。娘は石垣の上にいた。あたりには誰もいなかった。なにかの機械でうごかされているように、かれは——自分でも気づかぬうちに、彼女の讃美のことばをしゃべり出していた。と彼女は、そのはじめのことばをきいただけで、身軽く、石垣から飛びおり、膝がふれ合うように、かれの正面へ来て笑顔を見せた。彼女はいつものように帽子をかむっていなかった。日射がその髪の毛と、片方の頬と喉のあたりにあたっていた。

「ああ、うれしい。わたしとてもうれしいわ。あなたがわたしを好きだってことは、つまりわたしのすることが好きで、わたしの仲間が好きだっていうことなんですもの」と、彼女は叫び、かれの眼の前でそのかわいらしい手をパチパチとうち鳴らした。

ところが、ヴェジンのほうは、うっかり言ってしまったことをもうひどく後悔していた。彼女のいま言ったことばの何かが、かれをゾッとさせた。なんだか知らない危険な海に乗りだしたような恐怖をおぼえたのだった。彼女はヴェジンがしりごみしているのに気がついたらしく、なんともいえぬ媚をたたえて、ことばをつづけて言った。

「つまりあなたはほんとうの生活に返るのよ。わたしたちのとこへ戻っていらっしゃるのよ」

このときすでに、この子供らしい娘は、かれを征服していた。かれは相手の力がだんだん自分をおさえつけてくるのを感じた。彼女からほとばしり出る何物かが、かれの五官をしばりつけ、かれは、彼女がそのあどけない美しさの中に、威風堂々と相手を抑圧するような力をもっていることを知った。かれの眼前には、また、彼女がおどろくべき逞しさをもって、あのおそろしい母親と並び、うち砕く嵐の光景の中を、煙と焰をくぐって動きまわるすがたが見えてきた。それは、彼女の微笑と、可愛らしく無邪気な様子の中に、さんらんとかがやいていた。

彼女はジッとかれを見すえながら、

「ねえ、きっとそうなさるわね」と、念を押した。

ふたりはひくい城壁の上にいた。あたりには誰もいなかった。彼女に征服されているという感じが、かれの血管の中の血を清新にした。投げやりでもあり、控え目でもある少女の態度は、たまらなくかれをひきつけた。かれの中にある男性的な要素が、うす気味悪さをおいのけてしまった。同時に、忘れていた若い日の歓喜がわき立ってきた。もう遠慮せずに彼女になんでもきいてみたい勇気が出てきた。

少女は、ふたたびおとなしくなって、並んで暮れてゆく平原を眺めていた。両肘を石壁の上の笠石について石で刻まれた像のように、ジッとしていた。かれは勇気をふるいおこし、知らぬ間に彼女の柔かな喉をゴロゴロ鳴らすような声を真似ながらきいた。

「イルゼさん、いったいこの町の秘密はなんなのですか、あなたのいうほんとうの生活とはなんなのですか。それをきかせてくれませんか？　なぜ、この町の人たちは朝から晩まで、わたしを見張りしているんですか。それに……」

と言いかけて、かれは語調をいっそうはやめ、声に情熱をこめて、

「いったいあなたは――あなた自身はほんとになんなのです？」

彼女はくるりと向き直り、なかば閉じた瞼のかげからかれを見た。内部的に興奮していることが、顔の上を影のように走っている、ほのかな色でわかった。

かれは彼女にみつめられて、ややどもりながら言いつづけた。

「わたしは、もう、そういうことを知る権利があるとおもうのです。わたしは……」

と、彼女はいきなり眼をいっぱいにみひらいた。そしてやさしくきいた。

「ではあなたはわたしを愛していらっしゃるのね？」

「誓います。こんなことはわたし初めてです。これまでわたしは恋というものは……」

かれは上げ潮でうかされているように、熱烈にこう言った。と、彼女はかれのしどろもどろなことばをさえぎって言った。

「では、あなたには知る権利がありますわ。だって、愛する者たちには秘密がないはずですもの」

そこで彼女がことばをきると、かれの身体中を戦慄が走った。彼女のことばは、かれを大地から引きはなしてしまった。かれはさんらんたる幸福を感じたが、ほとんどそれと同時に、それとおそろしい対照をなして、死の観念が頭の中をかすめた。かれは、相手が自分を見つめ、また話しをつづけているのに気がついた。

「わたしのいうほんとうの生活というのは、こころの中にある昔の、大昔の生活です。あなた

がむかしやっていられた生活で、いまもあなたはその生活の中にいるのです」と、彼女がささやいた。

その低い声がかれのからだにしみこむと、なにか記憶のかすかな波がたましいの底でゆれだした。彼女のことばの十分の意味はわからないくせに、本能的に、それが真実だと思われるのだった。聞いているうちに、かれの現在の生活は、かれからはげ落ちて、もっと古い、もっと大きい自分の人格の中にとけこむような気がするのだった。この現在の自分が失われるということが、かれに死の観念をひらめかせるのだった。

イルゼ嬢はことばをつづけた。

「あなたは、それをもとめてこの町へいらっしゃったんです。町の人たちはあなたが来たことを感じ、みんなあなたの決心を待っているのです。いったい、あなたはそれを見つけずに帰れるのか、それとも……」

彼女の眼は、依然としてかれをみつめたままだったが、その顔はだんだん変りだした。なにか年齢をあらわしてだんだん大きく、だんだんくらくなってきたようにみえた。

「みんながあなたを見張りしているとお思いになるのは、この町の人の考えが、あなたのたましいのまわりをしじゅう遊びまわっているからなのです。あの人たちの内部の生活の目的が、あなたを呼び、あなたを求めているからなのです。あなたは、大昔、かれらとおなじ生活をされていたのです。それでみんながまた戻ってもらいたがっているのです」

このことばをきいていると、ヴェジンの臆病なこころは、おそろしさにだんだん滅入(めい)ってきた。しかし、少女の眼は、歓喜の網でかれをしっかりつかまえている。かれには逃げようもなかった。彼女は、かれを魅惑して、平常の自我のそとへ連れ出してしまったのだ。

「でも、町の人たちの力だけでは、あなたをこのように、ジッとつかまえてはおけません。原の力は十分つよいんですけれど、年月がたって、おとろえてしまったんです」

「でも、わたしは……」

と、言いかけて、彼女はことばをきった。そして、その輝く眼に絶対の自信を湛たえて、言いだした。

「……わたしにはあなたに勝ち、あなたを捉える力があります。それは昔の愛の魔力です。あなたをつれ戻し、わたしと昔の生活をさせることができます。わたしたちの間の昔の紲の力を使えば、あなたはもう逆らえないのです。わたしその力を使いますわ。わたし、今でもあなたが欲しいんですわ。ねえ、わたしのおぼろな大昔のたましいであったかた！」

こういいながら、彼女がぐっと寄り添ったので、息がかれの眼にかかって来た。彼女のつぎのことばはまるで歌っているようだった。

「わたしはあなたをわたしのものにする。あなたは、わたしを愛しているから、もうわたしの思いのままになるのです」

ヴェジンはこれらのことばを聞いた。しかも聞こえてはいなかった。わかっていたが、ほんとにわかってはいなかった。かれはもう有頂天の状態にいた。世界は音楽と花でつくられて、かれの足もとにあり、かれは清らかなよろこびのひかりを縫ってどこか高いところを翔っていた。かれは相手のことばのすばらしさに息をつけず、眼もくらんでいた。恍惚としてただ酔っていたのだ。しかも、おそろしいことは、そうしていながら——彼女のことばのうしろに、死のおそろしい想念を感じていたことだった。それは、彼女の優しい声の中から黒けむりがほとばしって、かれのたましいを甜（な）めているような感じだった。

　それでいて、ふたりの意志はぴったりと通じている。それはまるで伝心術（テレパシー）のはたらきのようにかれには思われた。かれの貧しいフランス語は、言いたいとおりを決して相手に伝えていないのに、彼女にはそれが完全にわかるのだ。そして、彼女のことばは、まるで古い馴染（なじみ）の詩の文句でも暗誦されているように彼にははっきりわかるのだ。彼女のことばをきいている、この楽しさと苦しさとがまじった気持は、かれの小さいたましいには、もう堪えきれなかった。

「でも、わたしは、まったく偶然この町へ来たんです」

と、かれがいうと、

「いいえ、あなたはわたしが呼んだから来たのです。わたしはもう何年もあなたを呼びつづけていました。そしてあなたは、あなたのうしろにあるすべて過去の力に押されて、ここへいらしったんです。あなたはわたしのものだから、わたしが求めたので来（こ）ずにはいられなかったのです」

と、イルゼが情熱をこめて叫んだ。

　彼女はまた立ち上がり、近づいて来た。そして不敵ないろを顔にうかべて、ジッとかれを見つめた。それは権威をもつものの傲慢さだった。

太陽は古い伽藍のうしろに沈み、夕闇が平野から立ちのぼってきてかれらをつつんだ。楽隊の奏楽はやんだ。鈴懸木の葉は、動かずに垂れていた。しかし、秋の夕ぐれの冷たさが、あたりにせまって来て、ヴェジンはおもわず身ぶるいした。ふたりの声と、それから、少女の衣ずれの音がときどきするほか、シンとしてなんの音もきこえなかった。かれには血が耳の中で鳴るのがきこえた。どこにいるのか、なにをしているのかさえ、もうわからなかった。なにかおそろしい想像力の魔力が、かれを、自分というものの墓穴の中にひきずり込み、彼女の言うことはみんな真実だと、はっきり言いきかせているようだった。そばに居て、ふしぎにも威張ってしゃべっているこの素朴なフランス娘が、全然別人になり変ったようだった。彼女の眼を見ていると、かれの心の中の視覚に、ひとつの像があざやかに浮きあがり、かれはそれを現実だと認めざるを得なくなった。またもや、イルゼ嬢がまっすぐに威儀堂々と、荒寥たる森林や山の洞窟のほとりを歩きまわっているすがたが見えた。頭上にはえんえんと焰がもえ、脚もとにはけむりの雲がめまぐるしく翔っている。黒い木の葉が、ゆるやかに風になびく彼女の髪にまといつき、その手足は、着ているぼろぼろの着物を透して燦然とかがやいている。彼女のまわりにはたくさんの人間がいて、みんなうっとりした眼で彼女を眺めている。しかし彼女の眼は、いつもたったひとりの人間を見ている。それは彼女が腕で抱いている男だ。つまり、彼女は合唱につれて、どこかの狂おしい酒宴でダンスの先導をしているのだ。彼女がひきいる踊り手のむれは、玉座に坐った、大きく、おそろしい人影をとりまいている。その人影は蒼ざめた霧の中からその場の光景を眺めている。こちらでは、ほかの無数のあらくれた顔とすがたが、踊りながら狂人のように彼女を追っているのだ。そして、彼女が抱いている男は、ヴェジン自身であることがわかった。それから玉座の上の怪物は、イルゼの母親であった。

　この幻影は、埋もれた永い年月とともにかれのこころの中に突き出て来て、目ざめた記憶の声で、高くかれに呼びかけるのだった。すると、やがて、そのふしぎな幻影はうすれ、消えうせ、ヴェジンはイルゼの大きなすずしい眼が自分をジッと見ているのに気がついた。それと同時に、彼女はまたもとのホテルの小娘に還ってしまった。それでかれは、やっと口がきけるようになった。かれはふるえながら、小声できいた。

「それで、会う前にわたしがあなたを愛していたということはどんな魔術なんですか？　どうしてあなたはそんな魔力を持っているんですか？」

　イルゼは、凛然（りんぜん）とした威厳をもってかれに寄り添って答えた。

「それは過去の呼び声です。それに、ほんとうの生活では、わたしは王女なのです」

「えッ、王女？」と、かれが叫んだ。

「そして、わたしの母は王妃です！」

　これを聞いて、小男のヴェジンはわけがわからなくなってしまった。痛いほどの歓喜が、かれを恍惚（こうこつ）とさせてしまった。可愛らしい、うたうような声を聞き、美しい小さなくちびるがこんなことを語るのを耳にしていると、かれはまったく心の均衡を失ってしまった。かれはイルゼを両腕にかかえ、さからわずにいるその顔中いっぱいに接吻をしてしまった。

　しかし、そうしながらも——それほど熱い情熱に燃えながらも、かれはイルゼを——柔かいイルゼを――いやらしいとおもった。彼女が接吻を返すと、自分のたましいが底まで汚されるような気がしたのだった……

と、やがて、彼女はかれの手をひきはなして、夕闇の中に消えていった。かれは頽折れたように石壁にもたれて、ひとりで立っていた。かれは言うままになるやわらかな肉体に触れた恐怖と、自分の弱さに、悪感を感じていた。そしてこれらの行為が、やがて自分を破滅させるものであることをおぼろに自覚していた。

そのとき、イルゼが姿を消した古い建物の蔭から、夜の静寂をついて、異様な、長く尾をひく叫び声があがった。最初、ヴェジンはそれを笑い声かなとおもったが、その後になって、それは一ぴきの猫の、人間そっくりの啼き声であることを知ったのだった。

五

ヴェジンは、乱れゆく想いと感情を抱いて、ひとりぼっち、長い間石壁によりかかっていた。そのあげく悟ったことは、自分が自分の古い過去の全部の力を呼びもどすのに必要な、ひとつの行為を犯してしまったということだった。いま交わした情熱的な接吻の中に、かれはありありと過去の紲を知った。その紲を、かれはよみがえらせてしまったのだ。かれはいつぞや、ホテルのうすぐらい廊下でのやわらかな、執念ぶかい愛撫をおもいだして、身ぶるいした。あの娘は最初からかれを支配し、次に自分の目的をとげるためぜひ必要な行為をかれに犯させてしまったのだ。かれは幾世紀となく待ち伏せされていて、ついにとらえられ、征服されてしまったのだ。

このことをさとると、かれは逃げだそうと思いついた。この町から逃げ出す方法を考えた。しかし、とにかく、しばらくの間は、意志も考えもまとまらなかった。いまの出来事の甘美な狂想が、呪文(じゅもん)のようにあたまを占領していたのだ。それでかれは、彼女にまったく魅せられて、いままでに知ったどこよりも、もっと大きく野蛮な世界をうごきまわっているという感じに恍惚としていた。

蒼白(あおじろ)く、巨(おお)きな月が海のような平原に、ちょうど、昇りかけていた。かれはついに帰ろうとして立ち上がった。斜めに射す月光が、並ぶ家々を新しいかたちに浮びあがらせていた。すでに露でぬれている屋根屋根が、ふだんよりもずっと高く空へ伸びているような気がした。そして、家々の破風(はふ)や奇妙なかたちの古い塔が、遠く紫いろの果に横たわっていた。

寺の伽藍は、銀いろの霧の中に、まぼろしのように見えた。かれは物蔭をえらんで、ソッと歩いていった。だが街路には全然人気がなく、ひっそりとしていた。家々の戸は閉められ、鎧戸はおろされていた。人っ子一人うごいていない。夜の静けさが、すべてのものを包んでいた。それはまるで死の町のようだった。巨きい、グロテスクな墓石だけがそびえている墓場のようだった。

いったいあの昼間のいそがしい生活は、みんなどこへ隠れてしまったのだろうと怪しみながら、かれは途をホテルの裏口までたどり、馬小屋をぬけて中へはいろうとした。そうすれば、誰にも見られずに、へやへはいれるとおもったのだった。かれは無事に中庭につき、そこを壁の蔭をつたわって横ぎった。かれはあの老人たちが、食堂へはいるときしたように、爪さき立ちでこっそり歩いていた。歩きながら、いつか自分が知らず知らず、そんな歩きかたをしているのに気がついてはゾーッとした。奇妙な衝動が、ときどき襲ってきた。それは四つんばいになって、はやく、そっと歩きたいという衝動だった。そんな衝動がしきりに身体の真中あたりに起った。かれは上の方をチラリと見上げた。すると、階段をのぼってまわってゆくよりは、いっそひと飛びに窓枠（まどわく）に飛びつきたいような気持に駆られた。それがいちばん楽で、いちばん自然な方法のような気がするのだった。そしてその感じは、かれが何物かに変形する最初のおそろしい徴候のような気がした。かれはおそろしさでコチコチになっていた。

月はだんだん高くのぼり、かれが歩いてきた路には深い長い影がのびていた。その蔭を伝わって、かれはガラスのドアがはまっている入口に着いた。

しかし、燈光（あかり）が見えない。ホテルの中は、運わるくシンとしていた。誰にも見られずに広間（ホール）を通り、階段のところへ行こうとおもって、かれは用心ぶかくドアをあけて忍び込んだ。すると、広間（ホール）が空虚でないことがわかった。大きな黒い物が、左手の壁のところにある。最初かれはなにかの家具（かぐ）だろうとおもった。すると、それがモゾモゾうごきだした。今度かれはそれがとてつもない大きな猫で、光と影のたわむれで、そう見えるのだろうとおもった。と、その怪しい影がかれの前でスックと立ち上がった。それはホテルの女主人だった。

女主人がこんな姿勢でなにをしていたのか？　かれはふとおそろしい想像に駆られたが、それよりも、その女主人が立ち上がって、自分とむかい合った刹那、かれは彼女のおそろしい威厳にうたれた。そして、さっき、イルゼが母は王妃だったといったことばをおもいだした。小ちゃな石油ランプの下に——しかも、ひろいホールにかれと二人ぎりで立った女主人のすがたは、巨きく、うす気味わるかった。恐怖がかれの心を襲い、昔のおそれの根をゆりうごかした。かれは、彼女の前に頭をさげ、服従のしるしを見せねばならないように感じた。昔のならわしであったこの衝動には、はげしく抵抗できないものがあった。かれはいそいであたりを見まわした。誰も居なかった。そこでかれは、彼女にていねいにあたまをさげ、敬礼をした。

「そう。とうとう決心がついたのね。よかった。うれしくおもいます」

女主人のことばがひろい空間を通ってくるかのように、ほがらかに耳にきこえた。

すると、その彼女の巨きなすがたが、いきなり板石を敷いたホールをよぎって、かれのふるえる両手をつかんだ。なにか圧倒的な力が、彼女とともにうごいて、かれをぐっとつかまえた。女主人の声がまた聞えた。

「ねえ、いっしょに歩いて来ましょう。今夜は、みんなでかけるのだから、その前に、すこし練習しておかなければ——イルゼ、イルゼ、おいで。はやく！」

こういうと、彼女はかれの手をとり、奇妙なステップで踊りだした。それは奇怪な、しかしどこか見おぼえのあるダンスだった。このふしぎに調和した一組の踊子は、なんの音もたてずに踊った。すべてがやわらかで、忍びやかだった。まもなく、空気がけむりのように濃くなり、赤い焔のひかりがそれを洩れてチラチラ見えそめるころ、ヴェジンは、誰かがもうひとり来たことを感じた。かたく自分をつかんでいた母親の手がはなれると、イルゼの手がこれに代った。イルゼは呼ばれて来たのだった。彼女は馬鞭草（くまつづら）の葉で、その黒い髪をつかね、奇妙な衣装のなごりであるらしいぼろぼろの布をまとっていた。そのすがたは、まるで夜のように、美しさの中におそろしさと、いやらしさを持ち、厭わしいようで、同時に蠱惑的（こわくてき）であった。

「安息日（サバス）へ！　安息日（サバス）へ！　妖巫（ウィッチ）の安息日（サバス）（註。サタンが毎年一度妖巫、妖精、悪魔らを召集して夜間にひらく宴会）へ行きましょう」

といきなりふたりが叫びだした。

そして、母娘（おやこ）は、ヴェジンを左右からかこんで、せまい広間でそろって踊りだした。それはかれのかつて知らないとても狂おしい調子の踊りで、いまでもかれはそのおそろしい姿を覚えているのだった。しまいに壁の上のランプの灯がゆらめいて消えてしまった。かれはまっくら闇にとりのこされた。このときには、ヴェジンの心は悪魔のような邪悪な想いでみたされ、それが百千の悪事をそそのかすので、われながらおそろしいようだった。

と、突然三人の手が離れた。母親がもう行く時が来た。行かなければならぬと叫んだからだ。かれらがどっちの方角へ行ったたか、ヴェジンは記憶するひまもなかった。かれがおぼえているのは、ただ自分のからだが自由になり、つまずきながら闇の中を進み、階段をのぼって、自分のへやへはいったことだった。かれはまるで悪魔に追われているような感じだった。

かれはソファの上に飛びあがり、両手で顔を掩って、うなった。この町から大急ぎで逃げだすいろいろな方法を考えた。だが、どれをやってもむずかしそうだった。ついにかれは、今のところはただ静かに坐っていて待つよりほかないとあきらめた。これからどんな事が起るか、見さだめなければならない。少くともこのへやへは誰もはいって来まい。ドアには鍵がかけてあった。かれはへやをよぎり、窓を開けた。窓は庭に面しており、そこに居るとガラス戸をすかして広間の中が半ば見える。

かれがそうしていると、大勢の人のどよめきがむこうの往来からきこえた——足音と、遠い声々だ。かれは用心ぶかく身をのりだして、聞き耳をたてた。月光は冴えわたっていたが、かれの居る窓は陰にあり、銀いろの丸い月はまだ家の背後にあった。先刻まで閉めた家の中にはいっていた町の住民が、いまぞろぞろと出て来て、なにか秘密な、不神聖な用足しをしようとしている——そういうことが、おのずからかれにはわかった。かれは熱心に耳を澄ませていた。

最初はなにものもひっそりしていた。だがまもなく、自分の居るホテルの中でも、なにかうごきだしたことがわかった。ざわざわ言う音、キーキーいう音が、静かな、月に照らされた庭を通してきこえてきた。夜の中で生きるものの集まりが動き出した音だ。なにものかが至るところでうごいているのだ。どこからともなく、するどい、鼻を刺すような匂いがただよってきた。

やがてかれの両眼は、月光にやわらかくかがやいている正面の窓にひきつけられた。窓ガラスには、頭上の屋根とうしろのけしきが映っていた。と、なにか真っ黒なものが大勢、屋根瓦のうえを頂きに沿ってうごいてくるのが見えた。非常にはやく、音もなく通る。や、なんとそれが非常に巨きな猫のすがたではないか！　そのゾロゾロと際限のない行列は、ガラスに映っては消えてゆく。どうも順々に地面へ飛びおりるらしい。そのサッと飛びおりる音が聞える。かれにはその影が、いったい人間なのか、ほんとうに猫なのか判断つかなかった。どうやら片方から片方へとすばやくすり変るのらしい。しかも、その変化のしかたがたまらなくおそろしい。人間そっくりの飛びおりかたをして、急に途中で姿が変り、落ちたときには獣に代っているのだ。

いまや窓の下の庭には、ゾロゾロはう黒い生物が、ウヨウヨうごめいていた。みんなガラスのドアのある入口のほうへ忍びやかに進んでゆく。みんな、壁にぴったりくっついているので、ほんとうの姿をたしかめることができない。だがそれらの群がそろってホテルの広間へはいるのを見たとき、ヴェジンは、最初飛びおりる影を見た生物が、その群の中にたしかに居るのを見とどけた。この生物たちは、町の各所からやって来るのだ。屋根や廂の上を通り、そこから庭へ飛びおり、約束の集合場所へ来るのだ。

そのうちに新しい物音がきこえた。ヴェジンは、自分の居るまわりの窓という窓がそっと開かれ、いちいちの窓から、人間の顔がひとつずつのぞくのを見た。一瞬後には、人影がいそがしく、それらの窓から地上へ飛びおりはじめだして、これらの人影は、窓から離れるときはまさしく人間なのだが、一度地上に落ちると、たちまち四つんばいになる。そして、あッというまに、猫に――巨きい、もの言わぬ猫になるのだ。そして、それらは、ヴェジンの居るへやの下の広間(ホール)の大群に流れこむのだった。

これを見たヴェジンは、今まで空虚(から)だとおもっていたこのホテルの部屋部屋が、じつは空虚でなかったことをさとった。

　いや、それだけでなく、かれの気持はもう、驚いていなかった。こんなことはもとからあったような気がしていた。こんなけしきはもう何百ぺんも見、そして自分もその仲間入りをし、この奇怪な経験を十分味わっていたような気持がしてきた。それと同時に、ホテルの建物の外郭も変化し、庭はふだんよりずっと広く大きくなり、立ちこめた煙霧の中から見ていると、自分の居る窓の位置も、ずっとずっと高くなったような感じがした。そして、見ているうちに、なにか遠い過去の、はげしくそして甘美な苦痛がたまらなく胸をしめつけた。さっき聞いた踊りへの誘いの声がよみがえって、はげしく血をかきむしり、自分のそばで嵐のように踊ったイルゼの古い魔術の味が、しみじみとおもいだされて来たのだった。

　と、いきなり、かれは、ハッとしてのけぞった。一ぴきの巨大な猫が、しなやかに下の物蔭から、かれの顔のすぐそばの窓枠に飛びついたのだ。そしてかれをジッと見つめたが、それは人間の眼だった。その眼はかれに「おいで。わたしたちと踊りにおいで！　昔のように姿をお変え！　はやく姿を変えておいで！」と言っているようだった。しかも、かれにはこの生物の声なき呼び声がじつによくわかるのだった。

　だが、その怪しいものは、一瞬のうちに、やわらかな足音を敷石の上に残して影を消してしまった。それからさらに、おなじような影が幾十となく、ホテルの、かれのいる側から飛びおり、眼の前を通るたびに、はやく、音もなく、姿を人間から怪しいものに変えて去っていく。みんなおなじ方角さして遠ざかってゆくのだった。

またもや、かれのこころには、かれらとおなじ行為をしたいはげしい欲望がおこった。昔の呪語（まじない）をつぶやき、飛びおりて、両手両膝を大地につけ、まっしぐらに遠いかなたへ走りたくなった。ああ、なんと押し寄せる潮のようにその情熱の湧き立ったことぞ！　それはかれの内臓をゆがめ、欲望を夜空（よぞら）に花火のようにうち上げ、かれを妖巫（ウィッチ）の安息日（サバス）の魔術者の踊りへと追い立てた！　星はかれの身辺に渦巻き、かれはもう一度月の魔術を仰いだ。山頂と森から突進し、谿を過ぎって崖から崖へと跳び、かれを吹きちぎる風の威力よ！……かれは踊り子たちの叫びを、かれらの野性的な笑いを聞いた。そして、あの野そだちの少女を抱いて、気ちがいのように、おぼろな玉座のまわりを踊りまわった。そしてその玉座には大きな怪しい姿が、権威の笏（しゃく）をもって坐っているのが見えたのだった……

　すると突然、いっさいが、シーンと静まりかえった。と、かれの全身の熱気が急に消えうせてしまった。しずかな月光が、人影のない、からっぽの庭を照らしていた。怪しいものたちは行ってしまったのだ。行列は宙に消えた。そしてかれは、たったひとりあとに残されたのだ。

　ヴェジンは、そっとへやをよぎり、ドアの錠をはずした。街路からのざわめきが一瞬高くかれの耳にきこえた。かれはごく用心ぶかく廊下を歩いていった。階段の上で立ちどまり、耳を澄ませた。下の広間は暗く静かだった。だが、建物のはずれの側の開けはなしたドアや窓々からは、行列が遠くへうごいてゆく騒音が、まだかすかに聞えていた。

　かれは、きしむ木の階段をおりていった。行きおくれた連中に会うと、めんどうではないかとおそれたが、さいわい誰にも会わなかった。やがて、いままで、奇怪な生物でいっぱいだった真闇な広間をぬけて、玄関のドアをひらき、往来へ出た。どうして自分が残されたのか？　わざと逃げてもいいように残されたのか？　かれは見当がつかなかった。

歩いて行くと、町中が、シーンと全部空虚で静まり返っているように見えた。大風が生きているものを、根こそぎ吹きさらってしまったようだった。どの家のドアも窓も、みんな開けはなしだった。なにひとつうごいていない。月光と静寂があらゆるものを支配していた。夜の闇が、かれをスッポリと外套のように包んでいた。やわらかく、つめたい空気が、巨きな毛むじゃらな足の感触のように、かれの頰にさわった。かれはやっと自信がついて、早足で歩きだした。だが、やはりくらい蔭ばかりよって歩いていた。どこを見ても、今しがた見かけた大騒動のかけらひとつなかった。月は一点の雲もなく、さえざえと天空をすべっていた。

どうするという意識もなく、かれは古い市場を突っ切り、城の石壁のところへ来た。そこから小みちが街道へつづき、それを行けば逃げられることを、かれは知っていた。その北のほうに、べつな小さい町々がある。そこから汽車にも乗れるのだ。

しかし、かれは、まず立ちどまり、足もとのけしきを眺めた。そこにはひろい平原が、銀いろのどこか夢の国の地図のようにひろがっていた。その静かな美しさが、かれのこころにしみこみ、昏迷（こんめい）と夢幻の感じをかき立てた。そよとの風もなく、平原の木の葉もうごかず、近くのものだけがはっきり見えて、闇と黒白をつくっている。そして遠くの畑や森は、光る霧の中にみんな影のように溶けこんでいるのだ。

だが、かれの視線が遠景から移って、足もとの谷あいの奥におちたとき、かれはハッと息をのみ、射つけられたようになった。かれがいま立っている丘の全斜面は、すべてかがやく月光の蔭になっていたが、そこにはおぼろげにうごめいている無数の姿が見えた。樹と樹の間に、厚く重なって、ひしめきあっているのだ。また頭上を見ると、風に散る木の葉のように、一瞬空を翔(かけ)りとぶ怪しい影があって、それらは気味のわるい歌をうたうような叫び声をあげ、炎々と燃えるように見える木々の間に、飛んではまたとまるのだ。

　催眠術にかけられたようになってかれは、たたずんだまましばらくこれら判断つかないけしきを見つめていた。と、やがてとつぜん、おそろしい衝動にうごかされ、かれは大急ぎで石垣のてっぺんへよじのぼった。そして、足もとにあんぐり口をあいている谷をのぞく、あやうい位置に身を置いた。

　ふと、その瞬間、谷の下の家々の蔭からいきなり何ものかがうごきだした。それは一ぴきの大きな動物の輪郭で、それがかれのうしろの空地をサッと横ぎると、ひと飛びして、かれが居るところよりもいくぶん下の石垣のてっぺんへ飛びついた。次にそれは、かれの足もとへ風のように走ってきて、古いとりでの上にかれと並んで坐った。月光の下でゾーッとする顫えが、かれの全身を走った。かれの眼は一瞬、おののいた。心臓がおそろしい波をうった。いま、そばに坐って、かれの顔をのぞいているのは、イルゼ——あのホテルの娘だった。

　なにか黒い物質が、娘の顔と皮膚を染めていた。彼女がかれに両手をさしのべたとき、それが月光の中でかがやいて見えた。彼女は、みじめな、ぼろぼろの衣装を着ていたが、それがりっぱに似合っていた。こめかみのあたりは、芸香(うんこう)と馬鞭草(くまつづら)の葉がまきついていた。彼女の眼は瀆神(とくしん)的なひかりでかがやいていた。突如、かれは彼女を両腕で抱いて、高いとりでの上から、下の谷間へ飛びおりたいような、はげしい衝動におそわれたが、やっと自分をおさえつけた。彼女は吹いてくる風にはためく襤褸(ぼろ)につつまれた片手で、はるかな森のほうを指さしながら叫んだ。

「ごらんなさい！　みんな待ってるのよ。森は生きてるわ！　えらいひとたちがもう来ていて、踊りがすぐに始まるわ！　塗りあぶらがここにあるわ。塗って、いらっしゃいよ！」

一瞬前まで、空は澄みわたって、一点の雲もなかった。しかし、彼女が話している間に、月の面はくもり、風が、かれの足もとの平原の樹々のいただきをそよがせはじめた。丘のひくいスロープから、しわがれた叫び声や、歌声が、風のまにまにきこえてきた。ホテルの庭で感じた、あの鼻を刺すような匂いが空気中にただよってきた。

「姿を変えるのよ。姿を変えるのよ。さあ跳(と)ぶ前によく肌に塗膏(ぬりあぶら)をぬるのよ。いっしょに安息日(サバス)へ行きましょう。あのたのしい、狂おしい踊りへ、悪を崇(あが)めるたのしい大騒ぎへ！　ごらん、えらいものたちはもう来ている！　おそろしい聖式(サクラメンツ)が始まる！　あのかたは、玉座に着いた！　あぶらを塗っていらっしゃい！　あぶらを塗っていらっしゃい！」

彼女の声が歌のように高まった。

彼女のすがたは、そばに生えている樹よりも高くなった。眼はらんらんと燃え、髪の毛は夜風にふきなびいている。ヴェジン自身のからだも、すばやく変形しつつあった。彼女の両手が、かれの顔や襟首に触れ、熱いあぶらでかれに縞(しま)をつけると、かれの血の中にある古い魔術の力はよみがえり、善なるものは、ことごとく、褪せ失われてゆく。

と、森の奥から、おそろしい叫び声があがった。娘はそれを聞くと、野性の歓喜に堪えぬよう、とりでの上に跳びあがった。ヴェジンさして突進し、かれをとりでのはじまでグイグイひっぱりながら叫んだ。

「サタンが来たわ。聖式が呼んでいるわ。背信のたましいを抱いておいで。そして、月が沈むまでサタンをおがみ、世界を忘れるまで踊りぬきましょうよ」

ヴェジンは情熱にうちのめされそうになりながらも、やっとのことで、いっしょに谷間へ墜ちるのを踏みとどまり、彼女の手をふり払った。かれは金切声をあげた。なにを言うともおぼえず、二度まで絶叫した。それは古い衝動だった。むかしの習慣が、本能的に声となったのであった。かれは無意味なことを叫んだような気がしたが、実はその叫びの中には意味がこもっていた。意味として了解しうるものがあったのだ。それは昔の呼び声だった。と、その声は下の谷間にきこえたらしく、下からもおなじような応答の叫び声があがった。

かれの身のまわりの大気は、谷底から舞い上がってくる、多くの飛ぶ影で真っ黒になった。風が、かれの外套の裾をヒューヒュー吹いた。しわがれた声々の叫びは、耳をつんぼにするほどだった。吹きつのる風がかれをもみ苛み、こわれた石のとりでのてっぺんであちらこちらへよろめかせた。イルゼは、長い、かがやく両手でかれにすがりついていた。そのなめらかで、裸の腕は、かれのくびにかたくかじりついていた。だが、それはイルゼひとりではない。あやしい物が、十重廿重にかれをとりかこんでいた。みんな空から落ちて来たのだ。ヴェジンは膏をぬった大ぜいのからだの匂いで、いきが詰まりそうになった。それが、かれを妖巫(ウイッチ)の安息日(サバス)へ——世界を邪悪化する魔術者の踊りの輪の中へ、加わりたく、たまらなく興奮させた。

「あぶらを塗って行こう!」——「あぶらを塗って行こう!」

声々がだんだん大きく狂おしい合唱(コーラス)になった。

「滅びの無い踊りへ! 悪のたのしいおそれのない幻想曲(ファンタジー)へ行こう!」

もうちょっとのところで、ヴェジンは、誘惑にまけるところだった。かれの意志は、すでに軟化しはじめ、過去の記憶が、かれを全面的に圧倒しかけてきた。だが、このとき——あとで思えばこの小さい事件が、かれのこのおそろしい冒険の全性格を変えてしまったのだ——とりでの石垣の上のゆるんだ石にかかっていたかれの片足が、石といっしょに、大きな音をたててすべった。かれは、下の家々のほうへ——埃(ごみ)と、ごろた石のある空地へと落ちた。もすこし離れたふかい谷あいに落ちなかったのは幸いだった。

するとの、怪しい影たちは、やっぱり、ひとかたまりになってかれのまわりに落ちてきた。ちょうど食物にたかる蠅のようだった。しかし、ヴェジンが落ちた瞬間、かれと怪しいものたちとの接触がとれた。その自由になった一瞬間に、ひらめいた本能の力が、かれを救ったのだ。

かれが起き上がる前に、怪しい影たちは、みんな不器用なかっこうで、とりでの石垣にしがみついた。かれらは、蝙蝠(こうもり)のように、高いところから落ちるときだけ飛べるので、宙にはとまっていられないのだ。かれらが黒くぼんやりと、ちょうど屋根の上の猫のむれのようにそこにならび、眼をランプのように大きくひからせているのを見ると、ヴェジンは、突然、いつかイルゼが、火を見て恐れたことをおもいだした。

そう気がつくやいなや、かれはポケットのマッチをさがし、それで、石垣の下に散らばっている枯葉に火をつけた。

枯葉は乾いていたので、すぐパッと燃えあがった。焔は風にあおられて、石垣に沿ってぐんぐんのび、見る間に火の手が高く上のほうをチョロチョロなめはじめた。石垣の上の怪しい列は、叫び声と啼き声をあげて、群をなしてむこう側の闇に姿を消し、すさまじいざわめきの中に、ぐるぐるからだをまわしながら、憑かれた谷の中心のほうへ走り去ってしまった。あとには、ヴェジンだけが、誰もいない地上に息もつかず、ぶるぶる顫えながらとり残された。

かれは大声で叫んだ。

「イルゼ！　イルゼ！」

かれのこころは、彼女が自分をのこして、魔の踊りに行ったことが悲しかった。また、おそろしい歓楽を味わう機会を失ったことが、痛いほどくやしいのだった。しかし、それと同時に、かれはなんともいえぬ、ほっとした安心を感じた。かれは茫然として、心中にはすべての出来事が、ただ混乱してうずまいているのだった。そして、なにを言っているのか自分でもわからずに、嵐のような感情を高く叫びつづけていた……

石垣の下の火は、燃えるだけ燃えて消えた。雲にかくれていた月光が、また、やわらかく清く照りだした。こわれた古塁と、いまだに黒い怪しい影のむれが走っている呪いの谷に、最後のふるえた視線を投げると、ヴェジンは町のほうへ向き、そろそろとホテルへと歩きだした。

かれが歩いていると、丘の下の、月光に照らされた森の中から、大きな慟哭するような叫び声と、それから吼えるような声が、あとを追ってきた。しかし、それもかれの姿が家々の間にかくれると、だんだん幽かになって、風のまにまに消え去ってしまった。

六

「この事件が突然こんなふうに平凡に終ってしまったのはぶっきらぼうに見えるかもしれません」と、アーサー・ヴェジンは、内気そうな顔を赤らめてサイレンス博士に言った。サイレンスは、ノートを手にずっとこの物語を聞いていたのである。それから――

「しかし、これが事実で、その――その瞬間から、わたしの記憶は全部うすらいでしまったようです。わたしは、それからどうして、自分の家へ戻ったか、その間なにをしたか、どうもはっきり思いだせないのです」と言った。

「つまり、わたしはホテルには戻らずじまいだったらしいのです。なんでも、月に照らされた長い白い街道を駆けだして静かな、誰もいない森や村々を通っているうちに、夜が明けました。そして大きい町の塔が見え、どこかの駅に着いたのです」

「しかし、そのずっと前に、自分が一度、街道のどこかで立ちどまり、泊っていた丘の町のほうをふり返ったことをおぼえています。月の下で見たその町のかっこうは、まるでねている大猫そっくりでした。二つの大通りが、のばした大きな二本の前足に見え、お寺の二つのこわれた塔が、空中につき出た耳のように見えました。そのすがたは、いまでも心の中に、じつにはっきりのこっています」

「それから逃げだしたときの、もうひとつの事が、記憶にのこっています。それは、ホテルの勘定を払わなかったということでした。だが、ほこりっぽい街道に立ちながら、わたしは小さな旅鞄（たびかばん）を置いてきたから、それで十分負債はつぐない、おつりが来るくらいだろうと考えました」

「それからあとのことは、着いた町のはずれの店でコーヒーとパンを食べたこと、そこで駅へゆく途がわかって、その日汽車にのったことです。そして、その晩、わたしはロンドンに着いたのです」

「なるほど。それで、結局あなたはそのふしぎな町に幾日居たとおもいますか」と、サイレンス博士がしずかにきいた。

　ヴェジンは、おどおどした顔で、サイレンスを見上げ、からだをモジモジさせながら、言いわけでもするように答えた――

「待って下さい。いま考えてみます。ロンドンへ戻ったときは、自分は一週間旅行していたとおもいました。しかし、わたしはあのふしぎな町に一週間以上居たはずですから、九月の十五日でなければならない勘定なのに、その日は九月十日だったのです」

「してみると、あなたは、たった一晩か二晩しか、その丘の町には居なかったわけですね」

と、サイレンス博士がきいた。

ヴェジンは返事をためらっていた。かれは足もとの敷物(マット)を靴でさんざんガサガサさせたあとで、やっと——

「どうも妙な話ですが、どこかで余分の日があったとしか思えません。一週間ぐらい余分の日があったんですね。どうもこれは説明できません。ただ、事実として申すだけです」と言った。

「でも、これは去年のことでしょう。それからあと、あなたは、その町へは一度も行かないのでしょう」

「そうです。去年の秋のことです。それっきり行きません。決して行こうとも思いません」

サイレンス博士は、小男のヴェジンがもう話すだけの話は全部してしまい、つけたすこともなくなったのを、見さだめてから、おしまいに言った。

「ヴェジンさん。あなたは、これまでに、中世紀の魔術(ウイッチ・クラフト)のことについて、何か読んだことがありますか。それとも、その問題に興味を持ったことがありますか」

「いいえ。わたしは、そんなことはまるで知りません。全然興味など持ったことがありません」

と、ヴェジンが、語気つよく否定した。

「再化身(リインカーネーション)、すなわち人間がふたたび生れ変ってくるという問題は?」

「ありません。今度の事件の前はそんなこと一度も考えませんでした。しかし、今では考えるようになりました」

と、ヴェジンが、意味深そうに言った。

しかし、ヴェジンの胸にはまだ告白したいことがありそうで、ただそれを言い出せないでいるらしくみえた。サイレンス博士が、それを同情のあることばで、たくみに誘導してゆくうちに、かれは、どもりどもり、襟くびにのこっている痕を見せると言いだした。それは、娘のイルゼが、あの膏をぬった手で触わった痕だった。

ヴェジンは、さんざいじくりまわしたあとで、カラーをはずし、シャツをすこし引き下げて、そこをサイレンスに見せた。見ると皮膚の表面に、肩から背骨へかけてずっと長く、ほのかな赤いすじができていた。それは明らかに、誰かの腕が抱擁のときに触れたらしい位置にあった。それから、くびのべつの側にも、いくぶん高めのところに、これに似た痕があった。もっともこのほうは、いくぶん不鮮明だった。

「ここはその晩、娘がとりでの上でつかまったところです」

と、ヴェジンが小さな声でいったが、その瞬間、かれの眼中に奇妙なひかりが現われて、また消えた。

＊

それから数週間後だった。わたしは、やはり心理学上のべつの事件で、ジョン・サイレンスに相談に行き、たまたまヴェジンのうわさをした。するとサイレンス博士は、あれから自分の手で、ヴェジンの事件の真相をたしかめたと言った。助手の一人が調べた結果、ヴェジンの先祖が何世紀間もヴェジンがふしぎな事件に逢ったその町に住んでいたことを発見した。その先祖の二人は、女だったが、裁判されて、魔法使(ウイッチ)だという宣告をうけ、火刑柱(ひあぶりばしら)にかけられ、生きながら焚き殺されたのだった。その上、ヴェジンが泊っていたホテルは、その火あぶりの行われた場所に、一七〇〇年建てられたものだということも、わりあい容易に立証された。当時、その町は、その地方の妖巫(ウイッチ)や魔術師の本拠(ほんきょ)で、かれらは断罪ののち、何十何百と焚殺(やきころ)されたのであった。

「ヴェジンが、この事を知らなかったのはふしぎだ。しかし、一方、こんな事件はそのあとを継いだ子孫たちが、わざわざ記録に残して、子供たちに語り継ぎたいことでもなかろうから、むりもないとおもう。だからヴェジンは、いまだに知らずにいるのかも知れない」と、サイレンスが言った。それから、かれはさらにことばをつづけて——

「この事件全体は、ヴェジンの大昔の過去の生活の記憶の再生から起ったものだ。昔の場所に、まだ強力な過去の生活力が残っている。そこへヴェジンがやって来て、それに触れた。同時に偶然にも、かれと共に行動した昔の人間のたましいにも触れたのだ。ヴェジンが会ったホテルの母親と娘は、大昔、かれと共にこの場所で、魔術を施し、全国を風靡(ふうび)していた指揮(リーダー)たちにちがいない」

「当時の歴史を一読すれば、こうした魔術師ないし妖巫(ウイッチ)と呼ばれた者たちは、自分をさまざまな獣に変身する力があると称していた事実を知ることができる。つまりそれは、偽装のためでもあり、またはかれらの幻想する饗宴にできるだけ速くゆく手段でもあったのだ。狼狂(ライカンスロピ)、すなわち、自分を狼(おおかみ)に変身する力というものは、当時至るところで信じられていた。それから、からだに、サタンから与えられた特殊な軟膏(なんこう)やあぶらをぬりつけて、猫類に変形する能力も、おなじように信じられていたのだ。妖巫の裁判書類には、こうした普遍的信仰の証拠がたくさんのせられている」

サイレンス医師は、この問題に関する多くの筆者の文章や詩句を引用して、ヴェジンの冒険のごく些細な箇所までが、この暗黒時代に実際に行われたことに基づいていることをわたしに説明した。

さらにサイレンス医師は、わたしの質問に答えて言った。

「だが、この事件全体が、あの男の意識の中で、主観的に起ったことであることは疑う余地(よち)はない。というわけは、その町へ調査に行ったわたしの秘書は、ホテルの署名帳にヴェジンの署名を発見したからだ。そしてかれが九月八日に、そのホテルに着き、突然、勘定も支払わないで立ち去ったことがわかったからだ。ヴェジンは二日泊って出て行ったのだ。ホテルには、かれのよごれた茶いろの鞄とすこしばかりの旅行着がのこっていた。わたしは、数フラン払ってかれの負債を済ませ、荷物はかれの自宅へ郵送しておいた。ホテルの娘は、あいにく居合わせなかったが、女主人は居た。ヴェジンの話どおりの大きな女で、わたしの秘書に、ヴェジンはとても風変りな、放心したような紳士だったと話したそうだ。ヴェジンが居なくなってから、ホテルでは、かれが近くの森の中かなんぞで、変死でもとげたのではないかと、長い間案じていたのだそうだ。またヴェジンはよくひとりぼっちで森や野原を歩いていると話したそうだ」

「わたしは一度、そのホテルの娘に親しく会って、ヴェジンが話した事件のどこまでが、かれの主観的な幻想であり、どこまでが事実起ったことであるかを確かめたいと思っている。その娘が火を恐れ、火が燃えるのを見て逃げ出したというのは、ヴェジン自身が、前生で火刑柱にかかって殺された、その苦しみの本能的再生にちがいない。イルゼがいつも焔とけむりの中にいたというかれの幻影もこの事で説明ができる」

「では、たとえばヴェジンの皮膚のあの痕は？」と、わたしがきくと、医師は答えた。

「あれはヒステリックな幻覚で生じた瘢痕だ。修道女などにできるあの聖斑と同一だ。それから催眠術師に暗示をかけられた被術者の肌にできる掻傷も同じ現象だ。ただヴェジンの場合、こうした痕が長く消えずに残っているのはふしぎだ。たいていはじき消えるものなのだ」

「それは、たぶんあの男がまだあの事件を忘れず思いつづけ、それが今も心の中で活きているからでしょう」と、わたしが言うと、

「たぶんそうかも知れない。それだけに、わたしはこの事件の今後をおそれるのだ。この話はいつかもう一ぺん聞くかも知れないよ。困った事件だ。だが、わたしにはこれ以上なんともできない」

サイレンスはおごそかに言った。その声の中には悲しみがあった。

「それから、汽車で会ったフランス人をどう思います？　その町について『眠りのために、猫のために』といったヴェジンに警告したあの男は？　あれは奇妙じゃありませんか」と、わたしがまた博士にきくと、

「まったくあれは奇妙だ。だが、わたしは、めったにない偶然として、これを説明したいのだ

が──」

「というと、どう言うことになります?」

「つまり、そのフランス人は、いつか自分もその町に泊っておなじような経験を味わったひとじゃないかと言うことだ。わたしはそのフランス人にも会って、よくきいてみたいね。だが、いまのところでは、これという根拠もないが、そのフランス人の中にも、おなじような過去の力が働いていて、その町でヴェジンとおなじような目に逢った。それで、ヴェジンが、下車するのを警戒したのではないかと思う」

こう答えてから、サイレンス博士は、しばらくたって、さらに独語(ひとりごと)を言うようにつぶやいた。

「そうだ。わしは思うね。この事件の中で、ヴェジンは過去の生活の強い活動がもりあげる力の渦の中に巻きこまれたのだ。そして自分が、数世紀前に主役を演じた劇に再登場したわけだ。いったい、多数の力を凝集してやった強烈な行動というものは、なかなか消え去らないものだ。ある意味では、永遠に消えないと言えるかもしれない。この場合では、過去の魔術者連が地上に残した力が、そんなに強力ではなかった。幻影(イリュージョン)を完全にまとめあげるほどではなかった。だから、ヴェジンは、現在と過去が混沌(こんとん)として相混じるみじめな状態の中にとらえられたわけだ。しかしかれは、敏感にその中の現実を見とめ、たとえ、記憶の中にしろ、大昔の下級な進展時代の状態へ還元し、堕落しまいと大いに闘ったわけなのだ」

「まったく過去の記憶が、潜在意識(せんざいいしき)の中でうごきだすということは、人間にとって、非常に苦痛であり、また時によっては非常に危険でもある。わたしは、ヴェジンのような男の柔順なたましいが、嵐のように情熱的な過去の記憶の妄執から早く逃げ出すようにいのりたい。だが、それが果してできるかどうか、疑わしい。疑わしい」

サイレンス医師は、わたしが居るのも忘れたかのよう、床を歩きまわり、日ぐれの空を見つめながらこう言った。かれの声には悲しみがこもっていた。そして、わたしのほうへ歩み戻って来たかれの面上には、深い思慕の表情があった。それは自分よりもっと人間を救う大きな力を持つたましいへの思慕であった。

猫町

江戸川乱歩

ユートピア即ち無何有郷の物語は人間の社会生活の極楽境を夢想する倫理面、政治面、経済面のものが、古来最もよく人に知られている。古くはプラトンの「アトランチス」から、トマス・モーアの「ユートピア」ベイコンの「新アトランチス」ウイリアム・モリスの「無何有郷便り」その他数え切れないほどの理想社会夢物語がある。

しかしユートピア物語はこういう固くるしい方面ばかりでなく、衣、食、住から恋愛その他あらゆる感情に亙(わた)り、恐怖に関する（即ち怪談の）ユートピアすら夥しく書かれている。

恋愛乃至(ないし)肉慾のユートピアとして手近かに思い浮ぶのは西鶴の「一代男」遡っては「源氏物語」のある巻々、そしてこれらに影響を与えた唐の「遊仙窟」。この「遊仙窟」は純粋の愛慾ユートピア物語としてある意味で世界の絶品である。

怪談の方はユートピアではおかしいから無何有郷といえば無難であろう。西洋古代については今智識がないが、東洋では「山海経」の昔から「捜神記」以下の志怪の書の到る所に怪談無何有郷が語られている。無何有郷とは今の言葉でいえば四次元的世界であろう。宗教上の地獄描写の如きも一種の怪談無何有郷であるが、もっと遊戯的な不思議の為の不思議世界があらゆる形で語られている。

例えば「酉陽雑俎」巻十五の「開成末永興坊百姓云々」の項から縁を引く「伽婢子」巻九の「下界の仙境の事」の地底王国の金殿玉楼。仙境といい、桃源といい、龍宮といい、必ずしも恐怖のユートピアではないが、これが怪談の書に用いられると妖異の四次元世界となる。これに似たものでは「酉陽雑俎」巻十三「劉晏判官李邈云々」のやはり地底の別世界（山田風太郎の探偵小説「みささぎ盗賊」は直接にか間接にかこれから示唆を受けている）もう一つ例を出すと、宋時代の「稽神録」にある「青州客」という怪談、ある人が暴風に会って不思議の国に漂着する。その国の有様は別に現実世界と変りはないが、いくらこちらから挨拶しても誰も相手になってくれない。つまり彼等の目にはこちらの姿が全く見えないのである。モーパッサンの「オルラ」をはじめ西洋怪談には目に見えぬ妖怪の話が沢山あるが、「稽神録」のはその逆を行って、話の主人公自身が見えぬ妖怪となり、その妖気によって漂着した別世界の王様を病みつかせるという、宋の昔にしては恐ろしく新らしい怪談である。

H・G・ウエルズの「壁の扉」という短篇はふと行ずり（ゆき）の町の塀の内部に、思いもかけぬ別世界、夢の国を発見し、再びその町へ行った時、同じ塀の扉を探すけれども、いくら探してももう二度と再びその別世界を見ることが出来なかったという話であるが、西洋にも東洋にもこの種の無何有郷怪談は無数にある。

さて、怪談無何有郷の内に動物無何有郷とでも云うべき一連の説話がある。「捜神後記」の「林慮山下有一亭云々」の話はその家に集う（つど）男女の群が悉く（ことごと）犬の顔をしていたというのであり、「剪燈新話」巻三の「申陽洞記」は地底の猿と鼠の王国を空想している。これを飜案した「伽婢子」の「栗栖野隠里の事」の挿画には人間の服装をした猿共の御殿が描かれていて、一層「猫町」の感じに近い。

突然「猫町」と云っても分らぬであろうが、右の犬の家、猿や鼠の王国の話は、日本の詩人萩原朔太郎の短篇小説「猫町」を思い出させるのである。昭和十年の末、版画荘から単行した同書一本を贈られ、今も愛蔵しているが、著者自案の装幀、厚いボール芯の表紙には一面の煉瓦、その真中に石で畳んだ窓があり、窓の上にはBarberと書かれ、横には理髪店の看板の青赤だんだらの飴ん棒がとりつけてある。そして窓一杯に覗いている大きな猫の顔。

つまり、その町の住人は悉く猫であって、床屋の窓の中からも猫の顔が覗いているというわけである。詩人朔太郎の魂は、見慣れた東京の町に、ふと「猫の町」を幻想する。その町へいつも行きつけない方角から迷い込むと、左右前後があべこべに感じられ、そのあべこべが忽ち第四次元の別世界を現出する。見慣れた町が一瞬間、まるで見知らぬ異境となり、そこの住民は妖怪となる。「猫町」ではその住民が悉く猫の顔を持つのである。

「見れば町の街路に充満して、猫の大集団がうようよと歩いているのだ。猫、猫、猫、猫、猫、猫、猫。どこを見ても猫ばかりだ。そして家々の窓口からは、髭の生えた猫の顔が、額縁の中の絵のようにして、大きく浮き出して現れていた」

私はこの怪談散文詩をこよなく愛している。朔太郎の詩集や数々のアフォリズムと同様に、或はそれ以上に愛している。

ところが、この頃私は西洋の怪談集を幾つか読む機会があって、その中に「猫町」とそっくりの着想を発見し、朔太郎のこの作を今更らのように懐しみ、前記の支那怪談にまで類想したのであった。

作者はイギリスのアルジャーノン・ブラックウッド、作品は中篇「古き魔術」、その意味は主人公の一人物の前生が猫であったかのような錯覚があり、その古い記憶の甦りを寓意しての「古き」である。ブラックウッドは誰も知る今世紀に於ける怪談文学の大家、ゴースト・マン（幽霊男）と呼ばれたほどの恐怖作家である。

あるイギリスの旅行者が、フランスの淋しい田舎の小駅で、ふと途中下車がしたくなる。都会の喧騒をそのまま運んでいるような汽車の騒音が堪らなくなり、静かな田舎町に一夜を過そうとしたのである。ところが、下車した時、窓の中から鞄を渡してくれた一人のフランス人が、何か警告するような口調で、低い声でペラペラと喋ったのだが、旅行者はイギリス人なのでフランス語が完全には聴きとれなかった。ただ眠りがどうかして、猫がどうかするというような言葉だけが耳に残った。

駅を出ると前方に小山があって、その山の向うに古めかしい尖塔などが見えている。静かな懐しげな町。旅人はその山を越えて町に入る。町全体が一世紀も前の古めかしい建築で、何の物音もなく眠ったように静かである。旅人はこの町の静寂を破るのを恐れて、彼自身も抜き足をして歩いて行く。暫く行くと一軒の古風な宿屋があったので、そこに部屋を取る。曲りくねった廊下の突き当りにある孤立のねぐらのような部屋、天鵞絨を張りつめた感じで、部屋そのものも音に絶縁されている。安息の部屋。眠りの部屋。旅人はそれが大いに気に入った。

宿のお神は無口な大柄な女で、いつもホールの椅子にじっと腰かけて監視している。客の行く方へ首を動かす様子がひどくしなやかで、どことなくまだらの大猫を聯想させる。旅人はこの女の前を通る度に、今にもパッとこちらへ飛びかかって来そうな感じを受ける。

しかし、この宿には妙な吸引力がある。旅人は早急に出立する気にはなれないように思う。やがてその引力の主が彼の前に現われる。ある夜薄暗い廊下を自室へと辿っていると、曲り角で柔いものにぶつかる。それは人間の形をしていたが、フカフカと柔かく暖くて、愛らしい仔猫に触ったような感触であった。そのものは彼にぶつかると、ヒョイと体をかわして、非常なすばやさで、併し少しも物音を立てないで、彼方の闇に消えて行ったが、すれ違う時一種魅力ある匂いと暖い呼吸が感じられた。そして、もう中年を過ぎた旅人は、胸のどこやらに少年の頃の初恋の感情が甦って来るのを覚えた。あとで分ったのだが、その暗中の柔いものは、その宿の若い娘、あのまだら猫のお神さんの美しい一人娘であった。

その翌日から娘は食堂に現われて、彼の食卓に侍り、彼一人に親切をつくすようになった。食卓に限らず、彼の行く所、影のように彼女がつき纏っていた。そして、それが旅人には初恋のように楽しかったのである。彼は帰るのを忘れて二日三日と滞在を重ねて行った。

彼は度々その町を散歩したが、そのたびに奇異な感じに打たれた。大通りは昼間は殆んど人の影もなく、日暮れからゾロゾロと夥しい男女の群れが出盛るのであったが、その人々が彼にはまるで注意しない。この異体のイギリス人を見向くものもない。ところが、観ていると、注意しないのは実はうわべだけであることが分って来た。彼等は見ぬふりをしているのだ。彼の正面ではそ知らぬ顔をしながら、背後からは彼を見つめているのだ。又は見ぬふりをして横目でジロジロと彼を監視しているのだ。道行く悉くの男女がそれなのである。

この町の住民共の特徴は全く足音を立てないで歩くこと、目的物に向かって真直に歩かないで、ジグザグのコースをとり、まるでそこへ行くのが目的ではないような顔をしていて、ある距離まで近づくと、サッと目的物に突進するという妙なくせがある。宿の食堂の給仕男がやはりそれで、料理を運ぶ時も、どこか外（ほか）のテーブルへ行くような歩き方をしていて、ヒョイと向きを変えると、サッと飛びつくように彼の食卓へやって来る。彼の恋する宿の娘もその通り、いつも傍見をしていて、その実彼の動作は一から十まで知りつくしている。その物腰は牝猫のように素早く、しなやかで、足音というものをまるで立てない。

この町の住民の今一つの奇異は、表面上の言語動作のほかに、全く別の隠れた目的を持っているように見えることである。この町の女が化粧品店などで買物をしている様子を見ると、別に買いたくもないけれど、義務として物を買っているように見えるし、店の女主人の方も、売れても売れなくてもどうでもいいという調子で、双方ともひどく張合いのない形式的な物腰である。旅人が試みに同じような雑貨店に入って見ると、売り子の若い娘は、彼の方を見ぬようにして、スルスルと店の奥へ引込んでしまう。そして、物蔭からじっとこちらの様子を窺っている。「何々を呉（く）れ」と声をかけると、やっと不承不承に陳列棚のところへ出て来て、彼の顔を見ないようにして品物を渡してくれる。町をゾロゾロ歩いている群衆にしても同じことで、夫々の方角へ用事ありげに急いでいるが、どうやらそれも上べばかりで、本当に用事があるのではないらしい。この町の住民の動作は凡て何だか拵えもののようで、真の目的は全く別のところにあるらしく思われる。

更らに異様なのは、まだ宵の内なのに、町を歩いて見ると、どの家も戸や窓をしめ、町全体が死に絶えたように静まり返っていることがある。そして、どこか遠くの方から、非常に多勢の歌声のようなものが幽かに聞えて来る。オドロオドロと太鼓の音なども混っている。その歌声は人間の大合唱のようでもあり、何かの動物が、たとえば猫などが、無数に集って、吠え合っているようでもある。

ところが、そうして宿の美しい娘の魅力によって、滞在が永引いている内に、遂にこの町の正体が判明するに至る。

ある月夜の晩、旅人が外から帰って宿の玄関を入ると、さほど夜更けでもないのに、家全体が寝静まったようにシーンとしている。ふと見ると薄暗いホールに何かしら黒い大きな物体が横わっていた。巨大な猫であった。ハッとして立ちすくむと、猫の方でもビクッとしたように身動きして、立上ったが、見ればそれは例の大柄な宿の主婦であった。彼は何故ともなくこの威厳のある大女の前に恭しく一礼した。すると大女は彼の手を取って奇妙なダンスをはじめた。薄暗い石油ランプの下で、物狂わしく踊りはじめた。併し彼女の足はどんなに床を踏んでも少しも物音を立てなかった。

気がつくと、いつの間にかダンスの相手は二人になっていた。あの美しい娘がどこからか帰って来て、彼の一方の手を取っていることが分った。暫く踊ったかと思うと彼の両手が自由になり、二人の女はどこかへ見えなくなったので、彼は大急ぎで階段を駈け上り、自分の部屋へ逃げ込んだが、すると、家のまわりが何かしらザワザワと物騒しくなって来た。彼は怖わごわ窓から中庭を覗いて見た。月光がまだらな中庭に、幾つも物の影が蠢いている。その物は初めの内は人間とも動物とも見分けがつかなかったが、目が慣れるにつれて、どうやら大きな猫の一群らしいのである。屋根の上にも、物の影が動いている。その町中の男女が、屋根伝いに、この中庭へ集って来るように見える。身軽に屋根から屋根へと飛び移る姿はやはり人間なのだが、それらの姿が降るように中庭へ飛び降りると、飛び降りた瞬間、いずれも猫の姿に変っている。そして、その多勢の猫共は次々と宿のホールへ集まり、そこにはじまっている奇妙な群舞の仲間入りをする。

旅人はその光景を見ている内に、古い古い太古の記憶が甦って来る。遙かな過去に於て自分はこれとそっくりの光景を見たことがあるような気がして来る。もっと恐ろしいのは、自分も彼等と同じ動作を取りたい誘惑がムラムラと湧き上って来たことである。二階の窓から飛び出して、屋根から中庭へ飛んで降り、四つ足になってホールの踊り仲間に加わりたいというゾッとする誘惑である。

やがて猫共の大群は宿のホールを出て、町の外にある深い谷間へと移動して行く。月夜の大通りは、猫の群れで一杯になる。旅人は部屋を出て、コッソリとその大群衆のあとを追い、町はずれの城壁の上に辿りつく。そこから見おろすと、月の蔭になった谷間の平地に町中の人々が悉く集まって、狂気のように乱舞している。その人々の顔は皆猫なのである。「ウイッチの安息日」一年に一度悪魔が招集する大夜会、その中心には魔物の女王が席についている。女王とは外でもない宿の主婦のあの大柄なまだら猫である。

月夜の空をヒューッと鳥のような影が掠めたかと思うと、彼の横に一人の女が立っていた。彼の愛人の宿の娘である。人間の姿はしているが、その物腰はすっかり美しい牝猫になっている。彼女は彼の頬に口を寄せて「サア、飛び降りて饗宴の仲間にお入りなさい。飛ぶ前によく毛並を撫でておくのですよ。サア早く、変身をして私達の仲間にお入りなさい」と囁く。そして彼の顔や頸筋を撫でてくれるのだが、すると、彼のからだは猫の姿に変って行くかに感じられた。彼の血の中に大昔のけだものの血が甦って来るように思われた。彼は我にもあらず、奇妙な叫び声を立てた。彼自身には分らなかったけれど、その叫び声は何かの意味を持っていた。それは古い古い太古の言葉であった。その叫び声が谷間に伝わって行くと、下の猫共の間から、彼に答えるような叫びが返って来た。……しかし、結局、この旅人は猫に変身することなくして、この別世界猫町を辛うじてのがれ出すことが出来たのである。

萩原朔太郎の「猫町」を敷衍するとブラックウッドの「古き魔術」になる。「古き魔術」を一篇の詩に抄略すると「猫町」になる。私はこの長短二つの作品を、なぜか非常に愛するものである。私は嘗つて「陰獣」という小説を書いたが、陰獣とは猫のことであって、決して淫獣又は艶獣と同義語ではない。一例を挙げると、貞享三年に出版された怪談書「百物語評判」巻三「徒然草猫またよやの事」の章に「いにしへは猫魔と云へり、猫と云へるは下を略し、こまといへるは上を略したるなるべし、ねこまたとはその経あがりたる名なり。陰獣にして虎に類せり」とある。陰獣は私の発明語ではない。そして、猫町とはこの陰獣の町なのである。家庭の事情の為に、私は嘗つて猫を飼ったことがないけれども、若し私が独身者であったならば、無数の猫を飼って「猫の家」に起伏していたかも知れない。

　東洋古来の怪談にも動物無何有郷は多いし、又猫化けの物語も少なくないが、猫と無何有郷を結びつけ「猫町」や「古き魔術」に類する異様の感じを描いたものを外に知らない。この両作の照応に殊更ら深い感銘を受けた所以であろう。

萩原朔太郎と稲垣足穂　江戸川乱歩

稲垣君との初対面も、やはり浅草に縁があったように記憶する。私の家内が早稲田大学の裏で下宿屋をやっているころで、稲垣君がその下宿屋へ遊びに来たのが最初であった。私の方からも稲垣君の不思議な宿所を二三度訪ねたが、それは化物屋敷のような、相馬の古御所のような、下宿ともアパートともつかぬ、不思議な家であった。稲垣君はずっと独身を通していたので、当時もそこに独り住んでいた。私達はそこで、ブリキと銀紙細工の天文学を語り、ギリシアの美少年を語り、明治期の月世界旅行映画を談り、旅順海戦館の魅力を語り合ったのである。「旅順海戦館」というのはやはり、大正十五年度の私の随筆の一つで、「探偵趣味」に書いたものだが、これは明治の末期、名古屋市に開かれた博覧会の余興の一つに、そういう名称の見世物があり、日露戦争の旅順口の海戦を、ジオラマといったか、キネオラマといったか、謂わばパノラマの親類筋のような仕掛けによって、海戦の模様を面白く見せたものであるが、私はそれを真似て、私の四畳半の部屋一杯に、小型の旅順海戦館を造って、近所の子供達に見せて遊んだ、そのことを書いた随筆なのだが、稲垣君は当時その随筆を読んで、大いに同感し、友達になってからも、その話がよく出たのである。私はその余興の名称を「旅順開戦館」と誤って書いたのを、稲垣君は「開」でなくて「海」だと教えてくれた。そして、あれは僕も書こうと思っていたのに、先鞭をつけられたと残念がった。稲垣君も少年時代、同じものを見、同じ郷愁を持っていたからである。

稲垣君とは、それ以来途絶えながらの交友がつづいているが、戦争中数年間は全くごぶさたになっていたところ、戦争直後ひょっこり同君が訪ねて来た。そして、あのころ続出して泡沫のように消え去った雑誌の一つ「くいーん」というのにたのまれたが、二人で同性愛についての対談会をやらないかと勧めた。私は二十年来その方面の文献を集めているので、話題はある。相手が稲垣君ならやってもいいと答えた。そして、築地の焼跡に建ったバラックの料理屋で、当時、なかなか手に入らなかったウイスキーを御馳走になり、二人で話し合った速記が、その雑誌にのったのだが、鼻紙のようなセンカ紙に印刷されて、非常に読みにくく、その上この雑誌社は間もなくつぶれたので、殆んど人の目につかないままに終ったのである。

稲垣君はその後京都に移り住んだが、今年の春になって、あれはなかなか内容豊富な速記だから、埋もれさせておくのは惜しい。あれをそのまま使って一文を草するからと、ハガキをよこし、間もなく名古屋の文学同人雑誌「作家」の五月号に「E氏との一夕」と題し、それが掲載せられた。副題は「同性愛の理想と現実をめぐりて」となっている。

すると又、最近になって、稲垣君から細かい字のハガキが来た。「作家」社が前のようなものを、もっと書いてくれというので、今度は「幻影の城主」の中から、「もくづ塚」と「ホイットマンの話」を引用し「続E氏との一夕」を書くからよろしくというのである。私は承知の

旨を答えておいた。〔後註、これは実現されなかったようである〕

稲垣君のことを書いていると際限がないので、一先ずこのくらいにとどめて、萩原朔太郎氏に戻る。先にも書いた通り、萩原氏とは稲垣君の紹介で知り合ったように記憶するが、いつの場合も、会うのは萩原氏とさし向いで、稲垣君が同席した記憶がない。最初萩原氏が私の家を訪ねてくれたときも、一人だったことを覚えている。稲垣君は事前に双方の橋渡しをしてくれただけで、あとは萩原氏が単独行動をとったのかも知れない。

〔後記〕萩原氏とは稲垣君の紹介で知り合ったとばかり思いこんでいたが、どうもそれは逆だったらしい。稲垣足穂君は昭和三十年七月号の「新潮」に「東京遁走曲」という随筆を書いたが、その中に次の文章がある。稲垣君のいっているのが正しいのだろうと思う。

「馬込滞在中に（註、昭和五、六年ごろであろう）『夢野抄』という五十枚余りのものをかいたので、新潮の楢崎勤に買って貰った。原稿料の百円なにがし（二百円に足りなかったと思う）は直ちに酒に化けてしまったので、旧知のたれ彼から五円十円と借り集め、新潮社近くの牛込横寺町のアパートに一室を借りた。先に萩原朔太郎を通じて江戸川乱歩を知っていたので彼を訪ねた。（中略）萩原は、何でもマッサージの秘密倶楽部に就いて訊ねる為に江戸川乱歩を訪れたのであるが、乱歩の人柄が気に入ったというので、さっそく僕を紹介してくれた。乱歩は其頃、戸塚の通りをちょっとはいった所に緑館という下宿屋を経営していた」

これによると、萩原氏は最初は戸塚の緑館へ訪ねてくれたものらしい。この緑館については昭和三年と、昭和六年の章にしるしてある。〔後記おわり〕

私はかねてこの著名の詩人を、大いに尊敬していたので、同氏の方から先に私の家を訪ねてくれたのには恐縮を感じたが、この詩人は少しも気取らない書生流儀で、私を気の合いそうな遊び友達として、選んでくれたらしいのである。萩原氏はポー、ボードレール、ワイルド系統の作品を愛し、その点では話が合うのだが、彼は酒好き、私は当時殆んど飲めなかったので、そこがどうもうまく行かなかった。現在ならもう少しおつき合いできたのにと、惜しまれる。

それよりずっと前、「探偵趣味」の大正十五年六月号に、萩原氏は「探偵小説に就いて」という一文を寄せていた。その中の私に関する部分は、現在の探偵小説論争ともつながりがあるので、その興味をもかねて、引用して見る。

江戸川乱歩氏の「心理試験」（単行本）を買って読んだ。もちろん相当に面白かった。しかし有名な「二銭銅貨」や「心理試験」は、私には余り感服できなかった。日本人の文学としては、成程（なるほど）珍らしいものであるかも知れない。しかし、要するに「型にはまった探偵小説」じゃないか。西洋の風俗を単に日本の風俗に換えたというだけの相違であって、既に僕らの飽き飽きしているコナンドイル的の探偵小説にすぎないのだ。探偵小説というものが、もしそのマンネリズムに安住して居り、その刻印された型の中で奇を競い、そして幼稚な読者を対手（あいて）とする低級な通俗文学で満足しているならば、もちろん僕らの言うことはない。しかし私は所謂「大衆文学」を「低級文学」と同視しない。私は今日の所謂文壇文学に反感している。あの玄人（くろうと）気取りの、日常茶飯的な、低徊（ていかい）趣味の、所謂文壇芸術を革命すべく、今や「新らしき文学」の時代が迫りつつあることを予感している。

文壇芸術は亡びるだろう。そして、之に代るものは、新興の大衆芸術でなければならない。「芸術としての大衆文学」でなければならない。しかして我が探偵小説等が、正にその新時代の先頭に立つべきことを考えている。それ故に私は江戸川氏の「心理試験」に不満する。（中略）

しかし、「心理試験」の中で、最後の「赤い部屋」というのを読んで、始めて明るい希望を感じた。ここにはもはやコナンドイルが出て居ない。所謂探偵小説のマンネリズムがない。そして、ポオや谷崎氏の塁を摩するものが現われている。それから私は江戸川乱歩が好きになった。就中、最近「人間椅子」を読んで嬉しくなった。「人間椅子」はよく書けている。実際これ位に面白く読んだものは近頃なかった。（中略）

推理だけの、トリックだけの、機智だけの、公式だけの小説は、もはやその乾燥無味に耐えなくなった。我々は次の時代を要求している。次に生れるべき新しい文学を熱望している。「未知に対する冒険」！　これが探偵小説の広義な解釈に於ける本質である。ポオのすべての短篇小説がそうであった。谷崎潤一郎氏の多くの作物がそうである。西洋の古いゴシックロマンスがそうであり、そうしてコナンドイルや江戸川乱歩氏の本質もここにある。願わくばこの本質に立脚して、それから更らに広く展開した「新時代の文学」を創建したい。けだし、恐らくその新しき文学は、日本に於ける新浪漫派文壇、――もしくは新人生派文壇――の初期を黎明するものでなければならぬ。何となれば「未知に対する冒険」の情熱は、それ自らロマンチシズムの本体となる情熱だから。

　今これを写していて、萩原氏の情熱にうたれざるを得なかった。やはり詩人の文章である。何とその論調が、現代の木々君、それから少し違った意味で、大下、水谷、渡辺啓助の諸君や、戦後新人作家の半ばの人々がいわんとするところに近似していることであろう。私の初期に於てこれと類似する多くの評論が一方にあった。他方には、森下、平林、甲賀などの諸君の本格を支持するの議論があった。現在でも坂口、荒、大井など「近代文学」の諸君や、所謂「鬼」の人々がそうであるように。

「本格」と「文学」の論争は、何も今さら始まったことではない。それは日本探偵小説の発生と共に古いのである。後にそれらの初期の評論を回顧する機会があるので、ここではこれ以上深入りしないが、いずれにしても私は出発間もなくして、これらの潮流の波頭にもまれもまれていたのである。そして、どちらをも、それはそれとして理解することは出来たのだけれど、眼高手低、私は結局、私の実力以上のことは出来なかったのである。

　私の作品について、このような感想を持つ萩原氏が、右の文章を書いてから五年の後に、私と一緒に木馬に乗ったのだが、その前後のことは、よく覚えていない。それから又三、四年たって、昭和九年か十年ごろに、私の現在の池袋の家へ、同氏が遊びに来たときのことが記憶に残っている。萩原氏はそのとき濃紺の結城紬の羽織を着ていたのを覚えている。当時私は土蔵の中を書斎と客間にしていたので、そこへ通したところ、真中に大きな段梯子があったりして、屋根裏のような、或いは船室のような感じがするといって、同氏は興がったものである。そこの卓上に膳をおき、日本酒をチビリチビリやりながら、二人は内外の怪奇文学について語り合ったのだが、萩原氏は私の「パノラマ島奇談」を案外高く買っていて、「あれはいい、あれはいい」といってほめてくれた。私が萩原氏の詩とアフォリズム以外では、「死なない蛸」と「猫町」とを最も愛することは、別の随筆にも書いた通りであるが、その時はまだ「猫町」を読んでいなかった。それ以来、萩原氏は著書を出す度に、贈ってくれるようになり、自装の「青猫」や「猫町」や数々のアフォリズムを、私は愛読したものである。

そののちは屢々、新宿などで落ちあって、いずこともなくさまよい歩いたものである。こちらは酒のつき合いが出来ないので、彼が酔っぱらって来ると少々閉口であり、彼の方でも何となく気づまりであり、そこがしっくり行かなかったが、もし私の方も酒徒であったら、同氏とのつき合いは、更らに頻繁であったことと思われる。

多くは電話で打合せて、外で落ち合ったので、お互の家を訪ねたことは算えるほどしかなかったが、萩原氏の代田の家の吊りランプを模した電燈のあるエキゾチックな洋室は今でも覚えている。同氏の告別式もその家で行われたが、私は家族の人とは殆んど口も利いていなかったし、萩原氏のほかの友達ともつき合っていなかったので、告別式に列しても、顔見知りがなくて閉口したものである。

喫茶店「ミモザ」の猫

日影丈吉

猫町の幻想は猫に限らない。ふくろう町でも、かたつむり町でもかまわないだろう。しかし何故、猫の住民が選ばれたかには、やはりなにか根拠があるはずだ。その理由を作者よりも正確に知っているのは、モデルにされた猫自身かも知れない。だが、やつらをつかまえて尋ねるのは禁物だ。やつらは例の調子で、ふと顔をそむける。それから眠そうに眼を一文字にし、無関心をよそおって、だぶだぶの皮を好きな方向に伸ばし、寝ころんでしまうだろうからだ。

猫そのものの話は私も、たくさんではないが、書いている。それを読んだ人から、何故あんな話を書いたのかと、きかれたこともある。ある話には、たしかに書こうと思うきっかけがあった。目黒に住んでいたころだから、もう二十年前になる。私の家の長方形の囲い地は家の前が広く空(あ)いていた。隣りとの境いに竹や樹が植えてあるのと、反対側にある納屋の前に棕櫚が一本、立っているきりで、そこは庭というより、むだ草の伸びた空地だった。

春には目黒不動の丘から鶯が飛んで来た。そのほか鶺鴒(せきれい)とか色んな小鳥がやって来た。名も知れない鳥が落ちて死んでいたこともある。猫にでも、やられたのかも知れないと思ったら、今度は三毛の子猫が二匹、高いところから叩きつけられたように、巴形(ともえがた)になって死んでいるのを見つけた。

こういう動物はそこで死んだのか、どこからか死骸が落ちて来たのか、いずれにしても理由がわからない。とにかく死骸は土を掘って埋めたが、そんなのが見つかった次の朝は、雨戸をあけるのが憂鬱だった。

ある日、戸をあけたとたんに、私はぎょっとした。死骸ではない。生きた猫である。かれこれ二十匹ぐらい空地に散らばって、じだらくに寝そべっていたのが、雨戸を繰る音にむっくり身を起こし、いっせいに黄色い眼を見はって私を見つめたのだ。かれらは別に私を警戒したようでもなかった。家の主人にちょっと敬意を表して、居ずまいをなおしたという感じで、さわやかな朝をのびのびと楽しんでいるようだった。

警戒したのは、むしろ私の方である。猫がこわいわけではないが、このくらいの集団になると、ばかにできない。かれらは夜の庭を占領しているのか。それとも夜が明けると、どこからか集まって来て、ラジオ体操でもやったあとの一服というところだったのか。とにかく私は居住権を侵害されたという、けちな考えからか、あるいは動物に対する動物的本能からか、ちょっと不愉快になった。

猫の集会だか朝礼だかは二三日続いて、それから、ふいと来なくなった。私は何となくほっとして、どうも猫なんてのは気まぐれな動物だと思ったが、かれらにはかれらの都合があったのに違いない。すくなくとも、かれらの毅然たる態度には感心させられた。人間に引け目を感じるのは人間だけで、猫は人獣同権論者らしい面構えをしている。そういった印象が私に短篇をひとつ書かせたのだ。
もっとも猫を文字通り猫かわいがりする人には、人獣同権どころではないだろう。それも、ただかわいがるだけでなく、猫をもっとも信頼のおける友達として人間同様にあつかうという、猫権を認める点で理想的な女の人を、私は知っていた。実は戦前もはるか前のことで、思いだす機会もなくて、その人のことを忘れていたのだが、ご推察の通り、猫好きの後家ばあさん、いや未亡人というべきお人柄だった。

中央線の沿線がひらけだしたころだから、話は古い。駅前に急ごしらえの商店街ができ、すこし離れたところに、いわゆる文化住宅が雑草のしげる野原を侵略して、どんどん建ってゆく。友人のSがその辺りに移転したばかりで、下宿者の彼には新開地の新しい世相が珍しかったらしい。土地の人は、お百姓さん、つまり在方の庶民だが、余所から入りこんで来た人達の生活は、だいたい山手の延長で、それが一帯を侵略してしまっていた。

重たくて、野暮ったくて、丁重な山手人種の気風も珍しいが、それが積極的に胸をひらいて新地域の生活をつくろうとしているところが、いわゆる山手とは違う点だった。たとえば、その未亡人などがそうなのだ。

いままで何もやったことのない人が、大きな社会情勢の変化に邂逅して、食うために、あるいは生活のおぎないにするために、何かをやろうとする。いわゆる士族の商法だが、そういうとき眼をつけるのは、むかしもいまも食べ物商売。喫茶店などは手頃でいい、ということになる。その頃の新開地の喫茶店も、そういうのが多かった。

ただ士族の商法の違いは、客を営業の対象としてばかり見ないで、自宅への招待者としてあつかう。中年婦人の経営者には客と一体になって会話をたのしむ、という傾向があった。まるでバーと喫茶店の合いの子みたいな、マダムのいる喫茶店である。問題の未亡人の店は、その中でも特色のあるものだった。

残念ながら未亡人の名も店の名も、あまり長いこと忘れていたので思いだせない。店の名は、ミモザとかリラとか、実際に見た者のすくない花の名ではなかったろうか。そんな名をつけるのが流行っていたから……。だが、その店はどんな名前にしろ、つけるのがおかしいような感じだった。店というより、街路からいきなり入れる客間といった方がいい。

マダムのいる喫茶店は、自宅や住宅用の借家(しゃくや)を改造したものが多かった。それにしても一応それらしくこしらえて、どこかに商売気がただよっているものだが、仮称「ミモザ」はふつうの家の洋風の客間そのものだった。

だいいち家は立派だが、ひどく古い。外から入って、いきなり踏む絨氈(じゅうたん)は、珍しくはないにしても立派すぎる。カウンターがなくて、飲み物は見えないところで、女中さんらしいのが作って持って来る。レコード・プレイヤーは大きいが、家庭的な手まわしの蓄音機だ。壁掛けや置き物の類も多すぎた。その装飾過多の中に専用の椅子がおいてある。未亡人は客が席に着くと、自分もそこにかけ、おくの通路の口を振り返って女中さんを呼ぶ。すると大きなシャム猫が一匹、絨氈の上から未亡人の膝に飛びあがって、うずくまる……

Sは新開地の新風俗を私にも見せたがって、私を誘った。その喫茶店にも連れて行かれ、未亡人と猫にいっしょに紹介された。ほかの客とも赤の他人ではいられない。そこの気分が無関心でいさせてはくれないし、未亡人が如才なく紹介してくれる。そこは喫茶店というより、この未亡人の開かれたサロンで、未亡人による紹介が一種の允許(いんきょ)、それがあればお互い詐欺師と脱獄囚でも、打ちとけていられるというわけである。

未亡人の自慢は、彼女の唯一の身内らしいシャム猫のことに尽きていた。未亡人は一般の猫きちがいと違って、猫をたくさん飼わない。このシャム一匹に限って、しかも身内か親友のようにあつかう。彼女にいわせれば、猫の方も彼女に信実を誓っているらしい。そして、この猫の血統のよさ、誠実さ、性質のかわいらしさなどを倦きずに称(たた)える。

私はSといっしょに、ときどき、この変った喫茶店を訪ねたが、猫はいつも未亡人の膝にいて、猫の話題は尽きなかった。未亡人はもう六十歳を過ぎていたろう。押しのきいた沢庵の切身みたいな皺(しわ)んだ丸顔が、いつもにこにこしているが、たまにまじめな顔をすると、どこか気むずかしいペルシア猫に似ている。彼女の猫の方はシャムにしては、ばかでかくて毛の短い青猫だ。むっくりと肥え、ふてぶてしくて、未亡人がいうほど、かわいくは見えない。

「このひとはほんとに気まぐれで、昼でも夜でも、ぷいとどこかへ出て行ってしまって、何時間も帰らないことがあるんですよ。とんでもない遠いところで、このひとを見たっていう人もいます。それでもたいそう勘がよくて、いつでもちゃんと帰って来ます。いつかなんか運送屋さんの車に乗っかって山梨県まで行っちゃってね、でも一人で帰って来ましたよ」などと、膝の上のその気まぐれ者を愛撫しながら、結局は自慢になる話を、未亡人はするのだった。

考えてみると、Sも私もまだとても若かったのに、そんなおばあちゃんと猫しかいないところへ、何故ときどき出かけたのかわからない。飲みものも特別うまいわけではなかったから、その特殊な変な雰囲気に何か私たちを引きつけるものがあったのだろうか。だが、そのうち、ちょっと変なことがあって、私たちはその、仮にミモザという変った喫茶店へ、二度と足を向けなくなった。いや、変なことではなくて、自然の理からいえば、きわめて公平で理想的な、人獣づきあいの断面を垣間見ただけなのかも知れないが、とにかくそのことのために私はこの話をしているのである。

ある日、未亡人は彼女のサロンにいなかった。そのかわり猫だけが椅子の上にいた。しばらく待ったが、彼女は出て来なかった。いつもいる人がいないのも、彼女と猫が離ればなれなのも異常だった。私とSは立ったまま顔を見合わしていた。と、椅子の上のシャム猫が突然、私たちに目配せした。

「すみません、あのひと、ほんとに気まぐれで、ぷいとどこかへ出て行ってしまって、何時間も帰らないことがあるんですよ。それでもたいそう勘がよくて、いつでもちゃんと帰って来ます。まあ、ちょっとお待ちになってみたら……」

そういうと、やつは長い舌を出して、口のまわりをぺろりと、ひと舐めした。

猫町紀行

つげ義春

旅の好きな友人が私の地図を見て、旅行のトラの巻だと評したことがある。それは私の地図には無数の丸印がついていて、旅行をするときいちいち旅行案内書を携えなくともよいようになっているからである。とくに多い印は宿場と湯治場で、私はそのどちらかを訪ねるのを旅行の目的としているほどなので拾いあつめてあるのだが、好みとしては鄙(ひな)びてあまり人に知られていないところに印をつけてある。

そんななかに山梨県の旧甲州街道に残る犬目宿がある。犬目宿はよほど宿場にくわしい者でないと知る人もいない山深いさびれた宿場であるが、そこへ十二、三年ほど前訪ねて行き道に迷ったことがある。迷ったため残念なことに犬目宿に到達することはできなかったが、そのとき思いがけず、私が湯治場や宿場を訪ねる目的としている光景に出会うことができた。

ちょうど友人のT君が山梨県の大月あたりまでドライブをしようと誘いに来たときだった。私は大月まで行くのならその手前の犬目宿へもついでに寄ってみようと提案したのである。

犬目宿は現在の甲州街道を上野原で別れ、そこから旧道を十キロほど行った山の中にある。私たちは、私の丸印のついた地図をたよりに上野原まで行き、名物の酒饅頭(さかまんじゅう)を買い旧道に入っ

御宿

た。旧道の入口は上野原の町はずれの大きな坂道の中ほどにあり、かなり下ったつもりでも、そこからの眺めは目もくらむほどであった。眼下に鶴川が流れ、川の向う岸に旧道が犬目宿のほうへとのびているのが見えた。道幅はせまく車が一台やっと通れるほどのでこぼこの悪路である。五街道の一つに数えられる甲州街道も昔はずいぶん細かったようだ。上州三国街道も、猿ヶ京あたりに残る旧道は、人がすれ違うとき肩がぶつかりそうな、いまでは信じられないような粗末な道であった。

私たちは鶴川橋のたもとに車を停め、上野原の町で買った酒饅頭を食べた。上野原もかつては宿場であったが、その名残りなのか酒饅頭屋が六軒もある。塩味の餡入りは素朴な味で一個三十円と驚くほど安い。私は電車に乗ってわざわざ買いに行ったこともある。

旧道は鶴川から五キロほどで野田尻である。やはり宿場だったところで、宿の少し手前には芭蕉の「古池やかわずとびこむ……」の古池があった。現在は中央高速道に踏みつぶされ跡形もないが、石碑だけ残っているというので、そこと野田尻を見ておきたいと思った。だが、それらしき集落も見あたらず、私たちは先へ進んだ。T君は宿場にまるで関心がないので、私も寄り道は遠慮したのである。

野田尻から犬目へは四キロ足らず、鶴川の支流仲間川に沿う道は地図でみると一本道になっている。それが農家が三、四軒かたまってあるところで二岐に分かれていた。道なりに右に行くとそのまま農家の庭に入ってしまいそうに思え、左のかなりの急坂を登って行った。両側は鬱蒼とした樹木に目かくしされ見とおしの悪い、うっかりすると雑草の中に消えてしまいそう

30

な心細い道であった。迷ったような気配を感じながらも、どうにか登りきると高台の頂上に出た。頂上にはすぐ交差する道があり横切るとまた下り坂であったが、私は横切る一瞬の間にその道の左右に目をやり、そこがどうやら犬目宿ではないかと思った。五、六メートルの道幅をはさんで宿場らしい趣きの家がたち並んでいたのである。

ちょうど陽の落ちる間際であった。あたりは薄紫色に包まれ、街灯がぽーっと白くともっていた。いくらか湿り気をおびた路は清潔に掃除され、日中の日射しのぬくもりが残っているように感じられた。夕餉前のひとときといった風ののどかさで、子どもや老人が路に出て遊んでいた。浴衣姿で縄とびをする女の子、大人用の自転車で自慢そうに円をかいてみせる腕白小僧、石けりをする子のズボンには大きなつぎが当っている。私は近ごろ、あの母の温かさが縫いこまれたつぎの当った衣服を着けている子どもを見たことがない。縁台でくつろぐ老人。それは下町の路地裏のような賑やかさであった。

宿場といえば、たいてい時代からとり残されたようにひっそりと静まりかえっているものだが、ここでは健康で清潔でまた質素で人々は生きいきとしている。こういう辺鄙な山の中で、こういう営みをしているところがあろうとは……。私たちは暗いトンネルのような樹間をぬけて来たので、急に目の前にした光景をみて、ことさら別世界に、人里はなれた隠里に迷いこんだように思えたのだった。

一瞬の間に通り過ぎたので、そこが犬目宿であったかどうか確認することはできなかったが、私は多分まちがいないだろうと思い後戻りしたいと思った。だがT君は先を急ぐかのように運

たばこ

転をするので、また気がねをしてしまったのである。

　車はどんどん坂を下り、いつの間にか中央高速道をまたぐ陸橋の上に出ていた。T君はいまごろになって「おかしい、迷ったかな、犬目宿は何処だろう」と首をかしげていた。そして、「日も暮れたし帰りますか」と云うので、最初予定していた大月へ行くのはとりやめ、そのまま帰途についた。

　私は車の中で、先ほどと似たようなことをいつか何処かで体験した覚えがあるのを思い出そうとしていた。犬目という地名から、犬――猫と連想してそれはすぐに思い出すことができた。「そうか犬じゃなくて猫だ。猫町だ」と、萩原朔太郎の「猫町」を読んだときの体験だったことに気がついた。

「猫町」は、もの思いにふけりながら散歩をする癖のある詩人が道に迷い、白昼夢とも幻想ともつかぬ猫の町に迷い込んでしまうという話である。こちらは幻覚でも夢想でもないので猫こそいなかったが、先ほどの美しい光景は「やっぱり猫町と似ているなあ」と思えるのだった。

　そういえば、私は十七、八のとき「猫町」を読みたちまち影響され、道に迷いやすい人をうらやましく思ったものだ。道に迷えば猫町の気分だけでも味わえるものと思い、その散歩のしかたを真似てみたこともあった。けれど、真似ごとでは道に迷うわけもなく、それに私は方向感覚は悪くないほうなのでその試みは成功しなかった。それがいまごろになって思いがけず実現したのだった。

　私は偶然猫町を発見したことで、これまで旅行をしていていつも物足らなさを覚えていたの

が何であったのか了解した。「これだ、これだったのだ」と私は心のなかでつぶやいた。あの光景を求めて私は地図に無数の丸印をつけていたが、それはけっきょく、湯治場でなくとも宿場でなくともよかったのだ。下町の路地裏でも何処でもよかったのである。

　私はまたゆっくり出直そうと思った。今度はT君に気がねせぬよう一人で行くつもりでいた。ところが車がないと不便なため、つい億劫にしているうち、五、六年が過ぎ、いつの間にか犬目宿のことは忘れかけていた。

　相模原の退屈男を自称するT君は、相変わらず「退屈だから何処かへ行こう」と度々誘いに来た。たいてい私の起床の時刻に合わせ昼過ぎに現われるので、あまり遠出はできない。手近かなところということで、八王子を起点としてその周辺に限られていた。青梅、五日市、道志、大山などは日帰りのコースである。八王子まで出ると上野原もすぐである。私はまた久しぶりに酒饅頭が食べたくなった。

　車中酒饅頭に舌鼓を打ちながら、

「どうだろう、せっかくここまで来たのならまた犬目宿へ行く気はないかね」

と誘ってみた。気乗りしないことは分っていたが、T君は私とのドライブは、車の中でとりとめのないお喋りをするのが目的なので、行先を決めるのは折返し点を決めるようなもので何処でもよいはずである。

　コースは前のときと同じ道をたどった。ところが、何処で間違えたのか犬目宿のある高台への登り口がわからず、みかけない小学校の前へ出てしまった。校門の向いに雑貨屋があったの

で、駄菓子の酢昆布を買い道を尋ねると、オカミさんは「犬目ならこの上ですよ」と外へ出て、店の背後に垂直にそそり立つ崖上を指さしてみせた。

私は「あっ」と思った。道を間違えて来たはずなのに、いきなり頭上と教えられ虚を衝かれた思いがしたのである。しかも、崖下には小学校もあり、民家もごくありふれたつまらぬところでもあったのでなおさら、「こんなところに猫町が？……」いや犬目宿があるということを予想もしていなかったからであった。

「これでは誰にもわからぬはずだ」

と、私は勝手な思いこみをし、崖上と崖下は往き来がなく、犬目宿は秘密の桃源郷のようにひっそりと孤立してあるかのように思えたのだった。

オカミさんは、

「でもこの前の火事で焼けちゃったからね」

とまた意表を衝くことを云った。四十五年の大火で大半を焼失したのだそうだ。最初に訪れた翌年のことである。私はもっと早く来ておけばよかったと悔みながら、背のびする格好で崖の上を仰いでみたが、切立ってっぺんの様子は下からはまったく見えず、人家も見えなかった。

「やっぱり猫町だな。いつかちらりと垣間見せてくれただけで、もう二度とお目にかかれないとは……」

私はそのまま引返すのは心残りでもあったので、せめて焼跡でも見ておこうと思った。それに私の発見した猫町が犬目宿だったという確証はないし、あるいは別のところということも考

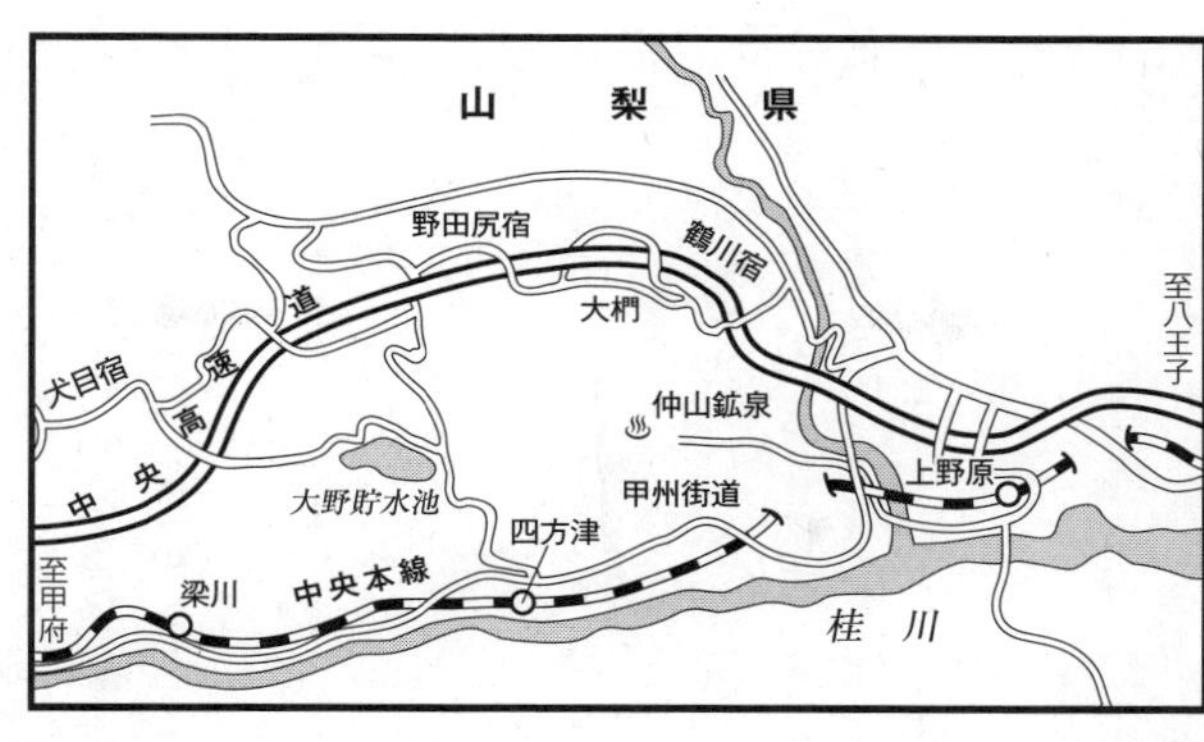

えられる。オカミさんは、車で行くのなら数キロも先に遠回りしなければならないと教えてくれた。

教えられた道は、これまで来た道の延長で一本道だった。崖は道に沿って山の尾根のように延々と続き、登り口はなかなかみつからなかった。折返し点が焼跡ということではT君にとっては面白味のないことで、かなりの道のりにうんざりしてか、

「いや歩いてなら登る道があったはずだよ」

と、いくらか不機嫌の色をみせた。階下と二階に階段のひとつも無いなんてことはありえないと云うのである。そういえばオカミさんも、車で行くのなら遠回りになると云っていた。ということは徒歩なら近道があったのだろうか。私はT君の不満には返事をしなかった。そんなにたやすく行けては猫町の値うちが下がるではないか。

小一時間も走ったろうか、道は曲りくねり私たちはいつの間にか崖上に登っていた。車の向きもいま来た道を眼下に見おろしながら後戻りする方向に走っていた。T君は「あれ？」と首をかしげた。いつ百八十度も転回し

たのだろう、私も気がつかなかった。

「このあたりの地形は人を迷わすように誰かがしくんだのではないかね」

などと云い合った。とにかくこのまま真直ぐ進めば間違いなく犬目宿だろう。私もT君もそう確信していた。けれども、しばらく進むとまた坂を下っていた。犬目宿は崖上なので下ってしまっては駄目なのだ。といってほかに道はない。T君は疲れた色をみせていたが私も、

「なんと意地の悪い地形だろう」

と思った。けっきょく、そのまま下る一方でまたしても中央高速道にぶつかってしまったのである。

私は犬目宿を訪ねる理由をT君に説明しておかなかったので、もうあきらめるよりほかなかった。そして、

「やっぱり幻想となってしまったか」

と思った。そのほうが猫町としてふさわしいことではあるが、なんとも心残りであった。私は犬目宿と猫町が同一の場所なのかどうか確認はしていないが、もし別のところだとしたらまた探しに行ってみたいと思っている。

「猫町紀行」あとがき

萩原朔太郎の「猫町」を最初に読んだのはたしか探偵小説雑誌の「宝石」に掲載されていたものだったように記憶している。それで朔太郎は探偵小説作家だろうと私は思いこんでいた。十七、八の頃、私は探偵小説に夢中になっていてまだ文学や詩を知らないでいたのである。しかし、当時の「宝石」は江戸川乱歩が編集をしていて、文芸作家のミステリアスな作品を毎号紹介していたので、それで私は文学を知るようになった。谷崎潤一郎の「小さな王国」、佐藤春夫の「オカアサン」、葉山嘉樹の「セメント樽の中の手紙」などを読んだ覚えがある。朔太郎が詩人であることを知ったのは間もなくであるが、「青猫」「月に吠える」の文庫本を手に入れ失望した。〝詩〟というものに初めて接し、なにがなんだか分らなかったのである。

それから二十数年とんで、つい二年程前、また「猫町」を読み返す機会があった。ある出版社から「猫町」の感想を求められ、原本のコピーを読んだのである。感想はなにもなかった。私の日常が猫町どころではなかったからであった。依頼は断ったが、このとき犬目宿のことを思い出し、いずれマンガか文章にしようと思っていた。

二度も道に迷ったのは、ずっとあとになってわかったことでは、崖上を縦走している旧道に気づかず、崖下ばかりうろうろしていたからであった。旧道は上野原からいったん下り、鶴川の川原へ出て、そこから崖上に野田尻宿、犬目宿と続いているのである。

鶴川の川畔には鶴川宿があったが私は気がつかなかった。この鶴川の川渡人足はタチの悪い者が多く旅人は難儀をしたそうだ。広重が「絶景なり」と称えているのは、旧道の入口の高見からの眺めをいったのではないだろうか。犬目宿へかけての眺望は山また山が連なり、山の中腹に雲がなびき悪くない景色である。だが、現在も昔もそれほど変わらないと思える鶴川は、常水川幅八間の、ところどころ川底の露出した小さな川である。その気になれば歩いて渡れそうなのに、人足が雲助まがいの振舞をしたというのは意外に思える。

犬目宿という変わった地名は、古くは狗目嶺によるもので、極めて高いところにあるので狗の目のように遠望できるということだろうか。房総の海まで見えたそうだ。

それにしても、昔の人は何故このような高いところに道を作ったのだろう。私の迷った道は鶴川の支流仲間川に沿った平坦な道である。こちらのほうが道中も生活を営むのもずっとらくだったと思えるのだが……。低い位置で日陰のもやしのような気持ちでいるよりは、少しでも眺めのよいところを求め、遠くの山々を眺め、まだ見ぬはるか彼方へさまざまな思いを寄せていたのだろうか。

私は犬目宿の先、猿橋あたりと大月、その先の笹子峠の頂上へも行ってみた。古い道を歩くのは、昔の人の生活が想像され、興味深いものである。

Part 2

虚実のあわいにニャーオ

ウォーソン夫人の黒猫

萩原朔太郎

ウォーソン夫人は頭脳もよく、相当に教育もある婦人であった。それで博士の良人(おっと)が死んで以来、ある学術研究会の調査部に入り、図書の整理係として働らいていた。彼女は毎朝九時に出勤し、午後の四時に帰宅していた。多くの知識婦人に見る範疇(はんちゅう)として、彼女の容姿は瘠形(やせがた)で背が高く、少し黄色味のある皮膚をもった神経質の女であった。しかし別に健康には異状がなく、いつも明徹(めいてつ)した理性で事務を整理し、晴れやかの精神でてきぱきと働らいていた。要するに彼女は、こうした職業における典型的の婦人であった。

ある朝彼女は、いつも通りの時間に出勤して、いつも通りの事務を取っていた。一通り仕事がすんだ後で、彼女はすっかり疲労を感じていた。事務室の時計を見ると、ちょうど四時五分を指しているので、彼女は卓上の書類を片づけ、そろそろ帰宅する準備を始めた。彼女は独身になってから、ある裏町の寂(さび)しい通りで、一間しかない部屋を借りていたので、余裕もなく装飾もない、ほんとに味気(あじけ)ない生活だった。いつでも彼女は、午後の帰宅の時間になると、その空漠(くうばく)とした部屋を考え、毎日毎日同じ位地に、変化もなく彼女の帰りを待ってる寝台や、窓の側に極(きま)りきってる古い書卓や、その上に載ってる退屈なインキ壺などを考え、言いようもなく味気なくなり、人生を憂鬱なものに感ずるのだった。

この日もまた、そのいつも通りの帰宅の時間に、いつも通りの空虚な感情が襲って来た。だがそうした気分の底に、どこかある一つの点で、いつもとちがった不思議の予感が、悪寒のようにぞくぞくと感じられた。彼女の心に浮んだものは、いつものような退屈な部屋ではなく、それよりももっと悪い、厭やな陰鬱なものが隠れている、不快な気味のわるい部屋であった。その圧迫する厭やな気分は、どんなにしても自分の家に、彼女を帰らせまいとするほどだった。けれども結局、彼女は重たい外套を着て、いつも通りの家路をたどって行った。

部屋の戸口に立った時、彼女は何物かが室の中に、明らかに居ることを直感した。いつ、どこから、だれがこの部屋に這入って来て、自分の留守に居るのだろう。そうした想像の謎の中で、得体のわからぬ一つの予感が、疑いを入れない確実さで、ますますはっきりと感じられた。「確かに。何物かが居る。居るに相違ない。」彼女はためらった。そして勇気を起し、一息に扉を開けひらいた。

部屋の中には、しかし一人の人間の姿もなかった。室内はひっそりとしており、いつものように片づけられていた。どこにも全く、少しの変ったこともなかった。けれどもただ一つ、部屋の真中の床の上へ、見知らぬ黒猫が坐り込んでいた。その黒猫は大きな瞳をして、じっと夫人をみつめていた。置物のように動かないで、永遠に静かな姿勢をしてうずくまっていた。

夫人は猫を飼っておかなかった。もちろんその黒猫は、彼女の居ない留守の間に、他所から紛れ込んだものに相違なかった。がどこから這入って来たのだろう。留守の間の用心として、いつも扉は厳重に閉してあった。もちろん鍵をかけ、そしてすべての窓は錠を下して密閉されていた。夫人は少し疑い深く、部屋のあらゆる隅々を調べてみた。しかしどこにも決して、猫の這入るべき隙間はなかった。その部屋には煙突もなかったし、空気ぬきの穴もなかった。どんなによく調べてみても、猫の這入り得る箇所はないのである。

夫人はそこで考えた。留守の間に何人かが――おそらくは窃盗の目的で――一度この部屋をうかがい、窓の一部を開けたのである。猫はその時偶然にどこからか這入って来た。そしてその人物が、しばらくこの部屋で何事かをした後に、再度またもとのように、窓を閉めて帰って行った。猫はその時から、ここに閉じこめられているのであると。実際また、それより外に推理の仕方はなかったのだ。

夫人は決して、病的な精神の所有者ではなかった。反対に理智の発達した、推理癖のある女性であった。けれども婦人の身として、さすがにこの不思議な出来事は不気味であった。自分の居ない留守の間に、ある知らない人物が忍び込んで、居間で何事かをしているということは、考えるだけでも神経を暗くした。

夫人は夢に魘された時のように、厭やな重圧した気分を感じた。だが彼女の推理癖は、どうにもしてこの奇怪な事件から、真の原因を探り出そうと考えた。もしある人物が、留守にどこかの窓を開けて、そこから闖入して来るとすれば、窓のあるどこかに、コジあけた痕跡が残っているか、でないとしても、多少の指紋が残っているべきはずである。夫人は注意ぶかく調べて見た。だが窓のどこにも、少しの異状がなく、指紋らしきものさえなかった。この点の様子からは、絶対に人の這入った痕跡がないのである。

翌朝起きた時に、彼女は一つの妙案を思いついた。それは部屋のあらゆる隅々へ、人の気づかない色チョークの粉を、一面に薄く敷いておくことである。もし今日も昨日のように、留守に何事かが、起ったらば、すっかり証拠の足跡がついてしまう。例の厭やな猫でさえも、それが這入って来た箇所からの、正直な足跡を免かれない。一切の原因が明白になってしまうだろう。

この計案を完全に実行し、充分の成功を確めたところで、彼女はいつもの外套を着、いくらか落付いた気分で出かけて行った。が、だが事務室の柱時計が四時に近くなった時には、またいつもの不安な予感が、いつものように襲って来た。どうしても部屋の中に、だれかが坐っているような感じがする。その感じはハッキリしており、眼の前を飛ぶ小虫のように、執拗に追いのけられないものであった。そしてなお不吉なことには、いつも必ず適中するのであった。果してその留守の部屋の中には、今日もまた黒猫が坐り込んでた。気味の悪い静かな瞳で、じっと夫人の方をみつめながら。しかもその部屋の中には、夫人のすべての期待に反して、どこに一つ小さな足跡すら付いてなかった。今日の朝に敷かれたチョークの粉は、閉じ込められた室の重たい空気で、黴のように積っていた。その粉の一粒すらが、少しも位地を換えてなかった。明白に部屋の中へは、何物も這入って来なかったのである。

すべての有り得べき奇異の事情と、その臆測される推理の後で、夫人はすっかり混惑してしまった。実証されてる事実として、ここにはどんな人間も這入って来ず、猫でさえも、決して外部から入り込んだものではないのだ。しかも奇怪のことには、その足跡を残さぬ猫が、ちゃんと目前の床に坐り込んでいるではないか。今、ここに猫が居るというほど、それほど確かな事実はない。しかも魔法の奇蹟でない限り、この固く閉めこんだ室の中に、一つの足跡も残さずして、猫が居るという道理はないのである。

　夫人は理性を投げ出してしまった。それでもなお、もっと念入りの注意の下に、翌日もまた同じ試験を試みてみた。だが結果は、依然として同じであり、しかもその翌日も、翌日も同じ気味の悪い黒猫が、同じ床の上に坐り込んでいた。そしてこの奇怪の動物は、彼女が窓を開けると同時に、いつもそこから影のように飛び去って行った。

　とうとう夫人は、最後にある計画を思いついた。猫がどこから這入ってくるのかを見定めるため、扉の蔭(かげ)にかくれていて、終日鍵穴から覗いてみようと考えた。翌日、彼女は出勤を休んだ。そしていつもの通り、窓にすっかり錠をおろし、戸口に一脚の椅子を持ち出した。それから扉を閉め、椅子を鍵穴のところに持って行って、一秒の間も油断なく、室内を熱心に覗いていた。朝から午後まで長い時間が経過した。それは彼女の緊張した注意力には、ひどく苦しい時間であり、耐えられないほどの長い時間であった。ともすれば彼女は、注意力の弛緩(しかん)からして、他のことを考えてぼんやりしていた。彼女は時々、胸の隠衣(かくし)から時計を出して針の動くのを眺めていた。すべて長い時間の間、室内には何事も起らなかった。夫人はまた時計を出した。その時ちょうど、針が四時五分前を指していたので、うたた寝から醒めた人のように、彼女は急に緊張した。そして再度鍵穴から覗いた時、そこにはもはや、ちゃんといつもの黒猫が坐っていた。しかもいつもと同じ位地に、同じ身動きもしない静かな姿勢で。

　全くこの事実は、超自然の不思議というより外、解決のできないことになってしまった。ただ一つだけ解(わか)ってるのは、午後の四時になる少し前に、どこからか、どうしてか解らないが、とにかく一疋(ぴき)の大きな黒猫が、室内に現われてくるという事実であった。夫人はもはや、自分の認識を信用しなくなってしまった。すべてやるだけの手段を尽(つく)し、疑い得るだけの実験を尽してしまった。夫人はもしかすると、自分の神経に異状があり、狂気しているのではないかと思った。彼女は鏡の前に立って、瞳孔(どうこう)が開いているかどうかを見ようとした。

　毎日毎日、その忌(いま)わしい奇怪の事実が、執拗にウォーソン夫人を苦しめた。彼女はすっかりヒステリカルになってしまい、白昼事務室の卓の上にも、猫の幻影を見るようになってしまった。時としてはまた、往来を歩くすべての人が、猫の変貌した人間のように見えたりした。そういう時に彼女は、その紳士めかした化猫(ばけねこ)の尻尾(しっぽ)をつかんで、街路に叩(たた)きつけてやりたいという、狂気めいた憎悪の激情に駆り立てられ、どうしても押(おさ)えることができなかった。

　それでも遂に、理性がまた彼女に回復して来た。この不思議な事件について、第三者の実証を確めるために、友人を招待しようと考えたのだ。それで三人の友人が、いつも猫の現われる時間の少し前に、彼女の部屋に招待された。二人は同じ職業の婦人であり、一人は死んだ良人の親友で、彼女とも家族的に親しくしていたところの、相当年輩に達した老哲学者であった。

　訪客と主人を加えて、ちょうど四脚の肱掛(ひじかけ)椅子が、部屋の中央に円(まる)く並べられた。それは客のだれの眼にも、猫がよく見える位地を選んで、彼女がわざとそうしたのであった。始めしばらくの間、皆は静かに黙っていた。しかし少時の後には、会話が非常にはずんで来て、皆が快活にしゃべり始めた。いろいろな取りとめもない雑談から、話題は心霊学のことに移った。老博士の哲学者は、この方面に深い興味を持っていたので、最近ある心霊学会で報告された、馬鹿に陽気な幽霊の話をして婦人たちを面白可笑しく笑わせた。しかしウォーソン夫人だけは、真面目になって質問した。

「動物にも幽霊があるでしょうか？　例えば猫の幽霊など。」

皆は一緒に笑い出した。猫の幽霊という言葉がひどく滑稽に思われたのである。だがちょうど、その時皆の坐っている椅子の前へ、いつもの黒猫が現われて来た。それはだれも知らないどこかの窓から、そっと入り込んで来たのであった。そして平気な様子をして、いつもの場所にすまし込んで坐っていた。

「この事実は何ですか？」

夫人は神経を緊張させて、床の上の猫を指さした。その一つの動物に、皆の注意を集中させようとしたのである。

人々はちょっとの間、夫人の指さす所を見た。しかしすぐに眼をそらして、他の別の話を始めた。だれも猫については、少しも注意していないのである。多分皆は、そんなつまらない動物に、興味を持とうとしないのだろう。そこでまた夫人が言った。

「どこから這入って来たのでしょう。窓は閉めてあるし、私は猫なんか飼ってもいないのに。」

客たちはまた笑った。何かの突飛な洒落のように、夫人の言葉が聴えたからだ。すぐに人々は、前の話の続きにもどり、元気よくしゃべり出した。

夫人は不愉快な侮辱を感じた。何という礼義知らずの客だろう。皆は明らかに猫を見ている。その上に自分の質問の意味を知ってる。自分は真面目で質問した。それにどうだ。皆は空々しく白ばっくれて、故意に自分を無視している。「どんなにしても」と、夫人は心の中で考えた。

「この白ばっくれた人々の眼を、床の動物の方に引きつけ、そこから他所見が出来ないように、否応なく釘付けにしてやらねばならない。」

一つの計画された意志からして、彼女は珈琲茶碗を床に落した。そして過失に驚いた様子をしながら、人々の足下に散らばっている破片を集め、丁寧に謝罪しながら、婦人客の裾についた液体の汚点をぬぐった。それからの行為は、否応なく客たちの眼を床に向け、すぐ彼等の足下に居る猫へ注意を引かねばならないはずだ。にもかかわらず、人々は快活にはしゃぎ廻って、そんなつまらない主人の過失を、意にもかけない様子をした。皆は故意に会話をはずませて、過失に狼狽している主人の様子を、少しも見ないように勉めていた。

ウォーソン夫人は耐えがたくいらいらして来た。彼女は二度目の成功を期待しながら、執念深く同じ行為を繰返して、再度茶匙を床に落した。銀製の光った匙は、床の上で跳ねあがり、鋭く澄んだ響を立てた。がその響すらも、人々の熱中した話題の興味と、婦人たちのはしゃいだ話声の中で消されてしまった。だれもそんな事件に注意をせず、見向いてくれる人さえ無かった。反対に夫人の方はますます神経質に興奮して来た。彼女はすっかりヒステリックになり、烈しい突発的の行動に駆り立てられる、激情の強い発作を感じて来た。いきなり彼女は立ちあがった。そして足に力を込め、やけくそに床を踏(ふ)み鳴らした。その野蛮な荒々しい響からして、急に室内の空気が振動した。

この突発的なる異常の行為は、さすがに客人たちの注意を惹いた。皆は吃驚(びっくり)して、一度に夫人の方を振り向いた。けれどもただ一瞬時(いっしゅんじ)にすぎなかった。そしてまたもとのように、各自の話に熱中してしまった。もうその時には、ウォーソン夫人の顔が真青に変っていた。彼女はもはや、この上客人たちの白々しさと無礼とを、がまんすることが出来なかった。ある発作的な激情(パッション)が、火のように全身を焼きつけて来た。彼女はその憎々(にくにく)しい奴共の頸(くび)を引っつかんで、床に居る猫の鼻先へ、無理にもぐいぐいと押しつけてやろうとする、強い衝動を押えることができなかった。

ウォーソン夫人は椅子を蹴った。そして本能的な憎悪の感情に熱しながら、いきなり一人の婦人客の頸を引っつかんだ。その婦人客の細い頸は、夫人の熱した右手の中で、死にかかった鵞鳥(がちょう)のようにびくびくしていた。夫人はそいつを引きずり倒して、鼻先の皮がむけるまで、床の上へ惨虐(ざんぎゃく)にこすり付けた。

「ご覧なさい！」

夫人は怒鳴(どな)った。

「ここに猫が居るんだ。」

それから幾度も繰返して叫んだ。

「これでも見えないか？」

おそろしい絶叫が一時に起った。婦人客は死ぬような悲鳴をあげて、恐怖から壁に張りつき、棒立ちに突っ立っていた床にずり倒れた。婦人の方はほとんど完全に気絶していた。ただ一人、老哲学者の博士だけが、突然的の珍事に対して、手の付けようもなく呆然と眺めていた。ウォーソン夫人の充血した眼は、じっと床の上の猫を見つめていた。その大きな気味の悪い黒猫は、さっきから久しい間、じっとそこに坐っており、音楽のように静かにしていた。その印象の烙(や)きつけられた姿は、おそらく彼女の生涯まで、どんなにしても離れがたく、執拗に生きてつきまとっているように思われた。「今こそ！」と彼女は考えた。「こいつを撃ち殺してしまわねばならない！」

それから書卓の抽出(ひきだし)を開け、象牙(ぞうげ)の柄(つか)に青貝の鋳(い)り込んでいる、女持ちの小形なピストルを取り出した。そのピストルは少し前に、不吉な猫を殺す手段として、用意して買った物であったが、今こそ始めて、これを役立てる決行の機会が来たのである。

彼女は曳金(ひきがね)に手をあてて、じっと床の上の猫を覗(うかが)った。もし発火されたならば、この久しい時日の間、彼女を苦しめた原因は、煙と共に地上から消失してしまうわけである。彼女はそれを心に感じ、安楽な落付いた気分になった。そして狙いを定め、指で曳金を強く引いた。

轟然(ごうぜん)たる発火と共に、煙が室内いっぱいに立ちこもった。だが煙の散ってしまった後では、何事の異状もなかったように、最初からの同じ位地に、同じ黒猫が坐っていた。彼は蜆(しじみ)のような黒い瞳(め)をして、いつものようにじっと夫人を見つめていた。夫人は再度拳銃を取りあげた。そして前よりももっと近く、すぐ猫の頭の上で発砲した。だが煙の散った後では、依然たる猫の姿が、前と同じように坐っていた。その執拗な印象は、夫人を耐えがたく狂気にした。どんなにしても彼女は、この執拗な黒猫を殺してしまい、存在を抹殺しなければならないのだ。
「猫が死ぬか自分が死ぬかだ！」
夫人は絶望的になって考えた。そして憎悪の激情に逆上しながら、自暴自棄になって拳銃を乱発した。三発！　四発！　五発！　六発！　そして最後の弾が尽きた時に、彼女は自分の額のコメカミから、ぬるぬるとして赤いものが、糸のように引いてくるのを知った。同時に眼がくらみ、壁が一度に倒れてくるような感じがした。彼女は裂けるように絶叫した。そして火薬の臭いの立ちこめている、煙の濛々とした部屋の中で、燃えついた柱のようにばったり倒れた。その唇からは血がながれ、蒼ざめた顔の上には、狂気で引き掻かれた髪の毛が乱れていた。

（完）

附記。この物語の主題は、ゼームス教授の心理学書に引例された一実話である。

支柱上の猫

エリオット・オドネル

岩崎春雄訳

クロウ夫人は自著「幽霊と家族伝説」の中で、猫の幽霊についてM夫人の物語をあげている。

「先生のお話の後では、私の話はつまらないものになって仕舞いそうですわ。」とM夫人は言ってから、「でも私にはこの種の出来ごとは後にも先にもこれっきりなので、人様から伺ったどんなお話よりも是非これを聞いて戴きたいんです。

十五年ほど昔のことです。私は友人たちと一緒にヨークシャーのある古い立派なお屋敷に滞在しておりました。痛風で身体がかなり不自由なその屋敷の持ち主は、ポニーに引かせた背の低い馬車に乗って公園や近所を散策する習慣がありましたが、私も時々一緒にそれを楽しんだものです。私たちのお気に入りの場所の一つに、公園より少し先にある古い修道院の跡がありました。帰りにはたいていC―という、村というよりは小さな町へ通じる奇麗な小径(こみち)を通ってその素晴らしい田園風景を楽しんだものです。

夏のある天気のよい夕暮れ時のことです。丁度この小径にさしかかった時、垣根の周りに咲き乱れる野の花を見てそれが欲しくなり、馬車を降ろして貰いました。馬車の先に立って忍(すい)

冬(かずら)や野薔薇(のばら)を摘んで歩いているうちに牧草地への入り口に来ました。そこには、ありふれた木戸があって両側に支柱が立っているのですが、その時、その片方の上に大きな白い猫が座っていたのです。それまで見たこともないような奇麗な猫でした。私は猫には目がない方なので、立ち止まってこの見事な毛並みで体格のよい猫を感心して眺めたのです。座りづらい支柱の先という場所で、アンゴラにも匹敵(ひってき)するような大きな身体ですから、足を重ねて座るその様子は何かバランスを欠いているようにも見えるのですが、猫自身は結構居心地よさそうにしておりました。

『そっとこちらへいらっしゃいな』と私は友人に声をかけました。『それは素敵な猫なのよ。』馬車が近付くと猫が逃げてしまうと思ったのです。

『何処だい』と友人は馬車を木戸の向うに留めて言いました。

『あそこよ』と私は支柱を指しました。『ね、とっても奇麗でしょう。撫でても大丈夫かしらね。』

『猫なんか見えないよ。』

『あの支柱の上よ。』と私は言いましたが彼は何も見えないと言い張ります。その間も猫はじいっと静かに座り続けておりました。

『ジェームズ、あなたにも見えないかしら。』と私は困って今度は御者(ぎょしゃ)に尋ねました。

『見えますですよ、奥様。大きな白猫が、あの支柱の上に。』

私は友人が私をからかっているのだとばかり思いました。それでなかったら目が悪いのだと。

そして、私は抱いて馬車まで連れて行こうと思って猫の方に近づいて行きました。ところが、私が傍まで行くと猫は支柱からとび降りたのです。それは別に不思議でも何でもないのですが、驚いたのは降りながらすうっと消えてしまったことです。猫は〈空(くう)〉の中にとび込んだのです。牧草地にも、小径にも、堀の中にも、何処にも影も形もありませんでした。

『何処へ行ったのかしら、ジェームズ。』

『分かりません、奥様。何処にも見えませんです。』と御者は席から立ち上がってあたりを見回しながら言いました。

私は狐につままれたような気持ちでした。一体どういうことなのか、見当もつきません。馬車に戻ると、友人は私と御者が夢でも見ていたんだろうと言い、私はそれに対して貴方はだいぶ目がお悪いようねと言ってやりました。

帰途に町を通る時、私は頼まれた買物をするために小さな小間物(こまもの)屋に立ち寄りました。品物を包んで貰っている間に、ついこの猫を見た話をし、こんな大きくて奇麗な猫は初めて見たと言って、その飼主はどこのどなたかしらと尋ねてみたのです。

お店の女主人と、買物をしていた二人の女の人が手を休め、互いに顔を見合わせてからひどく驚いた表情で私の方を見ました。

『奥様、それは白い猫でしたか。』と女主人が言いました。

『ええ、白い猫でとっても奇麗なの……』

『あらそれじゃあ』と三人が一緒に叫びました。『あのC—の白猫をご覧になったんですね。

死んでからもう二十年近くなるんですよ。』

『奥様、主人が待ち兼ねておられますが——馬ももうじっとしてないんで。』と御者が呼びに来ました。

もちろん私は急いで店を出て馬車に戻り、あの猫はC—では有名な猫でもう二十年前に死んだんですって、と友人に話しました。

その当時は私は幽霊の存在など考えたこともありませんし、まして猫の幽霊など思いもよりませんでした。でもそれから二日目の夕方、また例の小径を通った時、同じ場所に私はこの猫を見たのです。そしてやはり、御者には見えたのに友人には見えなかったのです。私はすぐに降りて傍まで行きました。すると猫もこちらを向いて優しい表情を浮かべて私を見たのです。そしてその姿勢のまま、まるで水蒸気が蒸発するように、ゆっくりと姿を消してしまいました。御者の見たのも全く私と同じだと言いますからこれも間違いはありません。三回目に見たのは真昼のことでした。私はすっかり好奇心をかりたてられて、C—町に住む人たちにいろいろ尋ねてこの猫のことを調べるつもりになりました。ところがそうする機会を得ないうちに長男に死なれて帰宅を余儀(よぎ)なくされ、それ以来そこへは足を踏み入れていないのです。

けれどもその後その地方に詳(くわ)しいある婦人にこのことを話したことがあります。この方はC—のこの白猫のことは聞いたことはあるが、見たことはないという話でした。」

以上がクロウ夫人を通じて語られたM夫人の物語である。著者の前書きを読むとこの話には全幅(ぜんぷく)の信頼を寄せることができると思う。

「ああしんど」

池田蕉園

よっぽど古いお話なんで御座いますよ。私の祖父の子供の時分に居りました、「三」という猫なんで御座います。三毛だったんで御座いますって。

何でも、あの、その祖父の話に、おばあさんがお嫁に来る時に――祖父のお母さんなんで御座いましょうねえ――泉州堺から連れて来た猫なんで御座いますって。

随分永く――家に十八年も居たんで御座いますよ。大きくなっておりましたそうです。もう、耳なんか、厚ぼったく、五分ぐらいになっていたそうで御座いますよ。もう年を老ってしまっておりましたから、まるで御隠居様のようになっていたんで御座いましょうね。

冬、炬燵の上にまあるくなって、寝ていたんで御座いますって。

そして、伸をしまして、にゅっと高くなって、

「ああしんど」と言ったんだそうで御座いますよ。

屹度、曾祖母さんは、炬燵へ煖って、眼鏡を懸けて、本でも見ていたんで御座いましょうね。で、吃驚致しまして、この猫は屹度化けると思ったんです。それから、捨てようと思いましたけれども、幾ら捨てても帰って来るんで御座いますって。でも大人しくて、何にも悪い事は

あるんじゃありませんけれども、私の祖父は、「口を利くから、怖くって怖くって、仕方がなかった。」って言っておりましたよ。

祖父は私共の知っておりました時分でも、猫は大嫌いなんで御座います。私共が所好で飼っておりましても、

「猫は化けるからな」と言ってるんで御座います。

で、祖父は、猫をあんまり可愛がっちゃ、可けない可けないって言っておりましたけれど、その後の猫は化けるまで居た事は御座いません。

駒の話

泉鏡花

横町だけれど、私の家の裏庭とは、板塀一重、むかって生垣で、中に細い露地一つだけだから、下屋の屋根は二間とは隔らない。其の横町の、二階家は——今はあき家に成った——門も羽目も黒く塗った処へ……御同様だが、より以上の古家で、窓も瓦も、恁う黒いほどだから、通称を黒邸と言うのの二階の窓、階下の濡縁、おなじく煤ぼって黒い湯殿口に勝手次第、気の向いたままに、白い猫が、すっと顕れる。

野良猫のように、のそのそと出たり、泥坊猫のように、ごそごそと引込んだりするのじゃあない。女猫で、容子よく、すっと其の、顕れる。

真白ではないが、茶の雑毛が殆ど目立たない処へ、事あって身構えると、颯と靡いて、其の斑さえ隠れたのである。けれども、白とも、青とも言わないで、称は駒であった。——近所の女たちは、「駒ちゃん駒ちゃん」と呼んだものである。

私の母は、島田髷の若娘の時分には、大層猫がすきで、膝に抱いたり、襟を押つけたりしたと言う。が、それと聞いてさえ嫉ましいくらいで、くやしい。……もの心覚えてからは、内に飼猫は居なかったし、小児は犬と中がいい。で、馴染のない処へ、善悪譚だの、猫又七変化などと云う草双紙で脅かされて、猫は絵の如く、お妾を嚙ったり、婆に化けたり、人に祟るものと思ったのが、ならいと成って、嫌よりは不気味であった。——猫ぎらいが、品評をするのは当らないし、第一、世間で云う、人間の見る目と、あの連中の見る目とでは、面の妍醜の標準が違うそうであるが、女たちは、駒ちゃんは別品だ、別品だと言った。猫の目と云う目も、いつも細りして、裂けた口も何処となくニヤリ……いや、何うも此では少し気味が悪い、決して然うした意味ではない。——とに角色白の別品だ。

はじめ見た時分は、内の物干に、丸くなって日南ぼっこをするのも、ぬっと伸びて塀の上を伝うのも、実は、大禁物の蛇が、とぐろを巻いたり、蜿を打ったりするほどでない迄も、余りいい気持はしなかった。——叱！　畜生。長刀を廻すような手つきで、ぎょうさんに遠くから追立てると、「裏の家へ聞えますよ、」と女たちに、たしなめられたものである。

そのうち、一年、夏のはじめ頃から可厭な病がはじまって、大分流行の兆があった。市内の其処此処に、病気のぼやのような黒煙がパッと上った。鼠が毒を啣えて放火をする。この火は水では消えない。皆肝を冷した。

金杉の屑屋の部落の中に燃えはじめた時——折から下根岸に住居のあった、なき蕉園さんから音信のはしに——「近所に可厭な鼠が居ます。お近づきなさいませぬように。」——今でも其の言葉の優しさを覚えて居る。……病気の性質も、大抵これでお分りの事と思う……

其の時の、駒ちゃんの功績と言ったら。町内家並五軒七軒、鼠を駆ること麻の如しで、梁へ逃れるのを、衝と猟って、引伏せて、ふッと咽喉を掻く状は、姿優なる巴女が、馬上に豪の敵と引組んで、ぱらりと鎧の袖を揺る……とともに、敵手の体は、もんどり打って、地に落ちる趣きがあった。

其のたのもしさを想われよ。

次手だから言おう。……蕉園さんの話だが、そのお祖母さんは、たしか京都の人で、猫ずきであった、春雨のころ、もう塞ごうという炬燵に、長閑にあたって居ると、ふっくりと櫓に寝た、京から連れて来た、年久しき飼猫が、ふと欠伸をして、退屈そうに（おお、しんど。）と人語をなしたと言うのである。猫好きだから敢て妖とせず、また何の異状もなかった。成程、猫が言いそうに思われる。

これも、むかしの書物にある——或山寺に飼った老猫の、鼠を駆るに妙を得たのが、夕まぐれ、けたを走りざまに獲ものを追うと、爪およばんとして、破畳へ落ちて逸れた。トタンに、「南無三。」と叫んだのを、まさしく老僧が聞いたと言う。

世にあり触れた想山著聞奇集は、真偽はとに角、怪奇を平地に語って、深切老実なものである。それが説く、（馬のもの言いたる事）の中に、東海道藤沢、化粧阪にて、権吉と云うもぎどうなる馬士の馬。（毎日毎日重荷を背負わする、末の冥利が悪かんべいさ。）と言ったとあるは、然もありそうで、然も野気を帯びて笑わせる。が、同書にも引いた伽婢子に、延徳元年三月、将軍義熙、江州栗本の陣に病んで逝く。その前夜、十五間の馬屋に立並べたる馬の中に、第二間の馬屋の葦毛の馬、忽ち人の如くものいう。いまは叶わぬぞやというに、又隣の河原毛の馬、あら悲しやとぞ言いける……

これはどうやらもの凄い。が、御安心を願って置くのは、私は何も、駒ちゃんが人語を発したとまでは申さないつもりである。

言は聊か軽佻だが、駒はまったく、よくとった。——猫が鼠を取るに不思議はないが、駒はまったく、よく取った。——おなじ取るにも、巧拙のあることは拒まれない。夜中に捕るにも、がたり、ぴしりと騒々しい音を立てるなどと云う事は決してない。噛んでも獲ものの血を、板の間にも壁にも、一滴も垂らさない。畳には毛一筋散らさず、濡縁を遠慮なく歩行いても、泥のぽつぽつぽつとした、あの足跡なぞは留めなかった。

はばかりの壁の崩れから、鼠の子が、ちょろちょろを通り越して、ぞろぞろ出る。病沙汰のあった折は、皆めらめらと火ほどに見える。われら、手のつけようのない処に、駒は油障子の根に泰然と控えて、そんな鼠などは、出鼻の面を、踞ったまま一つ、前脚で、トンと地を叩いたばかりで、もう獲ものはぐったりと成って、凜とした髯の下にぶら下がって、ぶるぶると尾が震う。鼠のためには気の毒だ。残酷であるが、その、猫に捕られるのは因縁事だし、其の人に忌まれ恐れらるるように成ったのは、おいらの所為でも、三年さきの烏のせいでもない。学者がたと、衛生がかりさんと、お医師である。……いたし方がない。で、然うして、活きながら啣えた鼠の子は、忽ち屋根を飛んで、飼主の許にかえって、その児等、猫の児の前に放して走らせて、狂わせて、実地に、狩る事を教え、且つ飼に当てるのだそうである。歯形もつかず、潑剌たるままに取って運ぶのは、巧でなければ成らない、と皆が言った。

駒は身だしなみも可い。一寸上ると雨が降るとか云う、屋根の日南で鼓草が生えたように、あの顔を前脚で、――唯、ちょいと行ると……耳の痒い時でも、足のうらのむずむずする時でも、塀に居て、瓦に乗って、窓下に、湯どのの屋根に、何処に居る時でも、人の目に触れる処で、うしろ向にも、前覗きにも、駒の面洗をし、化粧をしたのを見た事は嘗てない。身だしなみが可いと言えよう。今時の芸妓は廊下どころか、芝居の桟敷に居てさえ、ぐいぐいと顔をつくる。座敷でさえ鼻の下を伸ばして塗るのに――

唯一度、下町の知合の娘が来て居て、暑さのあまり、恥らいながら私の露地うらで行水をした。色の白い女である。極りを悪がるから、電燈の五燭さえ引張らないで、そのもの蔭は暗かった。が、幽に二日月が背戸越にさした。で、ひとりで、手拭を背に当てつつ、涼風に誘われて、葉越に円ッこい片膝を立てて振向くと、例の黒邸の生垣をつたった――誂えは夕顔だけれど――糸瓜の花の、ふわふわと大きく咲いた中に、ト耳が立って、目が光って、下屋の軒端の葉がくれに、大きく白く面を洗って居た。

娘は脊筋を裂かれたように、キャッと言った。

道理だ。――さりながら、男猫ではなかったのである。

御免なさい。――これから少々化けますから。……

女中なぞ、暗いままで、足馴れた台所の流し元へ出ると、天井うらで、コトリと静かな音がする。見ると、二三段棚を釣った、天井近い破風の隅に、ほの白く乗って居る。

「あら、駒ちゃん、」

と、とん興な声を立てて、忽ち、袖を蔽うた口許で、極低声で、

「来……て……居……る……の……」

と、かすれて囁く。——猫の気になって、あとで言うのを聞くと、うっかり「あら、駒ちゃん」と言うと、駒が前脚で、軽う一寸圧える、（あながま）と——其処で、圧えて置いてから、髯を捌いて恁う口を開ける……可恐くないようにニャーと言いそうで、然も微かな声さえも立てないのは、（来て居ますが……静かになさい——騒ぐと鼠が参りませぬから、）と言うのだそうで。

「怜悧ですこと、」

成る程、きけば然うらしい。

長き夜には宵から来て狙って居る。

が、不意に出会うものを驚かすまいために、コトリと平時の合図をするほかには、もの音を立てない。

がたりと響くと、

「ああ、取った。」

寝そびれた枕に響いて、すぐに知れる。忽ち風の抜けるように窓を出て、露地を裏の屋根へトンと飛ぶ音。やがてトーンと聞ゆるのは、駒が寝床へ帰ったのである。

「はい。誰方。はい、はい、誰方、はい……唯今……」

蕭条たる秋の真夜中であった。私は一人で二階に居た。勿論、仕事をして居たが、不意にこの声に驚かされた。階下の奥に寝て居る家内の声ではない。女中だが、誰方といって起上った……夢を見たか、魘されたか、寝惚れたか、それにしても、はいと言って、唯今は、穏かでない。真夜中……置時計が二時半を五分前だ。

何とも不気味だ、が、勢を示して貫くように階子を下りた。

家内も、その声で覚めたらしい。が、蚊帳を取ったばかりの頃、衾を半ば抜けながら、蟬が殻を脱いだように、いや、空蟬化為蟹蜷った形で、寂しそうに怯えて居る。

引添って、私は立って、気を配って、声を呑んで顔を見合わせた。

もう、女中部屋の障子を開けて、女中は台所をがたがた行る、水口を開けるらしい。

「誰だ！」

と既に言おうとした時、

「ああ、駒ちゃんなの——まあ、駒ちゃん……」

ニャ——

忽ち勇気づいた。

「何うした。」

と、私たちは、その一重隔ての襖を開けると、女中部屋は真暗である。急いで電燈を点けた時、女中は台所をがたひしと廻って居た。

「何うしたんだい。」

「ああ、駒ちゃん——駒ちゃんです。……鼠を取って、いまいつもの処から出て行きました。兀鼠の大きな奴でございましたわ。」

「ああ、鼠か。」

私は、茶の室へ来て、呼吸つぎに温湯をぐいと飲った。家内は箪笥によっかかって、

「夢を見たの——はい誰方……唯今って言っておいでだったよ。」

「え、夢でございましょうか。寝て居ます処へ駒ちゃんが来たんでございます。……それが他所のおかみさんの姿をして居りましたの。——白地の中形の浴衣を着て、黒い帯を引かけにして、たばね髪で……あの、容子のいい中年増なんでございます。……」

と言った。までは、何を寝惚けたろうと思ったが、

「其が、あの、そして……それが、あの、脊が七八寸、一尺とはございません、小さな婦で、暗い中に、透通って見えたんでございます。」

私は茶の室から立って出た。ぎょっとしたように引退る家内と入かわったのである。

女中は、枕もとで、膝小僧を押包んで、

「あの、其の婦が、私の枕もとに……」

と言いかけて、枕を押えて、きょろきょろと四辺を視ながら、

「いえ、門口でございました。門の戸の外に立ったのでございますんですが、小さな婦の脊丈に合わせて、其の戸の高さったらありません。木目がありありと立ちまして、あの、まるで、杉の樹が突立ったようなんでございます。其の戸を、コトコト……然うでございますね、トン

トンとは告しませんの。コトコトと敲くんでございます。それが、戸の外に立ちましたのが矢張り透通って此方から見えますんでございますもの——はいはいと言って、誰方と、格子を開けましたつもりでございましたのが、このお台所の障子でございましたように思われます。中年増のおかみさんが、其処に立っていますから、誰方と申しますと、一寸おあけ下さいましと、小さな声で言いますから、はい、と言って、其の、大な、高い戸に手を掛けました。ええ、それが其処にございます、其の張物板でございました。——戸じゃあない、おや、張物板と、気が着きますと、足許に障子の際に、駒ちゃんが、うしろ脚で立って居ましたのが、すっと前脚をついて、あの、いつもするように、口を大く開けまして、ニャー。」

キャアとも言いそうな家内も熟と聞いて居れば、私も我ながら恐れなかった。第一女中が澄まして居る。

「ああ、このニャーだよ、さっきから、女中さん、女中さんと聞えたのは。然う思い思い、あの、二枚重ねてありました張物板を、ぐっと引きますと、……吃驚しました……大な鼠が隅の方に、——旦那様が、襖をおあけなさいました明がさして、目を光らして居たんでございますが、それと一所に、駒ちゃんがわけなく引啣えて、一寸仰向いて、私に大さを見せて、すいと、あの穴から湯どのの屋根へ抜けましたんでございます。漬もの桶と壁との間へ、晩方、張物板を立てつけました、わずかの隙間へ、遁げ込んだんでございましょう。駒ちゃんが、余り狭くって、何うしても入れなかったもんですから、枕許の障子を敲いて、私を呼んだんでございますのよ。」

女中は、更に猫の気に成ったように、歴然と然う言ったのである。

翌朝は、水口から屋根を覗いて、軒端に挨拶でもして居そうな駒に、

「昨晩は。――」

「お前さんはいい年増なんだってね。」

と女たちの笑いながら声を掛けて居るのが聞えた。――駒は、それほど、柔和で、鷹揚で、もの静かで、気味を悪がらせなかったのである。


「お前さん、一寸お前さん、来て御覧なさいよ。」

「何だよ。」

「駒ちゃんが嬰児を連れて来ましたから。」

「ふう。」

台所で呼ぶのを、茶の室で答えて――月末は近づくし、いい分別はつかないし、私は一向に気のりがしない。

時に、お菜ごしらえをして居たのだから、おいしく食わして喜ばせようと思う時ばかりは、山のかみにも邪念はない。慈眼と言う微笑んだ顔色で、襖口へ顕れて、

「見てお遣んなさいよ。――折角ひとの言う事を聞分けて連れて来たんですからさ。――昨夜晩方、台所を片づけて居る処へ、早めに棚の上へ駒ちゃんが来ましたからね。……(駒ちゃん、お前さん、このあいだ、お産をしたと言うから、お鰹節をお祝いに上げたじゃないか。あかん

ぼを見せてくれなきゃ、ずるいよ)ッて、然う言って……」

「ああ、さもしい事を言う。」

「だって先は、畜生ですもの。」

「此方が人間だから、尚さもしい。」

「でも、何でも、よく分ってね。……いま台所口へ来て、小さな声で鳴くから、出て見ますとね、一疋つれて来て居るの。見せに来たんですよ、きき分けて。……よ、見てお遣んなさいよ、かわいいんだから。」

女中の下駄をかりものにつッかけて、台所を裏露地へ出ると、

「おや、いつの間に——」

三疋揃って居た。おなじような、白勝の三毛の、頭の扁たい、ふよふよと大きい、そしてまだ肩の細いのが、ちょぼりとした尾を動かしながら、鼻のさきで、ふうふうと、ねだ石の、それでも鼠の往交うらしい穴を嗅ぐ。駒はその黒邸の、こわれかかった裏木戸の隅の埃箱の上に、前脚をついて、胸に一疋、これは黒斑なのを抱いて乳を吸わせながら、地からふわふわ湧いたような、其の三疋の児を、静かに、熟と視て居た。

「かわいいね、みんないい児だね。ああ、いい児だ。」

と、雨上りの小春日和で、ぽッと真綿のような地気の漂う中に、頭を撫でるのを、駒は嬉しそうに、恁う頷くらしい。むれて立つごみの湿気も、この時和光同塵で、仔猫はただ春の陽炎に、毛の生えたもののようであった。

「抱いて居るのは、御秘蔵かい。……おや、もう蔵したね。――さあ、皆つれておいで。――犬が来ると不可ないから。」

そのうちに、ふらふらと木戸の下を潜りそうにするのもあれば、埃箱に立ちかかったのもあり、いつか、駒の背に乗ったのもある、と見るうちに、最う一つも居ない。子供のしまつに、敏捷い駒の効性は、さながら、腹へ吸込んで、人目に消したもののようであった。

「……凄いように、よく人の言うことが分ってね……」

いやいやそれよりも――その頃、九段上に可なりな鳥屋があって、大分遠方にもかかわらず出前をしてくれた。……暮方、台所で、この調味をして居ると、ああ、其処は畜生だ。鼠を捕ることと上述の如き、駒だから、鯣の脚や、秋刀魚の腸などに、びろつくような不行儀なのではなかったが、鳥だけは何うも堪らないと見えて、疾く香を嗅ぎつけて、水口から顔を出してニャーと行る。……二切、三切、あいよ、と何時も喜ばせて居たのだけれど、私は自分の口からも言う……さもしい話だが、此の御馳走は些と堪える。臓物なんど舐るのではない、ささ肉や、皮つきをぺろりでは、その、まったく堪える。もう御免、と断って、おすそわけをしない事に成って居た処――今度は縁側を覗いて――茶の室に鍋を掛けて、ふつふつ芳しい香を立てて居た鍋に向って、頸を伸ばして、座敷の真中へ、ぬッと来た。

「遣るよ。」

私は襲われたように片膝立てて、

「お遣りよ。」

と言った。

「不可ませんん、不可ませんん、不可ません。癖に成ります。きりがないんですから。――あっちへおいで、駒ちゃん、不可い。」

ニャ――

「遣った方が可いよ。」

其処へ、框の戸が開いた。家内が取次に立ったのを見ると、待構えた客だったから、とに角二階へ、と私は性急……以上の慌てものだから、いきなり階子段を駆け上ると、ヒヤリと触るばかり裾に搦んで、大きな毬の如く、ぱっと飛上ったものがある。忽ち目前の畳へ、白くもり上ってニャーと鳴いた。くらがりで、この時は悚然とした。遣るよ、と言った然諾を解し、謝絶した家内のあとは追わないで、わざわざ二階へ飛んで縋ったのである。とばかりで、私はアッと声を立てた。

駒も、ものほしへ衝と逸れた。

その瞬間、鍋はひとりで煮えて居たのに、皿には鳥の肉が捌いてあったのに――けれども、盗みも奪いもしない。一攫掠めもしなかったのである。

夕の雲は定まらず、朝の風は乱れた。長雨、また旱、……蒸暑さ、また急に冷い。暴風雨など、よくない時候のつづくうちに、駒は然う言ううちに年を取った。老猫と成った。下性が悪くなったよ、汚いねえ。畜生と、近所、合壁、もの干棹を振廻す、バケツの水を掛けるように成った。

遠慮らしく、飼われた、その黒邸の棟さえ、憚って、何処を密と伝ったか、背戸続の裏の平屋の霜の日蔭に、小さく向うむきに踞る。……腰に張がなくなって、べとりとして、毛も汚れた。海鼠を乾したような形に、僅ばかり、陽の影に尾を暖める……時々その状を、あわれに見た。

夜は塀の上で、げぶげぶと嘔吐きなどする。

最う屋根へも出ない。

唯、あの、陽炎の影のように、一度連れて出たのを知って居る、三匹の仔は、いずれも他へ貰われて、その時、胸に抱いて居た、かわり種の黒斑が残った。おなじく、優しい、おとなしい雌猫で、もうこの仔猫の方の世に成って居たのである。が、余り駒があまやかした……目に立って、かわいがるので、飼ぬしも此を残したと言うのだが、……その、おとなしく、優しい処ばかりが親猫を体して、駒が半分萎して、投げる鼠の子にさえ、あとしざりをするのだと言う。……駒はそれを見ると、睨みもせず、いじらしそうに抱き寄せて、しっとりと頬ずりをするのだと言う事であった。

「弱虫やい、やい。」

「馬鹿馬鹿。」

と、女たちも囃したが、其の黒斑は、穏かな日に屋根へ出て、湯殿の廂へ下りようとする、三尺のたかさもないのに、前脚をソッと下げるかとすれば、引込めて、手を焼いたようにおどおどして後へ退いた。

向うの屋根に、あの海鼠のようにへたばった駒が、此を見て、耳を屹と立てながらも、萎々と成って、其の都度ぐったりと俯向いた。

それでも一度、そののち女中が黒邸へ行って、縁の下から、駒を抱いて来た事がある。

うちでは雀をかわいがって、いつも餌をやる、と言うほどでもないが、毎朝のように洗流しを撒いて遣る——ある時、チュ、チュと言う嬉しい声も聞えないし、羽影が見えないのに、五十羽、百羽、一斉にあさるように、立処に餌の消えることが屢々続いた。まきかえても直ぐに無く成る。一同気をつけて見ると、鼠がかかったのである。臆病ものの雀は、ために恐をなして寄りつかないで、樋竹の中から、うらめしそうに覗いたり、電信の針線にずらりと留ってかなしげに鳴いて居る。あちこち、飯粒の置場所をかえて見たが、雀の来る処へは、申すまでもない、鼠が出没自在なのである。

餌を運ぶ女中が憤って、黒邸の駒を抱いて来た。……爾時は、二階の物干のわきの甍に米を置いた。

「番をして頂戴——お婆さん。」

ああ、止ぬる哉——巴は尼になってもう七十余だ。番太郎の手がわりと成った。それにしても、鼠を捕れと言う事か、案山子で番を頼むと言う……私は惻然とした。

餌は、そのまま白く乾いた。さすがに鼠は出なかった。が、雀の可恐がる事は、それ以上で、何にも成らない。……気がついて苦笑をせざるものなし——駒は嘸ぞ人間を笑ったろう。いやもう笑う元気もなかったろう。——抱いて返す時にもの干の上にしたたか尾籠をして居たから。

恥じてか、あわれにも、礼心で皿にもった小魚は、面を背け、尾を垂れて食わなかった。

黒邸には、大なる塚の如く、末路の猫籠れりと、昔の功績に何となく、人は爾く知りつつも、しかも誰も、殆ど其の存在を忘れたのであった。

冬の日早く暮れかかり、雲暗く、しぐれ来らんとして、しばらく明るかった。せわしく、しずかに、さみしかった時、私は行きかかった奥の座敷で、一驚を吃して不意に膝をついた。どしん、みりみりづしん、ががらがら、キャーわッと言う、女まじりの人声で、合壁が、露地へ、上の空で飛出した。

駒の、仔猫が、埃箱の傍で、こぼれた萩の、蝶々に、からかって居る処へ、可恐い猟犬が襲って来たのである。これは、横町の某邸に飼われた焦茶色の洋犬で、渾名を鬼鹿毛と言った——つらも、大きさも殆ど耳を垂らした小づくりな馬に斉しい。——その頃、私の内に居た脊の高い、書生さんの顔を、いきなり舐め辷って、頭の上へ頤をのせた。……簞笥とすれずれぐらいな横露地向の小窓を、だしぬけに覗くと、ぬいと女中部屋へ額に似て面が掛った——大犬の、その慓悍なのが、まっしぐらに、地を摺って、飛んで、仔猫を猟ったのだそうである。

何処にて守ったか、誰も知らない。——瞬時に我が児を口に啣えた老猫は、雲から駈け下ったように見えた。ト横に退いて、かわすトタンに、後脚で湯どのの戸を蹴った、その力、其のはずみで、地から宙を二丈三尺、黒邸の下屋の屋根の真中へ颯と飛んだ。総の毛は一団、吹雪が空に飜るように見えた。

その中空の煽動に捲いて、故とか知らず、棒に渡した六七本——雨もよいで干ものはもう何家でも取込んであったが——もの干棹を、ばらばらと揺落すと、振乱れて前後に、いきつく間もなく落ちかかる、数の棹を、下の鬼鹿毛は、刎ねくぐり、飛び抜けるのに、あたりかまわず、戸にも木戸にも、荒れ狂う如くぶつかった。ぶつかりながら、尚お空に躍って狙ったのである。両方のその響きで、内も隣家も、向合った平屋の格子戸も、戸は外れる、木戸は刎ねる、台所の棚のものは、何家の皿小鉢もばたばたと皆落ちころげた。

駒の威力ばかりでない。借家の微力も加わって、串戯ではない、実際その震動は凄じかつた。私が見た時、猟犬は芥箱に、頤をついて喘いで、駒は甍に、仔猫をかばって、スックと爪を立てて居た。しぐれの雲に乗ったように、面は光って凄かった。

が、恐怖に腰の立たない仔猫を、かいぬしの家人の、屋根へ出て抱いた時、駒は霜の消えるように見えたのであった。

猫騒動

岡本綺堂

一

半七老人の家には小さい三毛(みけ)猫が飼ってあった。二月のあたたかい日に、私がぶらりと訪ねてゆくと、老人は南向きの濡縁(ぬれえん)に出て、自分の膝の上にうずくまっている小さい動物の柔らかそうな背をなでていた。

「可愛らしい猫ですね」

「まだ子供ですから」と、老人は笑っていた。「鼠を捕る知恵もまだ出ないんです」

明るい白昼(まひる)の日が隣りの屋根の古い瓦を照らして、どこやらで猫のいがみ合う声がやかましく聞えた。老人は声のする方をみあげて笑った。

「こいつも今にああなって、猫の恋とかいう名を付けられて、あなた方の発句(ほっく)の種になるんですよ。猫もまあこの位の小さいうちが一番可愛いんですね。これが化けそうに大きくなると、もう可愛いどころか、憎らしいのを通り越して何だか薄気味が悪くなりますよ。むかしから猫が化けるということをよく云いますが、ありゃあほんとうでしょうか」

「さあ、化け猫の話は昔からたくさんありますが、嘘かほんとうか、よく判りませんね」と、わたしはあいまいな返事をして置いた。相手が半七老人であるから、どんな生きた証拠をもっていないとも限らない。迂闊（うかつ）にそれを否認して、飛んだ揚げ足を取られるのも口惜しいと思ったからであった。

しかし老人もさすがに猫の化けたという実例を知っていないらしかった。彼は三毛猫を膝からおろしながら云った。

「そうでしょうね。昔からいろいろの話は伝わっていますが、誰もほんとうに見たという者はないんでしょうね。けれども、わたしはたった一度、変なことに出っくわしましたよ。なに、これもわたしが直接に見たという訳じゃないんですけれど、どうも嘘じゃないらしいんです。なにしろ其の猫騒動のために人間が二人死んだんですからね。考えてみると、恐ろしいこってす」

「猫に啖（く）い殺されたのですか」

「いや、啖い殺されたというわけでもないんです。それが実に変なお話でね、まあ、聴いてください」

いつまでも膝にからみ付いている小猫を追いやりながら、老人はしずかに話し出した。

文久二年の秋ももう暮れかかって、芝神明宮の生姜市（しょうがいち）もきのうで終ったという九月二十二日の夕方の出来事である。神明の宮地から遠くない裏店（うらだな）に住んでいるおまきという婆さんが頓死した。おまきは寛政申年生まれの今年六十六で、七之助という孝行な息子をもっていた。彼女は四十代で夫に死に別れて、それから女の手ひとつで五人の子供を育てあげたが、総領の娘は奉公先で情夫をこしらえて何処へか駈け落ちをしてしまった。長男は芝浦で泳いでいるうちに沈んだ。次男は麻疹で命を奪られた。三男は子供のときから手癖が悪いので、おまきの方から追い出してしまった。

「わたしはよくよく子供に運がない」

おまきはいつも愚痴をこぼしていたが、それでも末っ子の七之助だけは無事に家に残っていた。しかも彼は姉や兄たちの孝行を一人で引き受けたかのように、肩揚げのおりないうちからよく働いて、年を老った母を大切にした。

「あんな孝行息子をもって、おまきさんも仕合わせ者だ」

子供運のないのを悔んでいたおまきが、今では却って近所の人達から羨まれるようになった。七之助は魚商で、盤台をかついで毎日方々の得意先を売りあるいていたが、今年二十歳になる若いものが見得も振りもかまわずに真っ黒になって稼いでいるので、棒手振りの小商いながらもひどい不自由をすることもなくて、母子ふたりが水いらずで仲よく暮していた。親孝行ばかりでなく、七之助は気のあらい稼業に似合わない、おとなしい素直な質で、近所の人達にも可愛がられていた。

それに引き替えて、母のおまきは近所の評判がだんだんに悪くなった。彼女は別に人から憎まれるような悪い事をしなかったが、人に嫌われるような一つの癖をもっていた。おまきは若いときから猫が好きであったが、それが年をとるにつれていよいよ烈しくなって、この頃では親猫子猫あわせて十五六匹を飼っていた。勿論、猫を飼うのは彼女の自由で、誰もあらためて苦情をいうべき理由をもたなかった。そのたくさんの猫が狭い家いっぱいに群がっているのが、見る人の目には薄気味の悪いような一種不快の感をあたえることがあっても、それだけではまだ飼主に対して苦情を持ち込む有力の理由とは認められなかった。併したくさんの動物は決して狭い家の中にばかりおとなしく竦んではいなかった。彼等はそこらへのそのそ這い出して、近所隣りの台所をあらした。おまき婆さんが幾ら十分の食い物を宛がって置いても、彼等はやはり盗み食いを止めなかった。

　こうなると、苦情の理由が立派に成り立って、近所からたびたびねじ込まれた。その都度おまきも詫びた。七之助もあやまった。併しおまきの家のなかの猫の啼き声はやはり絶えないので、誰が云い出したとも無しに、彼女は近所の口の悪い人達から猫婆という綽名を与えられてしまった。本人のおまきはともあれ、七之助は母の異名を聴くたびにいやな思いをさせられるに相違なかった。が、おとなしい彼は母を諌めることも出来なかった。無論、近所の人と争うことも出来なかった。彼は畜生の群れと一緒に寝て起きて、黙っておとなしく稼いでいた。

　この頃は七之助が商売から帰ってくる時に、その盤台にかならず幾尾かの魚が残っているのを、近所の人達が不思議に思った。

「七之助さん、きょうもあぶれかい」と、ある人が訊いた。

「いいえ、これは家の猫に持って帰るんです」と、七之助はすこし極りが悪そうに答えた。河岸から仕入れて来た魚をみんな売ってしまう訳には行かない。飼い猫の餌食として必ず幾尾かを残して帰るように、母から云い付けられていると彼は話した。

「この高い魚をみんな猫の餌食に……。あの婆さんも勿体ねえことをするな」と、聴いた人もおどろいた。その噂がまた近所に広まった。

「あの息子もおとなしいから、おふくろの云うことを何でも素直にきいているんだろうが、この頃の高い魚を毎日あれほどずつ売り残して来ちゃあ、いくら稼いでも追いつくめえ。あの婆さんは生みの息子より畜生の方が可愛いのかしら。因果なことだ」

近所の人達は孝行な七之助に同情した。そうして、その反動として誰も彼も猫婆のおまきに反感をもつようになった。近所から嫌われていたおまきが此の頃だんだんと近所から憎まれるようになって来た。猫はいよいよ其の反感を挑発するように、この頃はいたずらが烈しくなって、どこの家でも遠慮なしにはいり込んだ。障子を破られた家もあった。魚を盗まれた家もあった。その啼き声が夜昼そうぞうしいと云うので、南隣りの人はとうとう引っ越してしまった。北隣りには大工の若い夫婦が住んでいるが、その女房も隣りの猫にはあぐね果てて、どこかへ引っ越したいと口癖のように云っていた。

「何とかしてあの猫を追い払ってしまおうじゃないか。息子も可哀そうだし、近所も迷惑だ」

長屋のひとりが堪忍袋の緒を切ってこう云い出すと、長屋一同もすぐに同意した。直接に猫婆に談判しても容易に埒があくまいと思ったので、月番の者が家主のところへ行って其の事情を訴えて、おまきが素直に猫を追いはらえばよし、さもなければ店立を食わしてくれと頼んだ。

家主ももちろん猫婆の味方ではなかった。早速おまきを呼びつけて、長屋じゅうの者が迷惑するから、お前の家の飼い猫をみんな追い出してしまえと命令した。もし不承知ならば即刻に店を明け渡して、どこへでも勝手に立ち退けと云った。

家主の威光におされて、おまきは素直に承知した。

「いろいろの御手数をかけて恐れ入りました。猫は早速追い出します」

しかし今まで可愛がって育てていたものを、自分が手ずから捨てにゆくには忍びないから、御迷惑でも御近所の人たちにお願い申して、どこかへ捨てて来て貰いたいと彼女は嘆いた。それも無理はないと思ったので、家主はそのことを長屋の者に伝えると、おまきの隣りに住んでいる彼の大工のほかに二人の男が連れ立って、おまきの家へ猫を受け取りに行った。猫は先頃子を生んだので、大小あわせて二十匹になっていた。

「どうも御苦労さまでございます。では、なにぶんお願い申します」

おまきはさのみ未練らしい顔を見せないで、家じゅうの猫を呼びあつめて三人に渡した。その猫どもを三つに分けて、ある者は炭の空き俵に押し込んだ。ある者は大風呂敷に包んだ。めいめいがそれを小脇に引っかかえて路地を出てゆくうしろ姿を、おまきは見送ってニヤリと笑った。

「わたしは見ていましたけれど、その時の笑い顔は実に凄うござんしたよ」と、大工の女房のお初があとで近所の人達にそっと話した。

猫をかかえた三人は思い思いの方角へ行って、なるべく寂しい場所を選んで捨てて来た。

された。

「まずこれでいい」

そう云って、長屋の平和を祝していた人達は、そのあくる朝、大工の女房の報告におどろかされた。

「隣りの猫はいつの間にか帰って来たんですよ。夜なかに啼く声が聞えましたもの」

「ほんとうかしら」

おまきの家を覗きに行って、人々は又おどろいた。猫の眷属はゆうべのうちに皆帰って来たらしく、さながら人間の無智を嘲るように家中いっぱいに啼いていた。おまきに訊いても要領を得なかった。自分もよく知らないが、なんでもゆうべの夜中にどこからか帰って来て、縁の下や台所の櫺子窓からぞろぞろと入り込んだものらしいと云った。猫は自分の家へかならず帰るという伝説があるから、今度は二度と帰られないようなところへ捨てて来ようというので、かの三人は行きがかり上、一日の商売を休んで品川のはずれや王子の果てまで再び猫をかかえ出して行った。

それから二日ばかりおまきの家に猫の声が聞えなかった。

二

神明の祭礼の夜であった。おなじ長屋に住んでいる鋳掛錠前直しの職人の女房が七歳になる女の児をつれて、神明のお宮へ参詣に行って、四ツ（午後十時）少し前に帰って来ると、その晩は月が冴えて、明るい屋根の上に露が薄白く光っていた。

「あら、阿母さん」

女の児はなにを見たか、母の袂をひいて急に立ちすくんだ。女房もおなじく立ち停まった。猫婆の屋根の上に小さい白い影が迷っているのであった。それは一匹の白猫で、しかも前脚二本を高くあげて、後脚二本は人間のように突っ立っているのを見た時に、女房もはっと息をのみ込んだ。かれは娘を小声で制して、しばらくそっと窺っていると、猫は長い尾を引き摺りながら、踊るような足取りで板葺屋根の上をふらふらと立ってあるいた。女房はぞっとして鶏肌になった。猫が屋根を渡りきって、その白い影がおまきの家の引窓のなかに隠れたのを見とどけると、彼女は娘の手を強く握って転げるように自分の家へかけ込んで、引窓や雨戸を厳重に閉めてしまった。

亭主は夜遅く帰って来て戸をたたいた。女房がそっと起きて来て、今夜自分が見とどけた怪しい出来事を話すと、祭礼の酒に酔っている亭主はそれを信じなかった。

「べらぼうめ、そんなことがあるもんか」

女房の制めるのもきかずに、彼はおまきの台所へ忍んで行って、内の様子を窺っていると、やがておまきの嬉しそうな声がきこえた。

「おお、今夜帰って来たのかい、遅かったねえ」

これに答えるような猫の啼き声がつづいて聞えた。亭主もぎょっとして、酒の酔いが少しさめて来た。彼はぬき足をして家へ帰った。

「ほんとうに立って歩いたか」

「あたしも芳坊も確かに見たんだもの」と、女房も顔をしかめてささやいた。小さい娘のお芳もそれに相違ないとふるえながら云った。

亭主もなんだか薄気味が悪くなって来た。ことに彼は猫を捨てに行った一人であるだけに、いよいよ好い心持がしなかった。彼はまた酒を無暗に飲んで酔い倒れてしまった。女房と娘とはしっかり抱き合ったままで、夜のあけるまでおちおち睡られなかった。

おまきの家の猫はゆうべのうちにみな帰っていた。ことに鋳掛屋の女房の話を聴いて、長屋じゅうの者は眼をみあわせた。普通の猫が立ってあるく筈はない、猫婆の家の飼猫は化け猫に相違ないということに決められてしまった。その噂が家主の耳へもはいったので、彼も薄気味が悪くなった。彼は再びおまき親子にむかって立ち退きを迫ると、おまきは自分の夫の代から住み馴れている家を離れたくない。猫はいかように御処分なすっても好いから、どうか店立をゆるして貰いたいと涙をこぼして家主に嘆いた。そうなると、家主にも不憫が出て、たってこの親子を追い払うわけにも行かなかった。

「ただ捨てて来るから、又すぐ戻って来るのだ。今度は二度と帰られないように重量をつけて海へ沈めてしまえ。こんな化け猫を生かして置くと、どんな禍いをするか知れない」

家主の発議で、猫は幾つかの空き俵に詰め込まれ、これに大きい石を縛りつけて芝浦の海へ沈められることになった。今度は長屋じゅうの男という男は総出になって、おまきの家へ二十匹の猫を受け取りに行った。重量をつけて海の底へ沈められては、さすがの猫ももう再び浮かび上がれないものとおまきも覚悟したらしく、人々にむかって嘆願した。

「今度こそは長の別れでございますから、猫に何か食べさしてやりとうございます。どうぞ少しお待ち下さい」

彼女は二十匹の猫を自分のまわりに呼びあつめた。きょうは七之助も商売を休んで家にいたので、おまきは彼に手伝わせて何か小魚を煮させた。飯と魚とを皿に盛り分けて、一匹ずつの前にならべると、猫は鼻をそろえて一度に食いはじめた。彼等は飯を食った。肉を食った。骨をしゃぶった。一匹ならば珍らしくない、しかも二十匹が一度に喉を鳴らし、牙をむき出して、めいめいの餌食を忙がしそうに啖っているありさまは、決して愉快な感じを与えるものではなかった。気の弱いものにはむしろ凄愴いようにも思われた。白髪の多い、頬骨の高いおまきは、伏目にそれをじっと眺めながら、ときどきそっと眼を拭いていた。

おまきの手から引き離された猫の運命は、もう説明するまでもなかった。万事が予定の計画通りに運ばれて、かれらは生きながら芝浦の海の底へ葬られてしまった。それから五、六日を経っても猫はもう帰って来なかった。長屋じゅうの者はほっとした。

併しおまきは別にさびしそうな顔もしていなかった。七之助は相変らず盤台をかついで毎日の商売に出ていた。その猫を沈められてから丁度七日目の夕方におまきは頓死したのであった。

それを発見したのは、北隣りの大工の女房のお初で、亭主は仕事からまだ帰って来なかったが、いつもの慣習で彼女は格子に錠をおろして近所まで用達に行った。南隣りは当時空家であった。したがって、おまきの死んだ当時の状況は誰にも判らなかったが、お初の云うところによると、かれが外から帰って来て、路地の奥へ行こうとする時に、おまきの家の入口に魚の盤台と天秤棒とが置いてあるのを見た。七之助が商売から戻って来たものと推量した彼女は、その軒下を通り過ぎながら声をかけたが、内には返事がなかった。秋の夕方はもう薄暗いのに、内には灯をともしていなかった。暗い家のなかは墓場のように森と沈んでいた。一種の不安に襲われて、お初はそっと内をのぞくと、入口の土間には人がころげているらしかった。怖々ながら一と足ふみ込んで透かして視ると、そこに転げているのは女であった。猫婆のおまきであった。お初は声をあげて人を呼んだ。

その叫びを聞き付けて近所の人も駈けて来た。猫婆が死んだという噂が長屋じゅうから裏町まで伝わって、家主もおどろいて駈け付けた。一と口に頓死というけれど、実際は病気で死んだのか、人に殺されたのか、それがまだ判然しなかった。

「それにしても息子はどうしたんだろう」

盤台や天秤棒がほうり出してあるのを見ると、七之助はもう帰って来たらしいが、どこに何をしているのか、この騒ぎのなかへ影を見せないのも不思議に思われた。ともかくも医者を呼んで来て、おまきの死骸をあらためて貰うと、からだに異状はない、頭の脳天よりは少し前の方に一カ所の打ち傷らしいものが認められるが、それも人から打たれたのか、あるいは上がり端から転げ落ちるはずみに何かで打ったのか、医者にも確かに見極めが付かないらしく、結局おまきは卒中で倒れたということになった。病死ならば別にむずかしいこともないと、家主もまず安心したが、それにしても七之助のゆくえが判らなかった。

「息子はどうしたんだろう」

おまきの死骸を取りまいて、こうした噂が繰り返されているところへ、七之助が蒼い顔をしてぼんやり帰って来た。隣り町に住んでいる同商売の三吉という男もついて来た。三吉はもう三十以上で、見るからに気の利いた、威勢の好い男であった。

「いや、どうも皆さん。ありがとうございました」と、三吉も人々に挨拶した。「実は今、七之助がまっ蒼になって駈け込んで来て、商売から帰って家へはいると、おふくろが土間に転り落ちて死んでいたが、一体どうしたらよかろうかと、こう云うんです。そりゃあ俺のところまで相談に来ることはねえ、なぜ早く大屋さんやお長屋の人達にしらせて、なんとか始末を付けねえんだと叱言を云ったような訳なんですが、なにしろまだ年が若けえもんですから、唯もう面喰らってしまって、夢中で私のところへ飛んで来たという。それもまあ無理はねえ、ともかくもこれから一緒に行って、皆さんに宜しくおねがい申してやろうと、こうして出てまいりましたものでございますが、一体まあどうしたんでございましょうね」

「いや、別に仔細はない。七之助のおふくろは急病で死にました。お医者の診断では卒中だということで……」と、家主はおちつき顔に答えた。

「へえ、卒中ですか。ここのおふくろは酒も飲まねえのに、やっぱり卒中なんぞになりましたかね。おっしゃる通り、急死というのじゃあどうも仕方がございません。七之助、泣いてもしようがねえ、寿命だとあきらめろよ」と、三吉は七之助を励ますように云った。

七之助は窮屈そうにかしこまって、両手を膝に突いたままで俯向いていたが、彼の眼にはいっぱいの涙を溜めていた。ふだんから彼の親孝行を知っているだけに、みんなも一入のあわれを誘われた。猫婆の死を悲しむよりも、母をうしなった七之助の悲しみを思いやって、長屋じゅうの顔は陰った。女たちはすすり泣きをしていた。

その晩は長屋じゅうの者があつまって通夜をした。七之助はまるで気抜けがしたようにぼんやりとして、隅の方に小さくなっているばかりで碌々口も利かなかった。それがいよいよ諸人の同情をひいて、葬式一切のことは総て彼の手を煩わさずに、長屋じゅうの者がみんな始末してやることにした。七之助はおどおどしながら頻りに礼を云った。

「こうして皆さんが親切にして下さるんだから、何もくよくよすることはねえ。猫婆なんていうおふくろは生きていねえ方が却って好いかも知れねえ。お前もこれから一本立ちになってせいぜい稼いで、みなさんのお世話で好い嫁でも持つ算段をしろ」と、三吉は平気で大きな声で云った。

仏の前で掛け構い無しにこんなことを云っても、誰もそれを咎める者もないほどに、不運なおまきは近所の人達の同情をうしなっていた。さすがに口を出して露骨には云わないが、人々の胸にも三吉とおなじような考えが宿っていた。それでも一個の人間である以上、猫婆は飼猫とおなじような残酷な水葬礼には行なわれなかった。おまきの死骸を収めた早桶は長屋の人達に送られて、あくる日の夕方に麻布の小さな寺に葬られた。

それは小雨のような夕霧の立ち迷っている夕方であった。おまきの棺が寺へゆき着くと、そこにはほかにも貧しい葬式があって、その見送り人は徐々に帰りかかるところであった。おまきの葬式は丁度それと入れ違いに本堂に繰り込むと、前に来ていた見送り人はやはり芝辺の人達が多かったので、あとから来たおまきの見送り人と顔馴染みも少なくなかった。

「やあ、おまえさんもお見送りですか」

「御苦労さまです」

こんな挨拶が方々で交換された。そのなかに眼の大きな、背の高い男がいて、彼はおまきの隣りの大工に声をかけた。

「やあ、御苦労。おまえの葬式（とむれえ）は誰だ」

「長屋の猫婆さ」と、若い大工は答えた。

「猫婆……。おかしな名だな。猫婆というのは誰のこった」と、彼はまた訊いた。

猫婆の綽名の由来や、その死にぎわの様子などを詳しく聴き取って、彼は仔細らしく首をかしげていたが、やがて大工に別れを告げて一と足さきに寺の門を出た。かれは手先の湯屋熊であった。

三

「どうもその猫ばばあの死に様がちっと変じゃありませんかね」

湯屋熊の熊蔵はその晩すぐに神田の三河町へ行って、親分の半七のまえできょう聞き出して来た猫婆の一件を報告した。半七は黙って聴いていた。

「親分、どうです。変じゃありませんかね」

「むむ、ちっと変だな。だが、てめえの挙げて来るのに碌なことはねえ。この正月にもてめえの家の二階へ来る客の一件で飛んでもねえ汗をかかせられたからな。うっかり油断はできねえ。まあ、もうちっと掘くってから俺のとこへ持って来い。猫婆だって生きている人間だ。いつ頓死をしねえとも限らねえ」

「ようがす、わっしも今度は真剣になって、この正月の埋め合わせをします」

「まあ、うまくやって見てくれ」

熊蔵を帰したあとで、半七はかんがえた。熊蔵の云うことも馬鹿にならない、家主の威光と大勢の力とで、猫婆が生みの子よりも可愛がっていたたくさんの猫どもを無体にもぎ取って、それを芝浦の海の底に沈めた。それから丁度七日目に猫婆が不意に死んだ。猫の執念とか、なにかの因縁とかいえば云うものの、そこに一種の疑いがないでもない。これはそそっかしい熊蔵一人にまかせては置かれないと思った。彼はあくる朝すぐに愛宕下の熊蔵の家をたずねた。

熊蔵の家が湯屋であることは前にも云った。併し朝がまだ早いので、二階にあがっている客はなかった。熊蔵は黙って半七を二階に案内した。

「大層お早うごぜえましたね。なにか御用ですか」と、彼は小声で訊いた。

「実はゆうべの一件で来たんだが、なるほど考えてみるとちっとおかしいな」

「おかしいでしょう」

「そこで、おめえは何か睨んだことでもあるのか」

「まだ其処までは手が着いていねえんです。なにしろ、きのうの夕方聞き込んだばかりですから」と、熊蔵は頭を掻いた。

「猫婆がまったく病気で死んだのなら論はねえが、もしその脳天の傷に何か曰(いわ)くがあるとすれば、おめえは誰がやったと思う」

「いずれ長屋の奴らでしょう」

「そうかしら」と、半七は考えていた。「その息子という奴がおかしくねえか」

「でも、その息子というのは近所でも評判の親孝行だそうですぜ」

評判の孝行息子が親殺しの大罪を犯そうとは思われないので、半七も少し迷った。しかし猫婆がともかくも素直に猫を渡した以上、長屋の者がかれを殺す筈もあるまいと思われた。息子の仕業でも無し、長屋の者どもの仕業でもないとすれば、猫婆の死は医者の診断の通り、やはり卒中の頓死ということに決めてしまうよりほかはなかったが、半七の疑いはまだ解けなかった。いくら年が若いといっても、息子はもう二十歳(はたち)にもなっている。母の死を近所の誰にも知らせないで、わざわざ隣り町の同商売の家まで駈けて行ったということが、どうも彼の腑に落ちなかった。と云って、それほどの孝行息子がどうして現在の母を残酷に殺したか、その理窟はなかなか考え出せなかった。

「なにしろ、もう一度頼んでおくが、おめえよく気をつけてくれ。五、六日経つと、おれが様子を訊きに来るから」

　半七は念を押して帰った。九月の末には雨が毎日降りつづいた。それから五日ほど経つと、熊蔵の方からたずねて来た。

「よく降りますね。早速ですが例の猫ばばあの一件はなかなか当りが付きませんよ。息子は相変らず毎日かせぎに出ています。そうして、商売を早くしまって、帰りにはきっとおふくろの寺参りに行っているそうで、長屋の者もみんな褒めていますよ。それにね、長屋の奴らは猫婆が斃死(くたば)って好い気味だぐらいに思っているんですから、誰も詮議をする者なんぞはありゃしません。家主だって自身番だって、なんとも思っていやあしませんよ。そういうわけだから、どうにもこうにも手の着けようがなくなって……」

　半七は舌打ちした。

「そこを何とかするのが御用じゃあねえか。もうてめえ一人にあずけちゃあ置かれねえ。あしたはおれが直接に出張って行くから案内してくれ」

　あくる日も秋らしい陰気な雨がしょぼしょぼ降っていたが、熊蔵は約束通りに迎いに来た。二人は傘をならべて片門前へ出て行った。

　路地のなかは思いのほかに広かった。まっすぐにはいると、左側に大きい井戸があった。その井戸側について左へ曲がると、また鉤(かぎ)の手に幾軒かの長屋がつづいていた。しかし長屋は右側ばかりで、左側の空地は紺屋(こうや)の干場(ほしば)にでもなっているらしく、所まだらに生えている低い秋草が雨にぬれて、一匹の野良犬が寒そうな顔をして餌をあさっていた。

「此処ですよ」と、熊蔵は小声で指さした。猫婆の南隣りはまだ空家になっているらしかった。二人は北隣りの大工の家へはいった。熊蔵は大工を識っていた。

「ごめん下さい。悪いお天気です」

外から声をかけると、若い女房のお初が出て来た。熊蔵は框に腰をかけて挨拶した。途中で打ち合わせがしてあるので、熊蔵はこの頃この近所へ引っ越して来た人だと云って半七をお初に紹介した。そうして、今度引っ越して来た家はだいぶ傷んでいるので、こっちの棟梁に手入れをして貰いたいと云った。その尾について、半七も丁寧に云った。

「何分こっちへ越してまいりましたばかりで、御近所の大工さんにだれもお馴染みがないもんですから、熊さんに頼んでこちらへお願いに出ましたので……」

「左様でございましたか。お役には立ちますまいが、この後ともに何分よろしくお願い申します」

　得意場が一軒ふえることと思って、お初は笑顔をつくって如才なく挨拶した。二人を無理に内に招じ入れて、煙草盆や茶などを出した。外の雨の音はまだ止まなかった。昼でも薄暗い台所では鼠の駈けまわる音がときどきに聞えた。

「お宅も鼠が出ますねえ」と、半七は何気なく云った。

「御覧の通りの古い家だもんですから、鼠があばれて困ります」と、お初は台所を見返って云った。

「猫でもお飼いになっては……」

「ええ」と、お初はあいまいな返事をしていた。彼女の顔には暗い影がさした。

「猫といえば、隣りの婆さんの家はどうしましたえ」と、熊蔵は横合いから口を出した。「息子は相変らず精出して稼いでいるんですか」

「ええ、あの人は感心によく稼ぎますよ」

「こりゃあ此処だけの話だが……」と、熊蔵は声を低めた。「なんだか表町の方では変な噂をしているようですが……」

「へえ、そうでございますか」

お初の顔色がまた変った。

「息子が天秤棒でおふくろをなぐり殺したんだという噂で……」

「まあ」

お初は眼の色まで変えて、半七と熊蔵との顔を見くらべるように窺っていた。

「おい、おい、そんな詰まらないことをうっかり云わない方がいいぜ」と、半七は制した。「ほかの事と違って、親殺しだ。一つ間違った日にゃあ本人は勿論のこと、かかり合いの人間はみんな飛んだ目に逢わなけりゃあならない。滅多なことを云うもんじゃあないよ」

眼で知らされて、熊蔵はあわてたように口を結んだ。お初も急に黙ってしまった。一座が少し白らけたので、半七はそれを機に座を起った。

「どうもお邪魔をしました。きょうはこんな天気だから棟梁はお内かと思って来たんですが、それじゃあ又出直して伺います」

お初は半七の家を訊いて、亭主が帰ったら直ぐにこちらから伺わせますと云ったが、半七はあしたまた来るからそれには及ばないと断わって別れた。

「あの女房がはじめて猫婆の死骸を見付けたんだな」と、路地を出ると半七は熊蔵に訊いた。

「そうです。あの嬶、猫婆の話をしたら少し変な面(つら)をしていましたね」

「むむ、大抵判った。お前はもうこれで帰っていい。あとは俺が引き受けるから。なに、おれ一人で大丈夫だ」

熊蔵に別れて、半七はそれから他へ用達に行った。そうして、夕七ツ（午後四時）前に再び路地の口に立った。雨が又ひとしきり強くなって来たのを幸いに、かれは頬かむりをして傘を傾けて、猫婆の南隣りの空家へ忍び込んだ。彼は表の戸をそっと閉めて、しめっぽい畳の上にあぐらを掻いて、時々に天井裏へぽとぽとと落ちて来る雨漏(あまもり)の音を聴いていた。くずれた壁の下にこおろぎが鳴いて、火の気のない空家は薄ら寒かった。

ここの家の前を通る傘の音がきこえて、大工の女房は外から帰って来たらしかった。

四

それから又半晌(とき)も経ったと思う頃に、濡れた草鞋の音がこの前を通って、隣りの家の門口(かどぐち)に上まった。猫婆の息子が帰って来たなと思っていると、果たして籠や盤台を卸(おろ)すような音がきこえた。

「七ちゃん、帰ったの」

お初が隣りからそっと出て来たらしかった。そうして、土間に立って何か息もつかずに囁いているらしかった。それに答える七之助の声も低いので、どっちの話も半七の耳には聴き取れなかったが、それでも壁越しに耳を引き立てていると、七之助は泣いているらしく、時々は洟をすするような声が洩れた。

「そんな気の弱いことを云わないでさ。早く三ちゃんのところへ行って相談しておいでよ。いいえ、もう一と通りのことはわたしが話してあるんだから」と、お初は小声に力を籠めて、なにか切りに七之助に勧めているらしかった。

「さあ、早く行っておいでよ。じれったい人だねえ」と、お初は渋っている七之助の手を取って、曳き出すようにして表へ追いやった。

七之助は黙って出て行ったらしく、重そうな草鞋の音が路地の外へだんだんに遠くなった。それを見送って、お初は自分の家へはいろうとすると、半七は空家の中から不意に声をかけた。

「おかみさん」

お初はぎょっとして立ちすくんだ。空家の戸をあけてぬっと出て来た半七の顔を見た時に、彼女の顔はもう灰色に変っていた。

「外じゃあ話ができねえ。まあ、ちょいと此処へはいってくんねえ」と、半七は先に立って猫婆の家へはいった。お初も無言でついて来た。

「おかみさん。お前はわたしの商売を知っているのかえ」と、半七はまず訊いた。

「いいえ」と、お初は微かに答えた。

「おれの身分は知らねえでも、熊の野郎が湯屋のほかに商売をもっていることは知っているだろう。いや、知っているはずだ。お前の亭主はあの熊と昵近だというじゃあねえか。まあ、それはそれとして、お前は今の魚商と何をこそこそ話していたんだ」

お初は俯向いて立っていた。

「いや、隠しても知っている。おめえはあの魚商に知恵をつけて、隣り町の三吉のところへ相談に行けと云っていたろう。さっきも熊蔵が云った通り、その晩にあの七之助が天秤棒でおふくろをなぐり殺した。それをおめえは知っていながら、あいつを庇って三吉のところへ逃がしてやった。三吉がまた好い加減なことを云って白らばっくれて七之助を引っ張って来た。さあ、どうだ。この占いがはずれたら銭は取らねえ。長屋じゅうの者はそれで誤魔化されるか知らねえが、おれ達が素直にそれを承知するんじゃあねえ。七之助は勿論のことだが、一緒になって芝居を打った三吉もお前も同類だ。片っ端から数珠つなぎにするからそう思ってくれ」

嵩にかかって、嚇されたお初はわっと泣き出した。かれは土間に坐って、堪忍してくれと拝んだ。

「次第によったら堪忍してやるめえものでもねえが、お慈悲が願いたければ真っ直ぐに白状しろ。どうだ、おれが睨んだに相違あるめえ。おめえと三吉とが同腹になって、七之助の兇状を庇っているんだろう」

「恐れ入りました」と、お初はふるえながら土に手をついた。

「恐れ入ったら正直に云ってくれ」と、半七は声をやわらげた。「そこで、あの七之助はなぜおふくろを殺したんだ。親孝行だというから、最初から巧んだ仕事じゃあるめえが、なにか喧嘩でもしたのか」

「おふくろさんが猫になったんです」と、お初は思い出しても慄然とするというように肩をすくめた。

半七は笑いながら眉を寄せた。

「ふむう。猫婆が猫になった……。それも何か芝居の筋書きじゃあねえか」

「いいえ。これはほんとうで、嘘も詐りも申し上げません。ここの家のおまきさんはまったく猫になったんです。その時にはわたくしもぞっとしました」

恐怖におののいている其の声にも顔色にも、詐りを包んでいるらしくないのは、多年の経験で半七にもよく判った。かれも釣り込まれてまじめになった。

「じゃあ、おまえもここの婆さんが猫になったのを見たのか」

確かに見たとお初は云った。

「それがこういう訳なんです。おまきさんの家に猫がたくさん飼ってある時分には、その猫に喰べさせるんだと云って、七之助さんは商売物のお魚を毎日幾尾ずつか残して、家へ帰っていたんです。そのうちに猫はみんな芝浦の海へほうり込まれてしまって、家には一匹もいなくなったんですけれど、おふくろさんはやっぱり今まで通りに魚を持って帰れと云うんだそうです。

七之助さんはおとなしいから何でも素直にあいあいと云っていたんですけれど、良人がそれを聞きまして、そんな馬鹿な話はない、家にいもしない猫に高価い魚をたくさん持って来るには及ばないから、もう止した方がいいと七之助さんに意見しました」

「おふくろはその魚をどうしたんだろう」

「それは七之助さんにも判らないんだそうです。なんでも台所の戸棚のなかへ入れて置くと、あしたの朝までにはみんな失なってしまうんだそうで……。どういうわけだか判らないと云って、七之助さんも不思議がっているので、良人が意地をつけて、物は試しだ、魚を持たずに一度帰ってみろ、おふくろがどうするかと……。七之助さんもとうとうその気になったと見えて、このあいだの夕方、神明様の御祭礼の済んだ明くる日の夕方に、わざと盤台を空にして帰って来たんです。わたくしも丁度そのときに買物に行って、帰りに路地の角で逢ったもんですから、七之助さんと一緒に路地へはいって来て、すぐに別れればよかったんですが、きょうは盤台が空になっているからおふくろさんがどうするかと思って、門口に立ってそっと覗いていると、七之助さんは土間にはいって盤台を卸しました。すると、おまきさんが奥から出て来て……。すぐに盤台の方をじろりと見て……おや、きょうはなんにも持って来なかったのかいと、こう云ったときに、おまきさんの顔が……。耳が押っ立って、眼が光って、口が裂けて……。まるで猫のようになってしまったんです」

その恐ろしい猫の顔が今でも覗いているかのように、お初は薄暗い奥を透かして息をのみ込んだ。半七も少し煙にまかれた。

「はて、変なことがあるもんだな。それからどうした」

「わたくしもびっくりしてはっと思っていますと、七之助さんはいきなり天秤棒を振りあげて、おふくろさんの脳天を一つ打ったんです。急所をひどく打ったと見えて、おまきさんは声も出さないで土間へ転げ落ちて、もうそれ限りになってしまったようですから、わたくしは又びっくりしました。七之助さんは怖い顔をしてしばらくおふくろさんの死骸を眺めているようでしたが、急にまたうろたえたような風で、台所から出刃庖丁を持ち出して、今度は自分の喉を突こうとするらしいんです。もう打拾ってはおかれませんから、わたくしが駈け込んで止めました。そうして訳を訊きますと、七之助さんの眼にもやっぱりおふくろさんの顔が猫に見えたんだそうです。猫がいつの間にかおふくろさんを喰い殺して、おふくろさんに化けているんだろうと思って、親孝行の七之助さんは親のかたきを取るつもりで、夢中ですぐに撲ち殺してしまったんですが、殺して見るとやっぱりほんとうのおふくろさんで、尻尾も出さなければ毛も生えないんです。そうすると、どうしても親殺しですから、七之助さんも覚悟を決めたらしいんです」

「婆さんの顔がまったく猫に見えたのか」と、半七は再び念を押すと、お初は自分の眼にも七之助の眼にも確かにそう見えたと云い切った。さもなければ、ふだんから親孝行の七之助が親の頭へ手をあげる道理がないと云った。

「それでも其のうちに正体をあらわすかと思って、死骸をしばらく見つめていましたが、おまきさんの顔はやっぱり人間の顔で、いつまで経っても猫にならないんです。どうしてあの時に猫のような怖い顔になったのか、どう考えても判りません。死んだ猫の魂がおまきさんに乗憑ったんでしょうかしら。それにしても七之助さんを親殺しにするのはあんまり可哀そうですし、もともと良人が知恵をつけてこんなことになったんですから、わたくしも七之助さんを無理になだめて、あの人がふだんから仲良くしている隣り町の三吉さんのところへ一緒に相談に行ったんですが、隣りは空店ですし、路地を出這入りする時にも好い塩梅に誰にも見付からなかったんです。それから三吉さんがいろいろの知恵を貸してくれて、わたくしだけが一と足先へ帰って、初めて死骸を見つけたように騒ぎ出したんです」

「それでみんな判った。そこできょうおれ達が繋がって来たので、お前はなんだかおかしいぞと感づいて、さっき三吉のところへ相談に行ったんだな。そうして七之助の帰って来るのを待っていて、これも三吉のところへ相談にやったんだな。そうだろう。そこで其の相談はどう決まった。七之助をどこへか逃がすつもりか。いや、おまえに訊いているよりも、すぐに三吉の方へ行こう」

半七は雨のなかを隣り町へ急いでゆくと、七之助はけさから一度も姿を見せないと三吉は云った。隠しているかとも疑ったが、まったくそうでもないらしいので、ふと或る事が半七の胸に浮かんだ。彼はそこを出て、更に麻布の寺へ追ってゆくと、おまきの墓の前には新しい卒塔婆が雨にぬれているばかりで、そこらに人の影も見えなかった。

あくる日の朝、七之助の死骸が芝浦に浮いていた。それはちょうど長屋の人達がおまきの猫を沈めた所であった。

七之助はもう三吉のところに行かずに、まっすぐに死に場所を探しに行ったのであろう。いくらお初が証人に立っても、母の顔が猫にみえたという奇怪な事実を楯にして、親殺しの科を逃がれることはできない。磔刑に逢わないうちに自滅した方が、いっそ本人の仕合わせであったろうかと半七は思った。自分もまたこうした不運の親孝行息子に縄をかけない方が仕合わせであったと思った。

「お話はまあこういう筋なんですがね」と、半七老人はここで一と息ついた。「それからだんだん調べてみましたが、七之助はまったく孝行者で、とても正気で親殺しなんぞする筈はないんです。隣りのお初という女も正直者で、嘘なんぞ吐くような女じゃありません。そうすると、まったくこの二人の眼にはおまきの顔が猫に見えたんでしょう。猫が乗憑ったのかどうしたのか不思議なこともあるもんですね。それからおまきの家をあらためて見ますと、縁の下から腐った魚の骨がたくさん出ました。猫がいなくなった後も、おまきはやっぱりその食い物を縁の下へほうり込んでいたものと見えます。なんだか気味が悪いので、家主もとうとうその家を取り毀してしまったそうですよ」

化け猫

柴田宵曲

支那の書物を読んでいると、虎の人に化し、また人の虎に化する話の多いのに驚くが、日本にも化け猫の人になる話は珍しくない。虎は猫の大きなものと考えれば、さのみ怪しむに足らぬであろう。

鳥井丹波守(たんばのかみ)の家来高須源兵衛という者の家に、年久しく飼って置いた猫が、ふと行方知れずになった。その頃から源兵衛の老母も人に逢うのを厭い、屛風を引き廻して、朝夕の膳もその中に入れさせ、給仕の者を斥けて食う。ひそかに様子を窺った者の話では、汁も副食物も一緒にして、這いかかるようにして食べるということであった。よく世間で云うように、猫が化けたのではないかと不審するうち、源兵衛が風呂から出て、まだ浴衣も著(き)ないでいるところへ、真黒なものが飛び付いたことがある。源兵衛が拳を固めて強く打ったので、直ぐ逃げて行ったが、その頃から老母が背中が痛むと云い出した。愈々(いよいよ)疑惑を深め、親族にこの話をしたところ、武士の身として左様の事を捨て置くべきでない、覚悟したがよかろう、と云われた。猶予はならぬと雁股(かりまた)の矢をつがえ、よく引いて屛風を明けさせたが、老母が起き直って、とても母を射るならここを射よ、と胸に手を当てるのを見ては、さすがに放つことも出来ない。親族の者は更に源兵衛を励まして、それは射芸が至らぬのじゃ、速かに射とめよ、と云うので、遂に意を決して放つと、母は逃げ出して庭に倒れた。その姿は母に相違ないし、暫く見守っていても猫にならぬから、腹を切ろうというのを止めて、明日まで待て、と云った人がある。心ならず一夜を明して見たら、もう人間でなしに、もと飼った猫の姿に変っていた。然る後畳を上げ、床板を外して見るのに、老母の骨と覚しき人骨が出て来た。かちかち山の狸と同じわけであるが、これは兎の手を俟たず、主人自ら仇を討ったのである。――この話は文化元年の事として「兎園小説」に出ている。

「耳嚢」に出ているのも同じ事で、猫のつもりで斬り殺したのが、母の姿でいるので、懇意の者を招いて切腹しようとし、暫く待てと云われて待っていると、その夜に至って古猫の正体をあらわしたところまで似ている。この話には土地も時代もない。「譚海」の話にも時代はないが、場所は出羽の仙北郡で、薪を採って山から帰ろうとする折節、雨が降り出した。辻堂の縁に雨宿りをするうち、堂内は非常に賑かで、太郎婆々がまだ来ない、今度の踊りは出来ないだろう、などと云っている。猫の踊りに中心になる者を必要とするという話はよくあるが、暫くして、今度は太郎婆々が来た、さア踊りをはじめよう、という声が聞えた。太郎婆々らしい者の声として、ちょっとお待ち、人がいるかも知れないと、堂の格子から尻尾を出して掻き廻すのを、雨宿りの男が捕えて引く。内からは引かせまいとする。遂に尻尾が切れて男の手に残ったので、恐ろしくなって、雨の晴れるのを待たずに帰って来た。その後隣家の太郎平なる者の母親が病気で寝ていると聞いて見舞に行くと、痔が悪いということで、大分気分がよくなさそうである。夕方また例の尻尾を懐ろにして行き、病気というのはこんな事でないかと云って、尻尾を出して見せた。太郎平の母親は、忽ちこの尻尾を奪い取り、母屋を蹴破って逃げ去った。このあたりは多少羅生門の気味もある。前日譚が欠けているからよくわからぬが、太郎平の母親は猫が化けていたので、まことの母親の骨は、年を経た様子で天井裏に在った。この話は隣家の老母であり、猫も尻尾を取り返して逃げたから、切腹沙汰なんぞはない。

佐藤成裕は「中陵漫録」に猫の話をいくつも書いているが、その中に禅僧から聞いたという化け猫の話がある。猫好きの婆さんがあって、猫を三十疋も飼っている。猫が死ねば小さな柳行李に入れて棚に上げ、毎日出して見てはまた棚へ上げて置く。この事已に尋常でないが、この婆さんは白髪で、猫のような顔をしていたそうである。後に人に殺され、半日ほどして老猫に変った。殺されるに就いては何か話があったろうと思うが、その経緯は書いてない。成裕に話をした禅僧は、実際にその化け猫を見ているらしい。

似たような話で最も委しいのが「想山著聞奇集」の記載である。上野国の某村に住む屋根葺き渡世の者、至って親孝行であったが、一人の母親がいつ頃からか非常な酒好きになった。或時屋根葺き仲間が集まって酒を飲もうとしたのに、折悪しく差支えで誰も来ない。日頃は貧乏で十分な事も出来なかったが、今日は用意した酒肴がある、沢山食べて下さい、と云って勧めたので、母はよろこんで盃を傾け、肴も食べ尽して寝た。然るに母の寝床から怪しいうめき声が聞える。声をかけても返事がない。近年この母は灯火を嫌い、いつも暗闇で寝ているので、手さぐりでは何事も行届くまいと思って、早速灯をつけて行って見ると、大きな猫が母の著物を著て、高軒で寝ている。この姿を見た以上、母と雖もそのままに捨て置かれぬので、縄を以て四足を縛り、それから近隣の人、友達、庄屋、年寄などにこの次第を伝えた。時を移さず乗り込んで来た人々によって、猫は完全に生捕りになったが、しずかに考えて見れば、近年の母の様子には不審な点が少くない。酒好きになるにつれて気むづかしくなり、寝るのに灯火を嫌うのみならず、息子と一室に寝るのを厭がる。狭い家で別に寝るところもないから、障子で仕切って寝るようにしていたが、本当の母親はこの猫に食われたに相違ない、と家の中を捜して見たら、縁の下の囲炉裏際に老母の骨は隠してあった。この顚末は近村にも聞え、代官所へも猫を連れて出た結果、猫は屋根葺きに下げ渡され、心まかせたるべしということになった。まさしく親の敵であるから、殺して村の入口の分れ角に埋め、猫俣塚という大きな石碑を建てた。想山は屋根葺きの友達である大工からこの話を聞いたので、大工は話を聞くなり飛んで行って見たらしい。猫の大きさは江戸にいる大きな犬ぐらいで、顔や四足は犬よりも大きく見えた。尾の長さは四尺ほどもあり、先七八寸が二つに岐れていたそうである。その晩酒を飲み過ぎて、正体を暴露したというのも時節因縁であろう。大工が見に行った時は柱に繋ぎ、昼夜十五人づつ番人がついていたが、一向驚く様子もなく、見物が集まって口やかましく話す時は、細目をあけて見る。その目の鋭さは馬や犬とは比べものにならず。もし豁と見開いたら、どんなに恐ろしい事かと思われた。睡っているようではあるが、内心は隙を見て逃げ出そうとするけはいが見えたとある。年代などははっきりせぬけれど、大工の記憶により遡って見ると、寛政八年頃の勘定になるようである。

以上の話を併観して考えるのに、猫の化けるのは大体女で、それも若い女の話は殆どない。猫であることが発覚して殺された場合、直ぐには正体を現さず、或時間を経過して猫になるのが原則で、「想山著聞奇集」の猫が酔って正体を暴露したなどは、珍しい例の一つと云えるであろう。

最後に化け猫と見誤った話を一つ「耳嚢」から挙げる。誤認されたのは駒込辺(こまごめ)に住む同心の母親である。呼び入れた鰯売りに対し、その母親の怒った顔が正しく猫に見えたので、鰯売りは荷物を捨てて逃げ去る。その物音に昼寝していた伜が起き直ると、この目にもやはり猫に見えた。そこで枕許の一刀を抜いて斬り殺してしまったが、この母親はいつまでたっても母親で、猫にはならない。荷物を取りに帰った鰯売りも、しきりに猫に見えたと主張したけれど、死骸が依然たる限りは致し方なく、同心は遂に自殺した。この話が素材になっているのが「半七捕物帳」の「猫騒動」である。殺されるのは肴屋の母親で、それが息子の目に猫と見えたため、天秤棒で殴り殺される。隣家に住む大工の女房の目にも猫に見えた。誤認者は二人だけであるが、母親が化け猫と誤認されるに至る要素はいろいろある。母親の死骸が猫に変れば怪談になるべきところ、いつまでたっても変らぬので、半七が乗り出すことになった。猫を二十疋も飼う母親は、「中陵漫録」の老婆に似ているが、先ず「耳嚢」による構想と見て差支(さしつかえ)あるまい。

遊女猫分食（ねこわけ）

未達

須永朝彦訳

肥州（肥前国）の長崎は、唐船着岸の地にて、綾羅錦繍の織物、糸類、薬種、そのほか種々の珍貨が、年毎に陸続と来朝し、止まる事が無い。されば、京・大坂・堺の商人が集まって売買をなすので、賑わいのほどは、難波を凌ぎ、京都にも匹敵する。

この地の丸山という所は、古えの江口・神崎（摂津国淀川辺、中古以来の遊女町）などにも等しき遊女町である。或る夕暮の事、年の頃十六、七の優れて容顔美しき少人が、卑しからぬ衣服を纏い、腰刀には金銀を鏤め、菰編笠を深々と被り、下僕は連れず、唯独り見物の体にて漫ろ歩いていた。往来の人々は目敏く見つけ、「かかる優しき容色も世にあるものか」と、半ば怪しみながら褒め騒いだ。折から、左馬介とか申す女良（女郎。遊女）が、この少人を見て想いを懸け、文を認めて禿女（高級遊女に使える女児）に持たせて遣わした。若衆も、流石この辺りに足を踏み入れる身なれば、「稲舟の否にはあらず」（最上川上れば下る稲舟の否にはあらずこの月ばかり――『古今和歌集』巻二十、東哥）と受け、左馬介の所に上がって情を交した。蜀錦（蜀江の錦。唐織錦）の褥の上に、えも言われぬ香を燻らし、二人並んだ容子は、宛ら桜と海棠と二種の花の木が色を競う体にて、世に類も無き景色と映った。

軈て、娼家の主より種々の饗応があった。然るに、この若衆は、精進の羹（熱い精進料理）には目もくれず、魚鳥の鮮き（新鮮な）ものばかり好んで、聊か度を越えて食した。物陰よりこれを見た人は、「美童に似合わぬ異なる振舞よ」と呟いた。さて、一夜を過し、帰るに際して、若衆は当座の遊びの代価として金子五両を留め置いたので、亭主は殊のほか悦んで途中まで送って出た。女も再たの日を約して名残を惜しんだ。

その後、彼の若衆が左馬介の許に通う事、二十度ばかりに及んだ。手跡（筆跡）も拙からず、哥の嗜みもあり、何かにつけて由ありげなる人柄が偲ばれた。そこで、左馬介達は折々に住家を問うてみたが、「忍びて通う身なれば、白地には申しかねる」などと言って顔を赧らめるので、「問うもうるさしと思し召される様子、恐らくは、やんごとなき方の御子か、若しくは御

城主などの小扈従（小姓）ならん」と言い合っていた。
或る時、秘かに人を遣って住家を突き止めさせたところ、長崎の町の、とある家に入った。その家の主に逢い、「この家に斯々の御子息は坐しませぬか、若しまた上方よりの客人が坐しますか」と問えば、思い中らぬ様子にて、「何ゆえ左様な事を尋ねまするか」と逆に問うてきた。そこで、「然々の事がございまして」と訣を話すと、主は黙然と打ち頷き、「思い合する事がござりまする。この家に年を経た猫がおり、近辺の人々の話にては能く化くるとの事。某は未だ見ておりませぬが、必定この猫の所為と思われまする」と言い、声を和らげて呼んだが、早や風を食らって、何処へ行ったものか、行方が知れなかった。近辺を狩り立てて探し廻り、三町（約三三〇米）ほど隔てた家の板敷の下に隠れているところを見つけ、猛り狂うのを大勢寄って突き殺した。この事が国中に知れ渡り、左馬介は「猫のわけ（食い残し）」と異名を立てられ、面目を失ったという。

（『新御伽婢子』巻一の八）

Part 3

怪猫、海をわたる

鍋島猫騒動

作者不詳
東雅夫訳

図 1

図2

図3

図4

又七郎の怨霊
茲に肥前佐賀の城主
鍋島家の客分に龍
造寺髙知と
云士あり
一人の男
子あれとも
盲人故
又八郎と
云養子を
貰いたる
髙知ハ
囲碁を好
此頃四方切目
の盤石を買入て

図5

又八郎と碁を囲ミしが
不圖爭ひを起し父を
討果し其身も其場に
切腹なしける是ぞ
盤石の祟りとの人
名家のことゆへ太守
深く憐ミ給ひ幼年
殊に盲人なれども高知
実子又七郎へ家督を
賜りける年立又七郎は
盲人なれ共折々御前へ
出ける太守も此頃囲碁
を楽しミ給ふの程
盤石を御買上になりしが
此龍達寺より菩提所へ納し

図6

ツギ
扨龍造寺又七郎ハ盲人なれ
由太守聞召碁の
相手とる也が少しのことよ
手討となり死骸ハ御庭内
普請の
小森半之丞

図 7

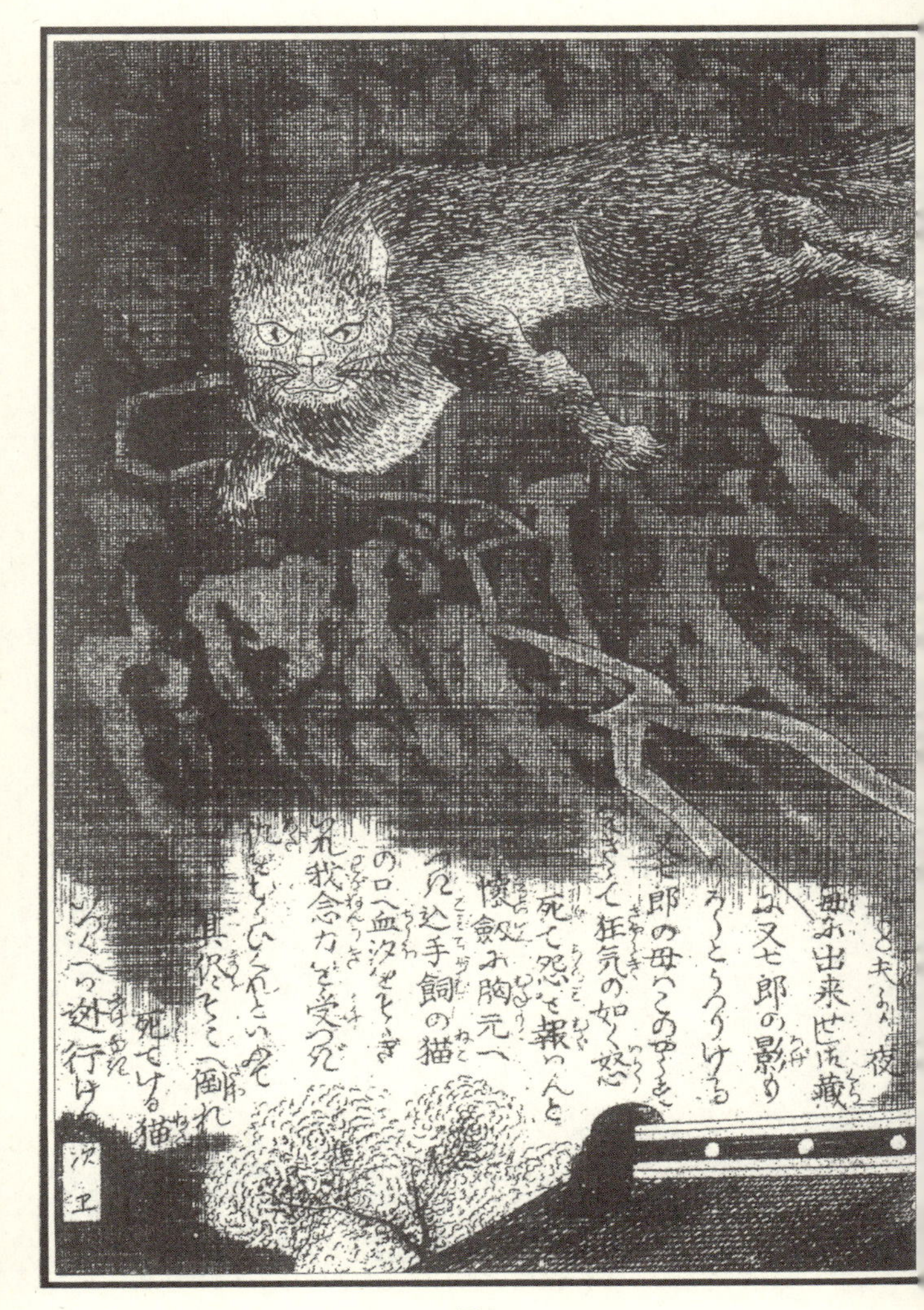
夜
郎の影り
狂気の如く怒
死て怨を報いんと
懐剣ゐ胸元へ
手飼の猫
の口へ血汐をそゝぎ
我念力を受つぎ
死せける猫
逃行けり
次丑

図 8

佐賀の太守入國の圖

上図 9　下図 10

佐賀の庭園ゝ怪異の圖

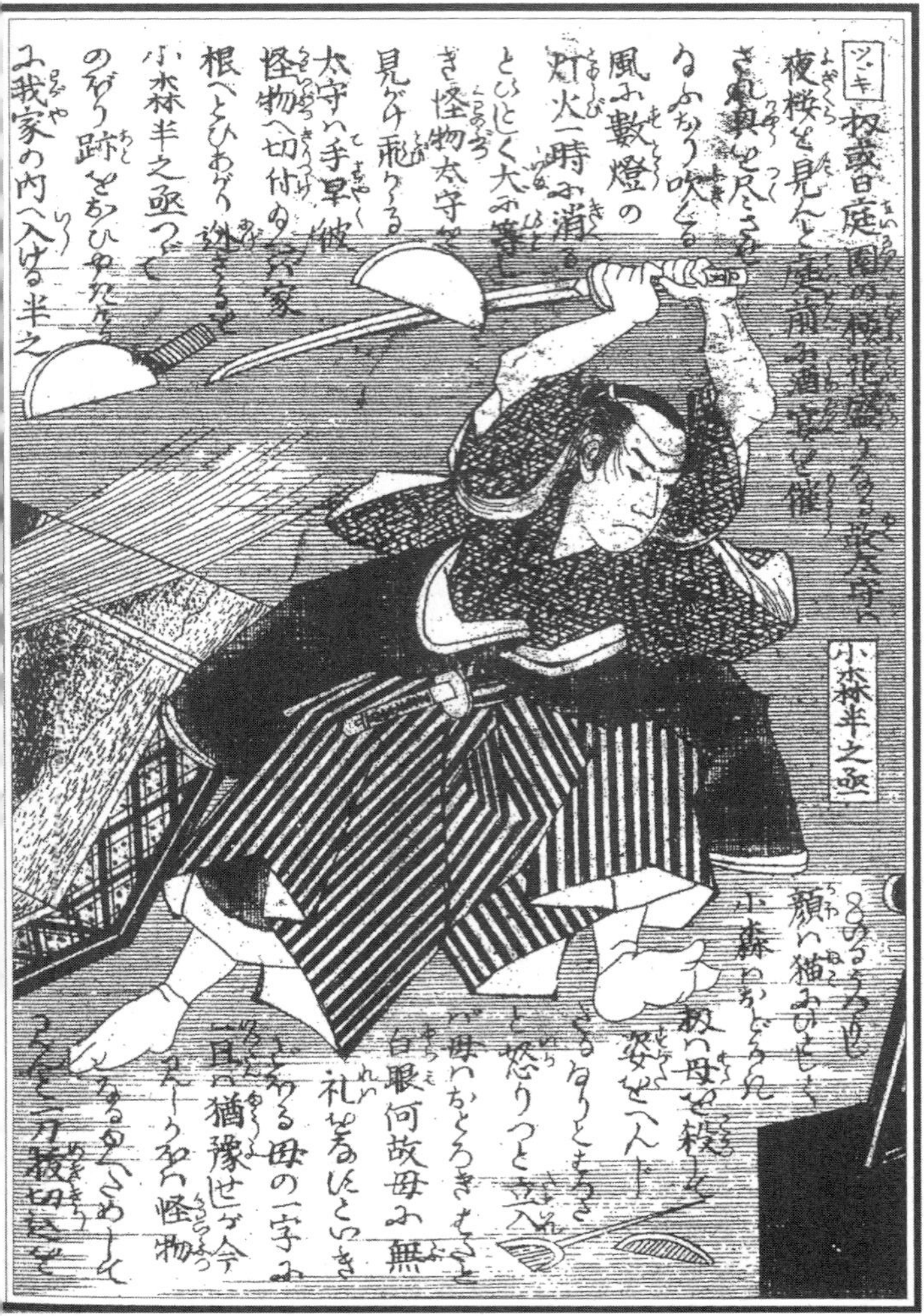

ツゞキ

扨或日庭園の桜花盛なるゆへ太守ハ
夜桜を見んと庭前に酒宴を催
され興も尽ざるを
りふちり吹くる
風に数燈の
灯火一時に消る
とひとしく大に悪し
き怪物太守が
見がけ飛かゝる
太守ハ手早く彼
怪物へ切付ぬ穴家
根へとびあがり逃さるを
小森半之丞つゞて
のぼり跡をおひゆきけるに
に我家の内へ入ける半之

小森半之丞

丞みるあたりし
顔ハ猫のごとく
小森ハおどろき
扨ハ母を殺し
姿をへんじ
たるなりとおもき
と怒りつゝ立入
が母ハおどろきむくと
白眼何故母に無
礼をなしたといへば
とかむる母の一字に
一旦ハ猶豫せしが今
見しうへハ怪物
なるぞとしめして
つゝと一刀抜切せぞ

図 11

図 12

図 13

小林半之丞
何ならんと問ふ三平なにくハしらずと
四足なりと答ゆると△
傳八郎きゝて
大いに怒り此手
道具の入りしを
四足なぞとハ不
狩の奴ときめつ
けれど三平少しも
おそれずこのくらひ
のことが分らぬで
できぬと大言に傳八郎
東海道の雲助へ
憤り旅宿の庭へ引
出し討捨んとせし所を
半之丞来り間をなだめ
命を助け三平を窓に招き
次エ
十一

図 14

図 15

図 16

図 17

図 18

ツヾキ
三平と三
人談じ不動
尊の御札
を三方へのせ
君より安産
の御守を賜る
御使なりと半
之丞女中の
於筆の方の居

図 19

間通り御札
を開けれハ
其神徳に
恐れ忽ち正体
を顕しける小森
ハ刀引抜切付
左右太三平の両人
も共々力を尽し
けるが天井をぬけ
家根をつきぬけて
虚空を飛去ける
伊藤左右太

図 20

図 21

版権所有
明治廿二年七月十日印刷
仝　年七月十三日出版
下谷区車坂町六十二番地
印刷者　片寄小三郎
日本橋区若松町十五番地
発行者　尾関トヨ
伊藤左右太
高木三平

図 22

『鍋島猫騒動』解説

ここに全巻を紙上復刻した草双紙『鍋島猫騒動』は、明治二十二年七月に豊栄堂から上梓された和綴本（国立国会図書館蔵）である。

以下に、各図本文の梗概を記す。

図5・6

肥前国佐賀の城主・鍋島家の客分に、龍造寺高知（たかとも）という武士がいた。息子が一人いたけれども目が不自由であったため、又八郎という養子をもらった。

高知は囲碁を好み、先ごろ、四方切目（しほうきりめ）の盤石（ばんせき）を買い入れた。ある日、その盤石で又八郎と碁を打っていたところ、ふとしたことで争いとなった。又八郎は養父を討ち果たし、自身もその場で切腹した。

これは盤石の祟りであったという。

龍造寺は由緒ある家系だったので、太守は深くこれを惜しみ、年少で目が不自由ではあったが、高知の実子・又七郎に家督を賜った。

やがて歳月が流れ、又七郎はおりおり、太守の御前へ出仕するようになった。太守も近ごろは囲碁を楽しまれ、このほど盤石をお買い上げになったが、それは龍造寺家から菩提寺へ納められた曰くつきの品であった。(次へ)

図7・8

さて、龍造寺又七郎は目が不自由だが囲碁に長じている由(よし)、太守はお聞きになり、碁の相手をさせたところ、ささいなことから又七郎を御手討(おてうち)とされ、その死骸は、庭内に建築中であった蔵の工事現場の泥の中に埋めさせた。それからというもの、夜ごと、出来上がった蔵の壁に、又七郎の影が朦朧とうつるようになった。

又七郎の母は、この次第を聞いて、狂気にかられたかのように怒り、死して怨みを晴らさんものと、懐剣をおのれの胸元へ突きこみ、あふれる血潮を飼猫の口へそそぎいれ、「わが念力を受けつぎ、仇(あだ)を報いておくれ」と言って、そのままその場に倒れて絶命した。猫はいずこへか逃げて行った。(次へ)

図11・12

ある日のこと、庭園の桜花が満開となったので、太守は夜桜見物をしようと庭で酒宴を催され、大いに興じられた。と、吹きくる風に数燈の灯火が一時に消えると同時に、犬と同じくらいの大きさをした怪物が、太守を目がけて飛びかかった。

太守が手早く刀で斬りつけると、怪物は屋根へ飛び上がり、逃げ去った。家臣の小森半之丞(はんのじょう)

が、その跡を追ってゆくと、怪物は小森の家の中へ入っていった。

小森は不審に思い、すぐさま邸内へ入り、そっとあちこちを探索すると、部屋の床下から大量の白骨が見つかった。不審はつのるばかりである。そういえば近ごろ、母のふるまいに、以前とは様変わりしたことが多々あった……小森が老母の部屋を窺い見ると、母は鏡に向かい、額の疵に唾をつけている。鏡に映った顔は、猫さながらである。小森は驚き、さては母を殺して化身していたのかと、憤怒にかられて室内へ踏みこめば、不意をつかれた老母は、こなたを睨みつけ、「なにゆえ母に無礼をなすのか」と憤る。母の一字にいったんはためらった小森だが、いま見た顔は怪物に違いない、ものは試しとばかり一刀を抜いて斬りこむと、老母は手にした鏡で太刀を受けとめ、見るも恐ろしい正体を顕わした。

小森が切先するどく（次へ）

図13・14

斬りこむと、怪物もかなわぬと思ったか虚空へ飛び上がり、天守の方へ飛び去った。小森は無念と思うものの、なす術がなかった。

さて、佐賀の太守が帰国されるのにともない、愛妾お筆の方も国元へ出立された。小森半之丞も、その付添役として東海道をくだった。箱根の関を越えて三島の宿駅に着いたときのこと、長持を担いでいた人足の三平が、同僚に向かって「この荷の中には怪しい物が入っている」と言うので、皆は「何かね?」と問い質した。三平は「何かは分からないが、どうも四足の獣らしい」と答える。これを耳にした宰領の関伝八郎は大いに怒り、「御手道具の入った荷物を四足よばわりとは、ふとどきな奴め」と決めつけたけれど、三平は少しも恐れず、「このくらいのことが分からないで東海道の雲助はできぬ」と豪語する。伝八郎はますます憤り、旅宿の庭へ三平を引きすえ、斬り捨てようとしたところに、半之丞がやって来て、関をなだめて助命し、三平をひそかに招いて（次へ）

図15・16

密談をなし、後日を約して別れたのだった。

小森は、殿からお預かりした品を紛失したのは自分の落度であると、ただちに江戸へ帰り、青山の下屋敷で謹慎に入った。

一方、国元へ戻られた太守は、先ごろ急に患いつき病床にあったが、次第に病重く、ことに最近は夜ごとに怪異が起きて太守を悩ますため、宿直の武士たちも当惑するばかりであった。小森は赦されて、ただちに国元へと召喚された。

人足の三平は、小森の内意を受けて、お家の重宝を捜索かたがた、悪人どもの様子を探っていたが、関伝八郎がお筆の方と共謀して重宝を奪い、隠し持っていることを突きとめ、伝八郎を捕えて追及したところ、悪事を白状した。

佐賀の家中に、伊藤左右太（そうた）という、先年わずかな落度により暇を出された者があった。軽輩なれども忠臣無二の武士であるゆえ、このたび召しかえされて宿直役をつとめることとなった。

なんとか自分が主君のお苦しみを（次へ）

図17・18

お救いしなくてはという一念から、左右太はわが膝へ小柄（こづか）を突き刺して睡魔を堪え、不寝番を続けていると、夜半になって、お筆の方が寝所へ入ると同時に、太守は声を発して苦しみはじめたではないか。

左右太は翌朝、小森に面会し、委細を告げて後の手筈を相談した。

さて、梅の御殿では、お筆の方が御懐妊された様子ゆえ、男子が殿中へ立ち入ることが禁止された。このため小森、伊藤ならびに（次へ）

図19・20

三平の三人は一計を案じ、不動尊の御札を三方に載せた半之丞が、主君より安産の御守を賜る使者を装い、腰元の制止を振りきってお筆の方の居間へ通り、御札を開いたところ、怪猫はその神徳を恐れて、たちまち正体を顕わした。

小森は一刀を引き抜き、斬りつける。左右太、三平の両人も共に奮戦したが、怪猫は天井を破り、屋根を突き抜けて、虚空へと飛び去った。

三人は歯嚙みして悔しがったが詮方なく、それより昼となく夜となく怪猫の行方を探し求めたけれども杳（よう）として知れなかった。（次へ）

図21・22

伊藤左右太が、牛窪不動尊に参籠、荒行をして祈ったところ、霊夢のうちに「怪猫は城より未申の方（南西）の険しい山中に隠れている」との神託を得た。そこで三勇士が山中に分け入り捜索したところ、大きな洞穴の中に潜んでいた怪猫を発見、これを外へと追い出し、首尾よく退治した。

怪猫退治の報告をうけた太守は、いたく感心されて、小森半之丞と伊藤左右太には御加増を賜り、高木三平は御馬廻りとして召し抱えられた。こうして御家は万々歳、めでたく栄えたのであった。

佐賀の夜桜怪猫伝とその渡英

上原虎重

私はこれから猫の怪談をはじめようなどとは毛頭思わないのであるが、鍋島の猫騒動だけについては一筆することを許してもらいたい。実は私も一人の「被害者」としてあの怪談には浅からぬ関係があるのである。猫の怪といえば必ず鍋島の猫騒動を思い出し、そうして少年であった頃の自分を思い出さずにおられない私なのである。

母が信州の上田へ行った帰りに靴と一緒におみやげとして買って来てくれた巌谷小波の浦島太郎の読本をよむようにしてやっこらさと読みあげた八歳ばかりのことであった。東京帰りの親類の人からもらったのが実に鍋島猫騒動の草紙だったのである。咲きみだれた桜花を背景に、爛々たる眼のローヤル・タイガーのような巨大な猫が牙をむいて、一陣の烈風をまき起している表紙を一目見ただけで「こりゃ大したものだわい！」と心の中で叫んだのはいいが、さて取りかかって見るとそのむつかしいこと名状すべからずであった。何しろ浦島太郎の実力で食いついたのだから歯のたたぬのに不思議はなかった。挿し絵はあったけれどもフュー・エンド・ファー・ビツィーンという次第で全然飛び石の役をしてくれなかった。文字は文字で浦島太郎の四分の一ぐらいの小さい活字でびっしり印刷してある上にルビのついていない字がいくら もあるのであった。ルビがあってさえ意味の分らない字がざらなのに、ないとなれば飛ばすよりほかはない。そうかと云って漢字を飛ばして仮名のところだけを読んだのでは何がどうなったのやらちっとも分らない。私はあの絵草紙には全く泣かされた。母は伜の実力を知っていたが、親類の人はそんなことは考えても見ずに買って来てくれたのである。それでも私は一心不乱にしがみついて、その後四年ほどの間繰り返えし繰り返えし幾度読んだかわからない。そして結局よく分らなかった。あの本を完全に読破して凱歌を奏したのは高等二年生（十二歳）ぐらいの時であったと記憶する。爾来約半世紀ばかりの間いろいろの書籍を読んで来たことであるが、あれほどむつかしい本に遭遇したことは未だ曾てない。そういうわけで私はふとしたはずみで幼少の頃から佐賀の夜桜怪猫伝を精読したために、この年になっても鍋島の家臣小森半右衛門とか愛妾お豊の方などという名前が烙印で押されたように脳裏から消え去ることがないのである。

それにつけても、ああした恨めしい話をいつ頃、誰がどんな風にしてつくり上げたものだろうかと、いい年になってからも時々思い出しては苦笑したのであるが、徳川時代の随筆をあれこれと読むに至って、作者と年代はわからないが話の材料だけは突きとめることができた。馬鹿馬鹿しいといえば、馬鹿馬鹿しいにきまっているが、この怪談ばかりは牡丹燈籠などとちがって、この国に生じた材料をもって製造した純粋の国産品なのであるから、特にお許しを得てその成立について蘊蓄を披瀝しようというのである。そもそもこの怪談は三つの要素から成り立っている。それを順々に左に掲げる。

一、鍋島家の歴史

新井白石の藩翰譜によれば、鎮守府将軍藤原秀郷四代の孫相模守公光は龍造寺の祖である。公光の弟近江守脩行は大友、少弐の祖であり、鍋島は少弐の庶流である。秀郷から七代目の秀喜は肥前の龍造寺に住んだので、龍造寺を姓とするようになった。

秀喜から十二代目の山城守家兼に至って、同国の住人筑紫、朝日、杉などいう者と戦った時、鍋島平右衛門尉茂尚なる者が子息二人と家兼に味方して大いに奮戦し、負けいくさを転じて勝ちいくさにした。その時茂尚は「当国本荘の浪人」と称していて、同国佐賀郡の地頭職にあった家兼にはまだ識られていなかったほどの身分であった。しかし家兼は彼等に対する感謝の意から茂尚の次男清房を孫娘の聟にしたのであった。娘の実父家純はその後間もなく死んだ。

さて清房の妻は信房、直茂という二人の子を産んだのち、清房に先立って死んでしまった。一方宗家では家純の死後父の家兼も死に、跡をついだ家純の弟家門も死に、家純の子周家が相続したけれどもこれまた早世したので、その子が幼にして家督をついだ、それが有名な龍造寺隆信である。その頃隆信の母は、妻の死後長い間独身で暮していた清房を佐賀城に呼んで「一人住みも不便であろうから、茶のみ友達を周旋してあげよう」と云った。主家の好意であるから清房は謹んでそれをお承けしたところが、いよいよ輿で乗りこんで来たものを見ると、豈図らんやその人は隆信の母自身であった。彼の女は自分自身を清房に周旋したのであった。清房がびっくり仰天すると、母は「実は年少の隆信は一人ぼっちで頼みにすべき者をもたない。然るに清房の子息二人は尋常の人物でないので、自分はそれ等の親にもなって二人を隆信の兄弟にしたいつもりなのである」と説明した。

それから隆信は主として直茂の努力によって武威を四隣にふるうようになったのであるが、だんだんに直茂を煙たいものに思い、天正七年筑後の柳川に城を構えて、その辺を平定せよと云って直茂を同城の主に任じて体よく追っぱらった。かくて自分は思うさまに振舞っていたが、天正十二年島津と戦端を開いた時、島原の近所で戦死してしまった。そこで龍造寺家の家の子どもは相談の上、隆信の子政家は幼少だったので、老功の直茂を佐賀城に迎えて一家の采配をとらせることにしたのであった。直茂はいかにもして島津に復讐したく思って、九州征伐を秀吉に進言した。その結果秀吉の遠征となり、直茂は政家と共に先陣を所望して薩摩に切って入り存分に戦った。やがて島津の降伏となるや、秀吉は、政家はまだ若いからと云って龍造寺の本領を直茂に与えたのであった。政家はその後従四位侍従にまで登ったがほどなく世を去り、子息駿河守高房をば直茂が養子にしたけれども、それも早世、その子の季明には後に落度があって会津に流されることになり、ここに龍造寺家は断絶した、というのである。

言い伝えによって右の筋を説明し終った白石は「精しき事を知らず」と余韻を残して擱筆しているのである。乱麻のごとき戦国時代のことであるから随分複雑ないきさつもあったであろうとの想像の余地が残されたわけである。戯作者にとっては好個のテーマである。登場人物までほぼ揃っているのである。龍造寺家最後の主季明を又七郎という盲人にして碁を打たしたり、隆信の母を又七郎の老母に仕立てなおしたりするのは手数のかかる仕事でない。そこへもって来て、江戸の鍋島邸に時々奇怪な現象が起るという噂がひろまった。

二、鍋島屋敷奇異の事

肥前佐賀の屋敷は山下御門の内正面に有り。屋敷の鬼門隅の長屋にて昔より今に至り一日も無レ怠僧衆来りて日護摩を焚く。其所以は昔大奇怪有りし故なりと。今も折々怪異有り。是太守在府の中計なり、帰国あれば怪異あることなし。故に屋敷中の男女太守の帰国を悦て、右済めば安眠す。毎夜の事には非ず、小雨など降りて物淋しき時は必有り、或は庭中に火柱立、或は器動き踊り、又は家鳴りなどす。此火柱を見たる人の語りしは、大きさ二囲計長三間程に立、あわやと思う内に忽消失、又それよりも増りて四五間も立登る。元来怪物なれば、自ら身の毛立ちて凄かりしと云り。又屋敷中、夜中雨戸を鎖事なし、いか成る樞をしても自らひとり開なり。又太守登城御仏参等、出門の事表門よりと有れば裏門より出らる。裏門と令る時はいつにても表門なり。是等も右怪異に寄事と見えたり。其外種々異説有れども実否を知らず。凡此異事は江戸中に知らぬ人もなきとなり。

（翁草）

こうなれば、残された問題はただ怪異の正体を何にきめるかだけである。恰もよしここに年経た猫が老婆を食って、その老婆に化けたという話がある。

三、高須射〻猫

某侯（鳥居丹波守）の家令高須源兵衛という人の家に年久しく飼いおける猫、去年（甲子）のいつ比にやふと行方しれずなりぬ。その比より源兵衛が老母人に逢うことをいといて、屛風引きまわし、朝夕の膳もその内におし入れさせて、給仕もしりぞけてしたたむるをかいまみしかば、汁もそえものもひとつにあわせて、はいかかりてくう。さてはむかし物がたりに聞きしごとく猫のばけしにやといぶかりあえる折から、その君のゆあみし給いて、まだゆかたびらもまいらせざりし時、なにやらん真黒なるもの飛び付きたり。君こぶしをもってつよくうたれしかばそのまま逃げ去りぬ。その刻限よりかの老母せなかいたむといいければ、いよいようたがいつつ親族にかくと告げければ、もののふの身にてすておくべきにあらず、心得あるべし、といわれて、とかくためらうべきにあらざれば、雁股の矢をつがいてよく引きつつ、人して屛風をあけさせたれば、老母おきなおりてむねに手をあて、とても母をいるべくばここを射よ、というにひるみて矢をはずしたり。又親族にかたらいけるは、それは射芸のいたらぬなり、すみやかにいとめよといわれて、このたびはたちまちにきってはなちたれば、手ごたえして母にげ出で、庭にてたおれたり。立ちより見るに母にたがう事なし。ややしばしまもり居たれども猫にもならざれば、こはいかにせむ、腹きりて死なんというをおしとどめて、あすまでまち見よと云う人有り。心ならず一夜をあかしたれば、もとかいおける猫のすがたになりぬ。其のちたたみをあげ、ゆかをはなちて見しかば、老母のほねとおぼしくて人骨いでたり。いかにかなしかりけん。このことふかくひめて人にかたらざれば、人しるものなし。
評云、この鳥居の家老高須氏は関潢南のしる人なり。はじめは定府なりしが今は勤番にて去歳より江戸にありという。又当主は今茲十五歳にならせ給うなり。右の物語りかたがたいぶかし。もし在所にての事か、さらずば昔の事を今のごとくとりなして、人のかたり聞かせしに非ずや。

（兎園小説）

右の記事中、「評云」以下は馬琴の筆である。彼はそこでこの物語はかたがたいぶかしいと云っているが、戯作者にとってはいぶかしなどは上の部で、真っ赤なうそであろうとも註文に合った話でさえあれば結構なのである。ところが馬琴がいぶかしいと云ったのは、その頃江戸で起った事件としてはいぶかしいというだけのことで、高須源兵衛氏の在所で起った事件であるか、又は文政年間以前の事件であったならば必ずしもいぶかしくはないのである。決して猫が老母を食って、その老母に化けるなんてことがいぶかしいというわけではないのである。（ネコの語原の章に引いた記事の中でも馬琴は老猫の尾が二またに裂けることを格別変なことに思わないのである。）ここにおいて以上の三「事実」は適当に配合されて、鍋島家を繞る一大怪談はでっち上げられ、佐賀の夜桜怪猫伝と銘打たれて世に出たのであった。と云って私は配合に立会ったわけでないから、あの怪談はたしかに私の挙げた三材料によって組立てられたと断言することは不可能であるが、恐らくそうであったろうとはいえる。いずれにしても紆余曲折に富んだ堂々たる怪談で、いま時そんなものを読む人はないであろうが、昔は大いに流行したものである。少年の頃の貴重な四年ばかりをそれと取組んで暮した私が損をしたか得をしたかは別問題として、恐らく当時鍋島の猫騒動を知らぬ者は日本に一人もなかったであろうほど有名な物語だったのである。

それは単に日本において有名であっただけでなく、明治初年英国へまでも渡った。単独旅行でなく、四十七士や文福茶釜などと一緒の賑やかな団体旅行ではあったが、兎に角洋行をした。アストン氏やアーネスト・サトウ氏等と共に幕末から明治初年にかけて英国公使館に勤務したオルジャノン・バートラム・ミットフォード氏（後のリーズデール卿）の著テイルズ・オヴ・オウルド・ジャパンに佐賀の怪猫は異彩を放っているのである。明治四年英国で出版された同書は大正八年までに第三版に及んだ程であるから随分多数の人に読まれたことであろうし、ホイッチントンの猫やキルケニーの猫（猛烈に食み合った結果、ただ二本の尾だけが後に残っていたという）の話ぐらいしか持たない英国人はわが国の怪猫の凄さに舌を巻いたことであろう。こちらから云えば、山猫の劣勢を化け猫で盛りかえした形である。

同書からこの一話と挿絵とを拝借して左に掲げる。リーズデール卿が話の発端を省略して怪猫の部だけを書いているのは私どもには物足りないが、卿は英国の読者にそうしたくだくだしい発端は必要でないと考えたのであろう。

ナベシマの吸血猫

A・B・ミットフォード

円城塔訳

ナベシマの家[1]にはこんな、それはもう昔のことになるのだが、ヒゼン公が家来の飼い猫に魅入られ、呪われたという話がある。公の家には、オ・トヨという名の、類まれな美しさの女性があった。並み居る女たちの中でもひときわ優れ、その魅力と品に及ぶ者はない。ある時、公は、オ・トヨと連れ立ち庭へと出かけ、日が暮れるまで咲き誇る花の香りを楽しんだのだが、宮殿への帰り道、大きな猫があとをついてくることには全然まったく気づかなかった。主人と離れ、自室へ下がったオ・トヨはベッドへ入った。真夜中、はっと目覚めると、大きな猫がうずくまり、彼女のことをじっと見ている。叫び声をあげたところで、獣は彼女にとびかかり、鋭い歯をその細い喉に当てると、そのまま息の根を止めてしまった。公の心をとらえた女性は、あっけなく、猫に嚙み殺されるという、いたましい最期を遂げたのだ！　そうして猫はベランダの下に穴を掘り、オ・トヨの死体をそこに埋めると、彼女の姿になりかわり、公を騙すことにしたのである。

　しかし、我らが公はそのなりゆきに何も気づかず、まさか彼を抱擁し、しなだれかかるこの美しい生き物が、彼の生き血を狙って情人を殺し、その姿を偽っている、悪魔のように邪悪な獣であるとは露とも考えることがなかった。日を追うごとに、公の力は失われ、顔色は青ざめて黒ずみはじめ、まるで死病を患（わずら）ったかのようなありさまとなった。これを見た重臣や妻は、大きな不安に襲われて、医者を呼びよせ、様々な薬が施されたが、どんな薬を与えても病状は進むばかりで、あらゆる治療も効果を見せない。しかし、彼がもっとも苦しむのは、夜中である。眠りにつくと、おそろしい夢が現れて邪魔するらしい。であるならばと、重臣たちは夜の間、百人の家来を配し、あたりを見張らせることにしたのだが、しかしなんとも不思議なことに、最初の見張りの夜の十時が近づくと、見張りたちは突然、抗いようもない眠気に襲われ、どうにもできないまま、一人、また一人と眠りに落ちてしまった。そこへ、偽者のオ・トヨが現れ、公を朝まで苛んだ。続く夜も同じことが起こり続けて、手出しもできず眠る見張りに囲まれたまま、公は魔物の恐るべき力にねじ伏せられることとなったのである。幾晩も同じことが繰り返され、ついに、公の重臣のうちの三人が寝ずの番につき、この奇怪な眠気に耐えることができるかどうかを試してみることとなった。しかし、他の者たち以上の何ができるわけでもなく、十時までにはやはりすっかり寝入ってしまった。次の日、この重臣たちは重々しく秘密の会議を開いた。上役のイサハヤ・ブゼンが言うことには――

「百人の見張りが眠りに負けてしまうとは、なんたることか。我らの主や見張りにかけられた術は、まじない師の仕業に違いない。我らの力が及ばぬ以上、ミヨウ・イン寺の高僧、ルイテンに頼るよりない。彼に頼んで主の回復を祈ってもらおうではないか」

他の重臣たちもイサハヤ・ブゼンの言うことに賛同したので、彼らは僧侶ルイテンのところへ出向き、公が健康を取り戻すように連禱を催すことを頼んだ。

こうしてミヨウ・インの高僧、ルイテンは、夜の間、公のために祈りを捧げることになった。その夜、九の時（深夜である）、彼が儀式を終え、眠りにつく準備をしていると、外の庭から何か物音が聞こえた気がした。まるで誰かが、井戸で体を清めるような音である。奇妙に思い、窓からのぞくと、月光の下、見目のよい若い兵士が一人、年の頃なら二十四、自分の体を洗っている。体を清め終わって、服を着ると、ブッダの像の前に立ち、一心に主君である公の回復を祈っている。感嘆したルイテンは、その若者が祈りを終えて立ち去ろうとしていたところを呼び止めて――

「もし、少しお待ちくださいませんか。お話ししたいことがある」

「おそれおおいことです。一体、なんの御用でしょう」

「こちらへおあがりになって少しお話など」

「ではそうさせていただきましょう」と言って、上へあがった。

そうしてルイテンが語り出すには――

「ええ、御立派なことでございます。そのように若い身で、かくも忠心を示されるとは。わたくしはルイテンと申しまして、この寺の僧をまとめている者で、主の回復を祈っております。御名は？」

「わたくしは、イトウ・ソウダと申します。ナベシマの歩兵として仕えております。我が君が病に倒れ、望みといえば回復になにかできることがあればとばかり。しかし、わたしはただの兵士。おそばに控えるほどの身分でもなく、健康を取り戻すことができるようにと国の神々とブッダに祈る以外にできることとてありません」

ルイテンはこれを聞き、イトウ・ソウダの忠誠心に感嘆の涙を流し――

「あなたのお心がけは、とても尊いものです。しかし、我らが君を苦しめている病のなんと奇怪であることか！　毎晩、おそろしい夢に襲われ、周囲に控える見張りはみな、不思議な眠りに囚われて、誰も起きてはいられぬのです。これはとても不思議なことです」

「はい」ソウダは応え、一拍をおき、「まじないに違いありません。もしも公のもとに一晩はべることができたなら、喜んでその眠りと戦い、怪物を見定めてやるのですが」

これを聞いて僧は言った。「わたしは公の重臣筆頭のイサハヤ・ブゼンと友人なのです。あなたとその気持ちを伝え、あなたの願いが叶うようにとりもちましょう」

「なんと、それが叶うのならば。名を挙げようとは思いません。ただただ、主君の回復を願うのみです。本当に有難う御座います」

「いやいや、では、明日の夜、私と一緒に、その重臣の家へお連れしましょう」

「本当に有難う御座います。では、また明日」そう言って、二人は別れた。

次の日の夕刻、イトウ・ソウダは、ミヨウ・イン寺へと戻ってきて、ルイテンを見つけると、イサハヤ・ブゼンの家へ連れだっていった。そこで僧はソウダを外に待たせておいて、重臣と相談するため中へと入り、公の様子について訊ねた。

「我らが君のお加減は？　わたくしの祈りはなにか効き目がありましたかな？」

「残念ながら、なかった。病状は厳しい。邪悪な術にかけられているのは間違いない。だが、十時を過ぎて起きていられる見張りはいないのだ。怪物の影を捉えることさえできず、まったく困り果てている」

「心中お察し申し上げる。なんともいたましいことだ。ですが、お話しすることがあるのです。怪物を見定めることができそうな者をみつけたのです。こちらへ連れてきております」

「まさか！　誰だそれは！」

「ふむ。その男は我らが君の歩兵で、イトウ・ソウダと申します。忠実な家来で、君のもとへはべりたいという望みを叶えてやるのがよいと思うのです」

「なんとも、ふつうの兵士の中にそのように忠義と熱意を備えたものがみつかるとは、素晴らしいこと」イサハヤ・ブゼンは応え、一拍をおき、「しかし、そのように低い位の者に、我らが君の見張りを任せることなどできん」

「確かにただの兵ですが」僧は力をこめてみせ、「忠義を讃え、位を上げて、見張りとすればよいのでは？」

「昇進させるのは、我らが君の回復をみてという手も。とにかくこれへ、イトウ・ソウダを連れて参れ。人柄を見よう。見所があれば、他の重臣を説いて、願いを容れることもできるやもしれぬ」

「すぐに連れて参りましょう」ルイテンは応え、急いで若者を迎えに出た。

戻ってくると、僧はイトウ・ソウダを重臣に紹介した。重臣はじっくり彼を眺めて、見目と物腰を認めて言った——

「聞くところによれば、そなたは、夜に、我らが君の部屋の見張りに立ちたいという。うむ。他の家臣を説得してみねばなるまい。どうなるかはわからぬが」

若い兵士はこれを聞くと、満面に喜色を浮かべ、願いを手助けしてくれたルイテンに懇切な礼を述べて退出した。次の日、重臣たちは会議を開き、イトウ・ソウダにつかいを送り、その夜から見張りに加わるように伝えた。彼は意気揚々とやってきて、夜になると、準備万端を整え、公の寝室を見張る百人の男たちの間に座を占めた。


今や公は部屋の中央で眠りにつき、まわりに控える百人の見張りたちは、談笑しながら起きていた。しかし、十時が近づいてくると、うつらうつらしはじめて、互いに起きていようとする努力も虚しく、徐々に眠りに落ちていった。イトウ・ソウダはその間、抵抗し難い眠りが彼を押し包もうとするのを感じ、なんとかできるかぎり目を覚ましていようと試みたのだが、無駄だった。しかし彼には事前に準備しておいた手はずがあった。揃えておいた油紙を取り出してマットの上に広げると、その上へと座った。そうして小さなナイフの鞘(さや)を払うと、自らのももへ突き立てた。しばらくはその痛みで目が覚めていたが、彼の逆らう眠りは魔術であるから、徐々に眠気は戻ってくる。ももに突き立つナイフを何度もひねり、痛みが耐え難くなったところで、眠気は去って、正気が戻った。いまや彼の脚の下の油紙は傷口からあふれた血にまみれ、マットへも広がっていた。

イトウ・ソウダは目を覚ましたが、他の見張りはまだ眠っている。周囲の様子を窺っていると突然、公の部屋の引き戸が開けられ、何かが音もなく入ってきた。近くで見ると、歳の頃なら二十三、おそろしく美しい女性である。女はゆっくりあたりを見回し、すべての見張りが眠っているのを確かめると、凄絶（せいぜつ）な笑みを浮かべ、公のベッドサイドへ向かったのだが、そのときになって、部屋の隅に起きたままの男がいることに気づいた。女は驚いたようではあったが、ソウダに向き直ると、こう言った――

「これまでお見かけしたことがありません。誰です？」

「イトウ・ソウダと申す者。見張りにつくのは当夜がはじめて」

「なんといまいましいこと。ここにいる見張りはみんな寝ているのに、あなた一人が起きているとは。忠実な見張りということですね」

「たいしたことではない」

「脚に傷があるようですが？　血に染まって」

「ああ！　ひどい眠気が襲ってきたので、ナイフをももに突き立てたのだ。痛みで起きていることができる」

「なんという忠義！」女性は言った。

「見張りが、主君のために命を投げ出すのは当然のことではないか？　このくらいの傷がなんだというのだ?」

するとと女性は、眠っている公へ寄って、こう言った。「今夜のお加減はいかがですか、我が君?」。しかしやつれ果てている公は返事をすることもできない。しかし、ソウダは女を見つめるうちに、これはオ・トヨだと見当をつけ、公に害をなすそぶりを見せたら、即座に殺してしまおうと心に決めた。オ・トヨの姿をとって公を毎晩苦しめ、この夜もまた同じ目的でやってきた怪物はしかし、イトウ・ソウダの心配りに負けを喫した。病人のそばに寄ってまじないをかけようとするたび、彼女が振り返ってうしろを見ると、ソウダが睨みつけている。そこで彼女はそのまま帰るよりなく、公は悩まされずにすんだのである。

ついに夜が明け、意識を取り戻し目を明けた他の者たちは、イトウ・ソウダが、ももを突いて起き続けていたことを知り、恥じ入りながら、うなだれて家に帰った。

その朝、イトウ・ソウダはイサハヤ・ブゼンの家へ出向くと、その夜の出来事をすべて語った。重臣たちは、みなイトウ・ソウダの振る舞いを褒め称え、次の夜も見張りをすることを命じた。同じ時刻に、偽者のオ・トヨが部屋にやってきてあたりを見回すと、しっかりと起きているイトウ・ソウダ以外の見張りはすべて眠りに落ちていた。そうして再びなんの手出しもできないままに自室へ下がった。

今やソウダが番をしているので、公は安らかに夜をすごして、病状も回復しはじめ、宮殿は大きな喜びに包まれて、ソウダは褒美に、位と領地を与えられた。その間、オ・トヨの毎夜の訪れは実を結ばず、彼女が去れば、夜番たちも眠りから覚める。ソウダにはこれが偶然だとも思えず、イサハヤ・ブゼンのところへ赴き、オ・トヨこそが怪物に違いないと訴えた。イサハヤ・ブゼンはしばし思案し、こう言った――

「ふむ。では、どうやって邪悪を退治る?」

「わたくしがなにもないようなふりをして化物の部屋を訪れ、殺してしまいましょう。逃げようとしたときのために、男を八人、部屋の外に配して待ち構えておいてください」

この計画に賛同を得て、ソウダは日が落ちるとともに、公からの伝言を届けるという名目でオ・トヨの部屋を訪れた。その姿を見て、彼女が言うには――

「我が君から伝言とは一体?」

「いえ! たいしたことでは。この手紙を見れば一目瞭然」彼はそう言い、彼女のそばに身を寄せると、素早く短剣を抜き、斬りつけた。しかし怪物はうしろに跳ねて、槍をつかむと、貫くようにソウダを睨みつけて、こう言った――

「主君のそばに仕える者にこの振る舞い、覚悟があるのか? 下がれ」そうして彼女はソウダに槍で打ちかかった。しかしソウダは短剣で必死に挑みかかって、怪物は彼に敵わぬとみるや、槍を捨てると、突然、美しい女から一匹の猫へ姿を変え、壁を蹴って、屋根へと跳んだ。外で見張っていたイサハヤ・ブゼンと八人の男たちは、この猫を弓で狙ったが当たらず、猫は巧みに逃げ去った。

猫は山へと逃げて、周囲の人々に災いをなし、ついにヒゼン公が山狩りを命じてようやく、この獣は殺された。
公は病より回復し、イトウ・ソウダは厚く報われたという。

（1）日本における十八大ダイミオのひとつ、ヒゼン公の家

忠猫の話

A・B・ミットフォード

円城塔訳

十六年ほど前のことである、ある夏の頃、一人の男が、オサカのとある家を訪ね、そこではこんな話があった。なりゆきは――

「今日、ひどく変わったケーキを食べましてね」というので、どういうことかと訊ねたところ、こういうことで――

「親戚から、その先祖が飼っていた猫が死んで百年になるのを祝うケーキなるものをもらったのです。どんな話かときいてみると、こういうことです。昔、家の若い娘、十六ほどの娘のあとを、家についた雄猫がいつもついて歩いて、片時も決して離れることがなかったそうです。これに気づいた父親はひどく怒って、というのは、この雄猫が長年飼ってもらった恩も忘れて、自分の娘を見初めたのだと思ったからで、娘にまじないをかけているのだと信じこみ、殺してしまおうと考えたのです。そぶりを見せたつもりもありませんが、猫の方では思うところがあったらしく、枕元へやってきて、人の声でこう語りかけたのです――

「わたしがあなたの娘を恋しているとお疑いで、そうお考えになるのももっともですが、心配ないこと。実はこういう次第なのです。――あなたの蔵に何年もの間棲み着いている年老いた大きな鼠がおります。今その老鼠がわたしの主人を狙っておりまして、拐かされることのないように、片時もおそばを離れることができないのです。ですから、疑いをお解きください。しかし、わたしではあの鼠に敵いません。アジカワにあるなにがしの家に、ブチという名高い猫がおります。その猫を連れてくれれば、老鼠に引導を渡すことができるのですが」

「夢から目覚めた父親は、たいそう不思議なことだと思い、家族にこれを話してきかせたのです。そうして次の日、早起きすると、猫が言っていた家を探しにアジカワへ行ってみたところ、難なく家はみつかりました。家の主を呼んでもらい、猫の話を伝え、少しの間ブチを貸してもらえないかと頼みました。

「それはお安い御用です」と主は言い、「すぐお連れ下さい」ということなので、父親はブチを預かり家へ戻りました。夜になり、二匹の猫を蔵へ放ってみたところ、少し経ち何か争う物音がして、再びまた静かになりました。様子を窺っていた家の者たちがドアを開けると、二匹の猫と鼠が一匹からみあい、激しく息をついていました。彼らは猫ほどもある大きさの鼠の喉を切り、二匹の猫を介抱しました。人参(1)や他の薬を与えてみたものの、二匹はどんどん弱っていって、ついに死んでしまったそうです。鼠は川へ投げ入れられ、二匹の猫は、近所の寺へ丁重に葬られたということです」

（1）名高い回復薬。最上のものはコリア産

白い猫

J・S・レ・ファニュ

仁賀克雄訳

白い猫については有名な物語がある。私たちはみんなそれを子供部屋で聞かされて育ってきた。私のこれから語ろうとするのは、ある理由から猫に変身した可愛らしいお姫様とは大分違う白猫の話である。私の話す白猫はもっといまわしい動物だった。

ライムリックからダブリンへ向う旅人が、左側のキラロウの山なみを通り過ぎて行くと、キーパー山の高い峰が見え、右側にはやや低い丘陵が次第に迫ってくる。起伏の多い平野はだらだらと下って、道路よりも低くなってくる。あたりには丈の低い灌木がまばらに生えているだけで、何となく荒涼とし、ひどくもの寂しい風景をかもし出している。

その荒涼たる平野に暮す、数少ない農家の一戸から、刈り取った芝草を燃やす煙が薄い膜のように流れていた。粗末なわらぶきの屋根、大地に根をおろした小屋、マンスターの小作人としては成功した部類に入る〈たくましい農民〉の住居だった。それは山脈とダブリン街道の中間あたり、蛇行する河のほとりにほど近い林の中に建ち、代々ドノヴァン一族が住んでいた。

当時私はそこから少し離れた場所に住み、入手したアイルランドの記録文書の研究のために、アイルランド語を教えてくれる先生を探していた。そこに、教育もあり、夢想家ではあるが、穏和なミスター・ドノヴァンが適当であるとの推薦があった。

　彼はダブリンのトリニティ・カレッジの特待生だったこともあって、いまだに学問を続けており、私の専門分野は彼の愛国心を刺激するものだったらしい。彼の故郷のアイルランドのことや、そこでの若き日々の思い出、長らく心に秘めていた思想などを腹蔵なく打ち明けてくれた。この物語もその折に彼が話してくれたものである。私はそれをできるだけ彼の言葉で再現してみたい。

　私自身、彼の話にある苔むしたリンゴの大木の並ぶ果樹園と、その古い屋敷をこの目で見た。このあたりの風景は奇妙なものだった。二百年ほど前、侵略者や略奪者の手を逃れるための避難所として作られた塔があるが、屋根はなく、蔦がおい茂っていた。物見塔のように昔のままの場所を占めているが、百五十段に及ぶ石段は、過去の人民の労働の記録を殆ど消してしまうほどの藪に埋もれていた。裏手には昔の管理官の屋敷の外郭が黒々とそびえている。ハリエニシダとヒースのわびしげな木立は、灰色の石垣や樫、樺の低い並木と共にかこいを成している。

　あたりに漲る寂寥感は、この狂気と戦慄の物語にふさわしい情景に色を添えるものだった。私はさまざまな光景を頭に描いた。見渡す限り雪に覆われた冬の朝、憂鬱な光を放つ秋の日没、冷たく輝く月光の夜。それらに、ダン・ドノヴァンのような夢想家は迷信に囚われ、妄想を刺激されかねなかった。とはいえ彼は世にも稀なる純真な心の持主であり、信頼のおける誠実な人間だった。以下は彼の語ってくれた話である。

私は子供の頃ドラムガニオルに住んでいました。いつもゴールドスミスの「ローマ史」を手放さず、お気に入りの場所に坐っては、それに読み耽(ふけ)っていました。そこは深い大きな池、というより小さな湖ぐらいある水辺のサンザシの木陰の平石のところでした。こういう池のことを、イングランドではターンと呼ぶことを後で知りました。池は古い果樹園の外れ、北の方へ拡がる平野の中にありました。あまり人の来ない場所なので、本を読むには絶好の静けさで、私のお気に入りの場所でした。

ある日のこと、いつものように本を読んでいるうちに飽きてきて、顔を上げてあたりを見回しながら、それまで読んでいた英雄的場面に思いを馳せていました。その瞬間、私は驚きのあまり目を見張りました。果樹園の端の方から女が一人現われ、斜面を下って歩いてくるのです。女は淡いグレイのロング・ドレスを着ていましたが、あまりに丈が長いので、草の上に浮んでいるように見えました。その身なりは、女性の服装としてはいかにも古臭く、固苦しいのが奇妙でした。私の眼は女に釘づけになりました。女は平原の一方の隅から対角線上の向うの端まで、それこそこの広い場所を真っ直ぐに歩いてくるのです。

近づいてくるにつれ、女が裸足(はだし)であるのに気がつきました。何か遠くの目標をじっと見据えて歩いてくるようです。女の道筋は私の坐っている場所——池が邪魔にならないだろうか——の十か十二フィート下の地点でした。池のほとりまでくると、進路を変える代りに、私の想像通り、一切の存在を無視して進み、とうとう水面上を歩き出しました。私の存在にも気づかぬように、すいすいと池を渡って行くのです。

私は心底からの恐怖で気を失いかけました。その時はまだ十三歳だったのです。でもたったいまのことのように、細部に至るまでまざまざと憶えています。

女は平原の向う端に消えて行き、そこで姿は見えなくなりました。私は全身の力が萎え、やっとのことで家にたどり着きました。かなり神経過敏になり、極端に気分の悪さをおぼえて、それから三週間ばかりは家から一歩も出ず、またほんのひとときでも独りぼっちでいるのに耐えられませんでした。それ以来私は恐怖にかられて、二度とあの池のあたりには行きませんでした。大人になったいまでも、あそこを通り抜けたくはありません。

この突如現われた奇怪な女を、ある不可解なできごとと結びつけて考えてみました。それは異常な重荷として、八十年間に亙り、私たち一族を苦しめてきたものです。それは決して妄想ではありません。このあたりの住民には周知の事実で、私の見たものと関係があるのです。

私は及ぶ限りのことを打ち明けておこうと思います。

たしか私が十四歳の時のことでした――池のほとりであやかしを見てから一年後のことです――ある夜のこと、私たちはキラロウの家畜市から戻ってくる父を待っていました。母は父を迎えるため床にもつかず、私も一緒に起きていました。私は宵っぱりで、こうした夜更かしが大好きでした。市から仔牛を連れてくるために出かけた使用人たちを除けば、弟妹も召使もすでに眠りについていました。

母と私は暖炉のそばでおしゃべりをしながら、ストーヴの上で温まっている父の夕食を眺めていました。仔牛を連れに行った使用人たちより、父の方が早く帰ってくることはわかっていました。父だけが馬に乗って出かけたからです。使用人たちを途中で確認してから戻ってくるといって行きました。

やがて父の声と、おもりを詰めた鞭のにぎりで、ドアをノックする音が聞えました。母が出て、父をなかに入れました。父がこれほど酔ったのを見るのは初めてでした。私ぐらいの年齢になると、このあたりでは殆どの男が酒を飲みます。父も人並みにウイスキー一杯ぐらいは飲めますが、いつも市からの帰りは少々御機嫌で、頬を赤く染めているくらいなのです。

ところが今夜の父は沈みかえり、蒼白で深刻な顔をしていました。馬鞍と馬勒を持って入ってくると、それをドアのそばの壁に掛け、大手を拡げて母の首を抱き、くちづけをしました。

「お帰りなさい、あなた」母も心のこもったくちづけを返しました。

「何ともなかったかい、おまえ」父は答えました。

母をもういちど抱きしめると、父は私の方を向きました。かまってもらえないのを嫉妬して、私が指で父を突っついていたからです。私は年齢の割に背も低く軽かったので、父は楽々と抱き上げ、頰にくちづけしてくれました。私は手を父の首に回していましたが、父は母にいいつけました。

「閂（かんぬき）を掛けておいてくれ」

母はいわれた通りにしました。父はいっぺんに力が抜けたように私をおろすと、暖炉に歩み寄りストールに腰かけて、燃えている泥炭へと足を伸ばし、手を膝において反り身になりました。

「しっかりしてよ、ミック、あなたったら」母は心配そうに眉をひそめました。「牛のセリはどうだったの？　市ではすべてうまく行ったの？　それとも地主と何かあったの？　どうして悩んでいるの？　ミック、あなたったら？」

「何でもないよ、モリー。牛はよく売れていたよ。いつものようにね。何も問題はなかった」

「そう、それならよかったわ、ミッキー。温かい夕食が用意してあるわ。喰べながら耳新しい話でも聞かせてちょうだい」

「夕食は途中で喰べてきたよ、モリー。もう喰べたくないんだ」

「途中で喰べてきたですって！　あなたのためにこうして用意して、遅くまで待っていたのよ！」咎めるように母の声が高くなりました。

「おまえは私のいうことを誤解している」父は弁解しました。「あることが起って、その心配のために一口も喰べる気になれないんだ。おまえには隠してもおけまい、モリー。私ももう長いことないだろうからな。実をいうと、私は見たんだよ、あの白い猫を」

「大丈夫よ、神様がついているわ！」母はそう叫びましたが、すぐに父と同じように気落ちして蒼ざめました。しかし気をとり直すと強気の笑いを浮べました。「何さ！　そんなことでくよくよするのはおかしいわ。この前の日曜には、グレディの森で白兎が罠にかかったし、昨日はティグが野原で大きな白鼠を見たわ」

「鼠や兎じゃない。私だって鼠や兎と、白猫との違いぐらいわかる。半ペニー貨もある大きな緑色の眼をして、背をアーチのように反らせると、小走りに私の方に突進してきた。立ち止まっていたら、私の向う脛を擦り、跳び上って、喉笛に嚙みついていたかも知れない。あれは猫というより何かもっと邪悪なものじゃないか？」

父は低い声で話し終えると、炎をじっと見つめながら、大きな手を一、二度額に当てました。顔は恐怖の冷汗で濡れて光っていました。そしてため息というか、重苦しいうめきを洩らしました。

母はむっつりと黙りこみ、恐怖にかられて祈りの言葉を呟いていました。私もすっかり怯えてしまい、白猫のことはすっかり聞いていたので、泣き出さんばかりでした。

父は元気づけるように母の肩を叩くと、母は父にもたれかかり、くちづけをし、終いにはすすり泣きをはじめました。

父は母の手をもみしだきながら、非常に悩んでいる様子でした。

「私と一緒に、この家に入ってきたものはなかったろうな？」父は私の方を向くと、低い声で尋ねました。

「ありませんよ、お父さん」私は答えました。「馬鞍と馬勒を持ってきただけです」

「私に付いてドアから白い猫は入ってこなかったろうな？」父は繰り返しました。

「いいえ」私は答えました。

「そうか、よかった」父はそういうと胸で十字を切り、ひとり言をぶつぶつと呟きました。それが祈りの言葉であることは、私にもわかりました。

しばらくしてお祈りが終ると、待っていた母はその猫とどこで出逢ったのか尋ねました。

「ボヘリーンを馬を曳いて歩いていた時のことだ」――ボヘリーンというのは、アイルランド語で農園に通ずる小径のことです――「途中で仔牛を連れた男たちと逢うのではないかと思っていたが、あたりには馬の面倒を見てくれる者も見当らない。下の窪地に置いてきたらよかったなと思った。馬はそこまで曳かれてきたが、その時は馬も平静で、たてがみを乱すということもなかった。私もずっとそこまで乗ってきたが何の異状も感じなかった。

そこで馬鞍と馬勒を外し、馬を自由に放して、ふり返ると、それがいた。道傍の長い草を押し分け、こちらへと歩いてくる。私の前までくると、あとずさりをし、右に行ったり左に行ったりしながら、光る眼で私を睨んでいた。そして私に向って唸っている。ほんの眼と鼻の先のことだ。そのまま家の戸口まで付いてきた。私が戸を叩いて呼ぶと、おまえたちが開けてくれたというわけだ」

さて、そのいわば非常に単純なできごとに、父母も私も動転したのです。この田舎の家族全部を脅かした凶兆とは何だったのでしょうか？　それは父が白猫との出逢いを死の前兆と受け取っていたことです。

その前兆はこれまで決して外れたことはありませんでした。おそらくいまでもそうでしょう。果して一週間も経たぬうち、父は流行の熱病に罹り、一カ月後に息をひきとりました。

私の誠実な友人ダン・ドノヴァンはここで話に一息入れた。その間に彼が祈りの言葉を呟いているのを知った。彼の唇はせわしなく動き、それは別れた魂の安息のためだと信じた。しばらくして彼は話の穂を継いだ。

その凶兆が私の一族に取り憑いてから八十年になります。八十年ですよ！　もうすぐ九十年です。その因縁を、そもそもの起りから知っており、はっきりと記憶している近所の老人たちから、すっかり聞かされました。

それはこんな風にして起ったのです。

大伯父に当るコンナー・ドノヴァンは、当時ドラムガニオルに古い農園を持っていました。彼は私の祖父や父よりも金持ちで、バルラガンにも貸家を持ち、そこからも家賃収入がありました。ところが金はあるのに、人から好かれぬ男でした。実に冷酷非情な人間だったのです――かなりの放蕩家でありながら、心の冷たい人でした。酒が入ると他人の悪口を口走り、機嫌の悪い時など、手をつけられないほどでした。

その頃、ケイパー・カレンからほど遠からぬ山上に住むコールマン家に、一人の美少女がおりました。いまはもうコールマン一族はそこには住んでいないと聞いています。一族は死に絶えたのです。飢饉の年が続き、あたりに大きな変化があったのです。

さて、エレン・コールマンというのが美少女の名でした。コールマン家は貧乏でしたが、彼女の美しさの前には、そんなことは問題ではありません。しかしその美しさを売りものにすることもありませんでした。

コン・ドノヴァン大伯父は、散歩の道すがら見かけた彼女にぞっこん惚れこんでしまいました。

そのくせ、恋が叶うと彼女を冷たく扱い、折角結婚の約束までして同棲しながら、とうとう結婚しませんでした。大分古い話です。彼はエレンに飽きてしまうと、欲に目がくらみ、さっさとコロピー家の娘と婚約してしまいました。持参金代りに、二十四頭の牛、七十頭の羊、百二十頭の山羊を手に入れました。

そのためメアリー・コロピーと結婚すると、彼は前にも増して財産家となりました。エレン・コールマンは失恋の痛手から亡くなりました。そのことも金力の前にはたいした問題にはなりませんでした。

メアリーと結婚した大伯父は子供を欲しがったのですが、恵まれませんでした。これだけが彼の背負った唯一の十字架で、あとはすべて思いのままでした。

ある夜のこと、彼はネナイスの市場から家に戻るべく道を急いでいました。当時浅い河が道を横切って流れていました——橋が架けられたのは後のことです——その河床は夏の暑さですっかり干上っていました。

河筋は蛇行もせず、ドラムガニオルの自宅のそばを流れており、近道ともなるので、近くの人々は河床を利用していました。折しも乾いた河床は月の光に充ちていました。大伯父はそこに馬を乗り入れました。しばらく行って、農園の隅の二本のトネリコの樹の見えるところまできた時、そこに穴があったので、それをとび越して向う端の樫の樹の下に行こうとしました。家の玄関まであと二、三百ヤードというところでした。

彼がその穴のそばまできた時、ゆっくりとした動作で河床を滑り、同じ方向に去ったものを見たか、あるいは見たような気がしました。白っぽい色をしたもので、ときどき軽やかに弾ねて行き、自分の帽子ぐらいの大きさでしたが、それが何であるかまでは見分けがつきませんでした。生垣沿いに動き、彼がこれから跳ぼうとしていた地点で消えました。

その穴までくると、馬は棒立になり動きません。彼は追い立てたり、宥めたりしましたが無駄でした。仕方なく馬から降り、曳いて行こうとしましたが、馬は尻ごみし、鼻を鳴らすとひどく震え出す始末。そこで再び馬に乗りましたが、馬の恐怖は治まらず、彼の愛撫にも、鞭にも執拗に反抗を続けました。明るい月光の中で、大伯父はだんだんと肚が立ってきました。理由らしきものもわかりません。我家も近いことではあるし、堪忍袋の緒を切ると、鞭を当て、拍車をかけ、どなりつけました。

いきなり馬は跳躍しました。コン・ドノヴァンは樫の大枝の下を通り抜けながら、すぐそばの土手に一人の女が立っているのを見かけました。彼がその前を通りすぎる時、女はいきなり手を伸ばすと、彼の肩を打ちました。馬の首よりも高いところにある肩を、伸びてきた手が叩いたものですから、彼は激しい恐怖にかられ、無我夢中で馬を戸口まで走らせました。気がつくと全身が震え、汗びっしょりでした。

家に入ってからも生きた心地がしません。自分の体験をすっかり妻に話しました。彼女はそれをどうとっていいのか途方にくれました。しかし凶事であることには疑いありません。彼は懊悩のあげく病気になりました。そしてすぐ牧師にきてほしいと頼みました。家人がベッドに寝かせた彼の身体を改めると、肩のところに女の亡霊に打たれた五本指の跡がくっきり残っていました。この奇怪な痣は——雷に当った時できる火傷に似ているとの噂で——死ぬまで身体から消えませんでした。

やっと口がきけるまでに回復した時——まるで臨終の床にある人間みたいに心から真実を吐露し——その話を繰り返しましたが、女の顔かたちをよく見ていないし、何も憶えていないという言葉はだれも信用しませんでした。しかし牧師にはそのことについて他人には語らなかったことを打ち明けました。彼はたしかに口外できない秘密を持っていました。それは正直に告白すべきでした。近所の人々には、彼の見た女が、死んだエレン・コールマンであることは周知の事実だったのです。

その時以来、大伯父は人前に顔を晒して歩けなくなりました。臆病で、寡黙な、失意の人となったのです。それは初夏の頃のことでしたが、その年の落葉の頃、はかなくなりました。

大伯父のような富農には、それにふさわしい通夜が営まれました。通夜はある理由から異例の方法で行なわれました。

普通ですと、遺体は大部屋か、いわゆる台所に安置されます。ところが彼の場合はその慣習を破りました。遺体は大部屋と向い合った小部屋に置かれ、そのドアは通夜の間中開け放されていました。ベッドの周囲には蠟燭、テーブルにパイプと煙草、弔問客のためのストールが置かれ、その応接のためにドアは開かれていました。

遺体は通夜の準備の間、その狭い部屋に一人で寝かされていました。日が暮れてから、一人の女性が椅子を取りにベッドに近寄ると、急にけたたましい悲鳴をあげ、部屋をとび出して行きました。そして台所の隅に駆けこむと、そこに居合せた人たちに取り巻かれて、やっと人心地がついて話し出しました。

「ああ怖かったわ。ベッドの端から見ると、彼の顔が持ち上り、しろめのお皿みたいな大きな眼でドアの方を睨んでいるじゃないの。その眼が月の光でぎらぎらしているのよ！」

「女は怖がりだなあ。あんたの錯覚じゃないのかい？」作男と呼ばれる若い男たちの一人がいいました。

「ねえ、モリー、そんな話はやめてよ！　灯も持たないで暗い部屋に入ったので妄想が湧いたのよ。どうして蠟燭ぐらい用意しなかったの？」手伝いの女性がいいました。

「蠟燭のあるなしは関係ないわ。私は見たのよ」モリーは言い張りました。「それどころか、見るみる彼の手が床に沿って伸びるじゃないの。それが三度もよ。私の足をつかもうとしたわ」

「ナンセンスだわ。ばかみたいね。彼がどうしてあなたの足をつかむの？」別の一人が軽蔑したようにいいました。

「だれか蠟燭を貸してちょうだい。改めてくるわ」サル・ドーランはのっぽのやせた女で、牧師なみの祈禱にたけていました。

「蠟燭を貸してやって」みんなが同意しました。

口では強がりをいっているものの、みんな青ざめ、怯えており、こわごわミセス・ドーランのあとをついて行きました。ドーランは唇をすばやく動かして祈りながら、獣脂蠟燭を指で握りしめ、先頭を歩いて行きました。

ドアは半分ほど開いて、驚いた娘がとび出した時のままでした。そこで部屋の内部が調べよいように蠟燭を高く掲げ、敷居から足を踏み入れました。

大伯父が床沿いに腕を伸ばしていたなどという不自然なことがあったとしても、いまはもうシーツの下に手をひっこめてしまったのか見えません。のっぽのドーランは部屋に入っても、彼の腕につまずく危険はありませんでした。彼女は眠そうな顔で蠟燭を掲げ、一、二歩入ると急に立ち止まり、視界いっぱいのベッドを見下しました。

「ねえ、ミセス・ドーラン、戻りましょうよ」となりにいた女性は彼女の服をつかみ、怯えながら、彼女を引き戻しました。その間ぞろぞろと尻についてきた連中も、彼女がためらっているのが伝染して尻ごみしはじめました。

「静かにできないかしら」ドーランはたしなめました。「あなた方の雑音で聞えなかったけれど、猫がどうやってここに入ってきたのかしら？　だれの猫？」彼女は尋ねました。そして遺体の胸に坐っている白い猫を疑わしげに見つめました。

「追い払いません？」彼女は冒瀆（ぼうとく）的な恐怖から立ち直っていいました。「入棺までベッドに寝かせておいた遺体は沢山見てきたけど、こんなことは初めてだわ。この家の人はよくあんなことを許しておくわね。こんな冒瀆的な行為は我慢できないわ。さあ、追い出しましょう！　いますぐに」

みんなはその命令を復唱しましたが、だれひとり先頭切って乗り出そうとはしません。みんな胸に十字を切り、そのけものの性質についてあれこれ臆測や不安をささやいていました。とにかくその猫はこの家に飼われていたものでもなく、みんなが初めて見たものでした。その時不意に白猫は遺体の頭の上にあった枕にとび移りました。そこから一同を睨んでいましたが、やがて遺体沿いにゆっくりと歩いてくると、低く恐ろしい声で唸りました。

恐怖をきたした一同は部屋からとび出すと、急いでドアを閉めました。そしてそれほど間をおかず、そっとドアを開け、中を覗いてみました。

白猫は元通り遺体の胸に坐っていました。そして今度は静かにベッドの端に降りると、その下に姿を消しました。上がけのように拡げられたシーツは、床につきそうに垂れ下り、猫を視界からさえぎりました。

かれらは祈り、胸に十字を切り、聖水を忘れずに撒きました。しばらく覗いていましたが、猫が出てこないので、棒や熊手でベッドの下を突っつきました。しかし猫は見つかりませんでした。結局かれらが戸口に立っていた時、足下から逃げ出したのだろうということになりました。今度はドアを掛け金と南京錠でしっかり閉めました。

ところが翌朝になって、ドアを開けてみると、白い猫は元のまま遺体の胸にうずくまっているではありませんか。

また昨日と同じ光景がくり拡げられました。今度は大部屋の隅の大きな箱の下に、猫が隠れたのを見届けました。大伯父が賃貸契約書、書類、祈禱書、数珠(じゅず)などを入れておいた箱でした。

ミセス・ドーランがそちらへ行こうとすると、背後から猫の唸り声がするではありませんか。

驚いて振り返りましたが、何も見当りません。椅子に腰かけようとすると、椅子のうしろで猫が跳ね、唸る声が耳元で聞えました。彼女は悲鳴を上げてとび上り、祈りの言葉を唱えましたが、いつも猫が自分の喉元を狙っているような妄想にかられました。

　牧師の付き添いの少年は、古い果樹園の大木の下で、あたりを見回していると、大伯父の遺体の安置してある部屋の小窓の下に、白猫が坐っているのを目撃しました。猫は鳥でも狙っているかのように、四枚の小さな窓ガラスを見上げていたそうです。

　とどのつまり猫はまた遺体の上にいるのが確認されました。部屋に入るたびに、猫を追いだそうと奮闘しましたが、遺体だけにしておくと、必ず猫は凶兆のように遺体のそばから離れないのです。このことが続いたので、スキャンダルと恐怖が近所にも伝わり、とうとう通夜の間中ドアは開け放しになっていました。

　大伯父の遺体はかなり厳粛に埋葬され、私も別れを告げました。その時は白猫も姿を現わしませんでした。家に取り憑（つ）いている女妖精（バンシー）の方が、私の一族に祟（たた）る亡霊よりも親しみを感じるくらいです。そこにはかなりの相違点があります。女妖精は代々家に取り憑いてはいるものの、死者の家族には厚い同情を寄せるといわれています。ところが私の一族に取り憑いたものは悪意しか感じられません。それはただの死の使いです。それが猫のかたちを取っているのです——猫は巷間にいう、最も冷酷で、執念深いけものです——それは邪悪に充ちた魂を暗示しています。

　それまでは元気だった祖父に死期が訪れた時、はっきりとはわかりませんが、やはり父の場合とほぼ同様に猫が現われました。

　伯父のティグは猟銃の暴発で命を落す前日のこと、私が女性の水面を渡るのを目撃した池のほとりで、夕方の薄闇の中に猫を見かけたそうです。その時伯父は池で銃身を洗っていました。あたりの草は短く、猫が身を隠すような所もありません。それなのに猫はどうやって忽然と出現したのかわかりませんし、初めて見る猫でした。白猫は彼の足下を歩き回り、黄昏の中に怒ったように尾を立て、眼中に緑の火が燃えていました。彼の行く先々に、大きく、あるいは小さく円を描いて周囲を徘徊し、やがて果樹園までくると姿が見えなくなりました。

　可哀そうな伯母のペグは――彼女はオーラの近くでオブライエン家の一人と結婚していました――いとこにあたるティグの葬儀に出席するために一マイルの道のりをドラムガニオルまでやってきました。その伯母は葬儀のわずか一カ月後に自殺しました。

　通夜の帰途、午前二時か三時頃、ドラムガニオルの農園の柵の踏み段を越した時、かたわらに白い猫がいるのに気づきました。それは彼女にすり寄ってくるので、気の遠くなりそうなのをおさえて、やっとのことでいとこの家の戸口まで辿りつきました。そこには西洋サンザシの樹が植えてありました。猫はそこまでくると彼女から離れ、樹にとびついて消えました。

　私の弟ジムも白猫を見て、ちょうど三週間後に亡くなりました。ドラムガニオルで死んだり、死病に取り憑かれたりした私の一族の者は、全員が白い猫を目撃しています。そしてその白い猫を見た者は、だれひとりとして長くは生きられませんでした。

笑い猫

花田清輝

わたしは、この記録芸術論を書くために、一昨日は、郊外の映画館へ出かけて、「怪猫有馬御殿」「十代の誘惑」を、——昨日は、近代美術館へ出かけて、「トルクシプ」「ルイジアナ物語」をみた。いつか雑誌に毛沢東の「実践論」の要旨を紹介しようとおもって、「認識↓実践↓再認識↓再実践」と書き、どこかまちがっているような気がして、まじまじと原稿用紙をながめているうち、それが、「実践↓認識↓再実践↓再認識」の書きちがいであることを発見して以来、わたしは深く自己批判するところがあって、なにか書くばあいには、まずまっさきに足を使うことにしたのだ。フロイトをまつまでもなく、こういう書きちがいは、理由なくしておこるものではない。どうやらわたしは心ひそかに、なにより認識を尊重し、実践などくそをくらえと考えていたらしいのだ。もっとも、「怪猫有馬御殿」や「十代の誘惑」の一件は、いくらか軽挙妄動の感がないではなく、わたしは、人影もまばらな寒むざむとした映画館の椅子の上で、かつてのわたしの認識第一主義に、若干、ノスタルジアのようなものをおぼえないわけにはいかなかった。これに反して、「トルクシプ」と「ルイジアナ物語」は、——ことに「トルクシプ」は、たしかにポール・ローサが、「ドキュメンタリー・フィルム」のなかで口をきわめて褒めあげているだけのことはあり、四半世紀も前につくられたサイレント映画が、いまもなお、これほどの迫力をもっているのは、まことにおどろくべきことだとおもった。こちらは観客も超満員で、しかもその大部分は、若い世代ばかりであり、わたしは突っ立ったまま、スクリーンにながめいりながら、しばしば、ハンケチをとりだして、人いきれのためにながれでる汗をぬぐわなければならなかった。

しかし、こういうと、性急な読者のなかには、荒唐無稽な日本の化猫映画がつまらなくて、五箇年計画をとったソ連の記録映画に迫力があるのは当然であり、その当然のことを認識するために、わざわざ、そういう映画をみにゆくのは、時間の浪費というものだと、せせら笑うようなひとがあるかもしれない。非実践的なオブローモフ主義者よ！　あなたは、かつてのわたしに、そっくりである。誤解をさけるために一言しておくが、わたしが「怪猫有馬御殿」をみにいったのは、ポール・ローサのいわゆる「フィクション・フィルム」のくだらなさを再認識するためではなく、日ごろ、わたしの夢みているようなドキュメンタリーの方法が、案外、そんな映画のなかで、人眼を掠めて、縦横に、駆使されているかもしれないと考えたからにほかならないのだ。昨年、杉浦明平の「ノリソダ騒動記」が出版され、記録文学の新境地を開拓したものとして評判になったさい、わたしも、さっそく、一読し、いささか、「人民の友」のにおいがするとはいえ、著者の政治的実践にたいしては心から敬意を表したが、——しかし、月見草が咲いていたり、赤トンボがスイスイとんでいたり、役場のテラスからながめる海が紺碧だったりする箇所にぶつつかるたびごとに、ヘッ！　この大将は、日ごろ、皮肉屋のような顔つきをしているが、いまだに短歌的抒情を清算しきっていないじゃないか。愛される共産党もけっこうだが、これではまるでヨダレくりみたいにみえるじゃないか、と――いや、現在、わたしの唯一の好敵手だとおもっている人物の労作に、あんまりケチをつけるのはやめよう。しかし、とにかく、わたしが、かれの芸術的実践にたいして、かれの政治的実践にたいするほど、敬意を感じなかったのは事実である。わたしは、日本の記録文学の伝統をふりかえった。「騒動記」なら、杉浦のものなんかよりも、はるかに規模の雄大なやつが、わが国には、ゴロゴロしているじゃないか。

「護国女太平記」「越後記大全」「寛永箱崎文庫」「北雪美談・金沢実記」「伊達顕秘録」「秋田治乱記実録」等々、いずれも記録文学として人口に膾炙した「騒動記」であり、柳沢騒動、越後騒動、黒田騒動、加賀騒動、伊達騒動、秋田騒動等々の話だといえば、読者のなかには、なァんだというようなつぶやきをもらすひともいるにちがいない。これらの「騒動記」は、いまの言葉でいうと、さしあたり、セミ・ドキュメンタリーといったようなものであり、どれにも善玉と悪玉とがいりみだれ、一国の興廃はこの一戦にありとばかりに大騒動をやらかす光景が、虚実とりまぜて描かれており、なるほど「ノリソダ騒動記」のような朗然たるおもむきに乏しく、蒙昧で、陰惨で、非情冷酷で、いくらかダシール・ハメットやレイモンド・チャンドラーのようなハード・ボイルド派の末流小説に通じるものがないではないが、しかし、その波瀾万丈の事件の展開には、やはり、なかなか、捨てがたい味がある。すくなくともここには、ゆたかな構成力がみとめられるのだ。特に有馬や鍋島の猫騒動にいたっては、現実の要素のなかに超現実的要素がまぎれこんでおり、かねがね、わたしは、もしもこの種の伝統を、われわれの手によって正当に継承発展させることができるならば、おそらくわれわれは、シュルレアリスムの克服の上に立つドキュメンタリー芸術を、――斬新であると同時に奇抜でもある最高のドキュメンタリー芸術をつくりうるのではないかという気がしていたのだ。わたしが期待に胸をふくらませながら、「怪猫有馬御殿」をみにいったゆえんである。しかし、不幸にしてこの映画の監督は、アヴァンギャルド芸術にたいしても、――したがってまた、ドキュメンタリー芸術にたいしても、まったく無縁な人物にすぎなかった。

猫騒動の映画をとる以上、一応、猫の生態に関する精細な観察が、当然、あってしかるべきではないか。しかるに、わたしはみた、一匹の可愛らしい子猫が、鈴をチャラチャラ鳴らしながら、芸もなく走ってゆくのを。こういうちっぽけな子猫に、自分をいじめた人間共を、一人、一人、食い殺してゆくエネルギーがあろうなどとは、とうてい、信じられないじゃないか。まさしく「怪猫」である。これなら人間が、猫のぬいぐるみでも着てあばれまわったほうが、よほど迫力がでるにちがいないのだ。わたしは、ロベルト・ロッセリーニが、奮起一番、こういう化猫映画を手がけたなら、あるいは、もう少しマシな作品ができるかもしれないとおもった。「七つの大罪」のなかのかれの監督した第四話「羨望」における猫の名演技をご覧になった方は、たぶん、わたしの意見に賛成してくださるであろう。最近では「ストロンボリー」のなかの鼬の兎を襲撃するシーンなども、相当、凄味があった。ご承知でもあろうが、猫のいない昔には、人間は、猫の代りに鼬を飼ったものである。化猫も、あの鼬のような調子で、まっしぐらに人間にむかってとびかかっていけばいいのだ。しかし、一作だけをみて絶望するのは、気がはやすぎるかもしれないが、どうやら日本映画は、ドキュメンタリー・フィルムとして、化猫映画をつくるような段階には達していないようである。ジャン・コクトーの「美女と野獣」は、一九二〇年代のアヴァンギャルド映画の手法をたくみに使いこなしているにすぎず、かくべつ、これといって独創的なところのみとめられない作品だが、――しかし、「怪猫有馬御殿」よりも、段ちがいに、すぐれているのだ。日本の記録文学の伝統を生かして、あたらしいドキュメンタリー・フィルムをつくりだすためには、どうやらまずアヴァンギャルド芸術との対決が必要であるようである。素朴リアリズムのセンスで、猫騒動の映画化ができるはずがないのだ。第一次大戦後のドキュメンタリー・フィルムと、第二次大戦後のそれとのちがいは、その間にうまれたアヴァンギャルド芸術を、後者がみずからのなかに完全に消化しているという一点にかかっているかもしれない。そういう意味では、ポール・ローサの「ドキュメンタリー・フィルム」なども、今日では、すでに時代おくれだといわなければならない。(この本は一九三六年に初版が刊行され、三八年に厚木たかによって邦訳された。三九年に再版が、――五二年に三版が刊行されたが、ローサは序文を書き加えているだけだ。)

アヴァンギャルド芸術というと、さっそく、フランスを連想するひとが多いようだが、日本ほど、抽象芸術や超現実主義にめぐまれている国はない。ただ、その創作方法が自覚されていないだけである。たとえば、「忠臣蔵」という芝居などは、徹頭徹尾封建的なイデオロギーにつらぬかれていて、若い世代にとってはなんらの興味もないかもしれないが、――しかし、エイゼンシュテインなどは、まるで戦争中のわが国の超国家主義者のように、その一場面ごとに手ばなしで感心し、そこには、かれの「戦艦ポチェムキン」に匹敵するようなモンタージュ論の具体化があるといっておどろいている。疑うひとは、かれの「映画の弁証法」(角川文庫)という本を一読されるといい。もっとも、エイゼンシュテインをひきあいにだすまでもない。化猫にしてもそうだが、ちょっとわが国の化物の種類の豊富なことを考えてみただけでも、いかにわれわれ日本人が、アヴァンギャルド芸術家としてのゆたかな素質をもっているかがわかるはずである。犬、猫、鼠、狐、狸の化物はいうまでもなく、すっぽんの化物さえいる。海坊主や、一つ目入道や、のっぺらぼうを知っているわれわれにとっては、キリコやピカソの絵など子供だましみたいなものだ。(ちなみに、のっぺらぼうというのはコンニャクの化物である。コンニャクから、あんな化物をおもいついたひとは、たしかに天才というほかはない。)たとえば、ミッキー・マウスで有名なウォルト・ディズニーが、馬琴の小説「頼豪阿闍梨怪鼠伝」でも映画化してみたまえ。エポック・メーキングなアヴァンギャルド芸術の出現に、世界中が唖然となるにきまっているのだ。それかあらぬか、わたしは、つい最近、ディズニーの「不思議の国のアリス」をみたとき、その貧弱な空想力に無限の不満を感じないわけにはいかなかった。あのなかに登場するいろいろな化物のなかで、いまもなお、あざやかにおもいだすことのできるのは、隠現出没ただならぬ活動をする笑い猫(チエシャー・キャット)のすがたぐらいのものだ。口が耳までさけ、いつも歯をむきだしてニヤニヤ笑っている猫。しっぽのほうから、しだいに消えはじめ、やがて歯をむきだした口だけになり、ついにアリスのいわゆる「猫なしのニヤニヤ笑い」だけを残して消えてしまう猫。——どうやらあいつは、いくらかわたし自身に似ていないこともない。しっぽのほうから消えはじめたか、頭のほうから消えはじめたか忘れたが、正直なところ、いまのわたしは、歯をむきだしたニヤニヤ笑い以外のなにものでもないかもしれない。もしもそうだとすれば、あきらかに、わたしもまた、化猫の一種である。

しかし、まあ、そんなことはどうでもいい。問題は、われわれのヴァルプルギスの夜が、かくもにぎやかで、かくも多彩をきわめているにもかかわらず、どうしてわれわれの周囲には、アヴァンギャルド芸術の名に値いするような作品が、さっぱり、うまれてこないのか、ということだ。わたしは、まず、その原因の一つを、批評精神の欠乏にもとめなければならない。われわれは、枯尾花から、てっとりばやく幽霊をでっちあげはするが、——しかし、いったん、幽霊が出現したとなると、もはや枯尾花にたいしては、いささかも興味をしめさない。したがって、事態は、毛沢東のいうように、実践↓認識↓再実践↓再認識といったふうに、めでたく進行しないで、幽霊は、旧態依然、でっちあげられたままの状態で、柳の木の下に突っ立っていなければならない。幽霊自身に進歩も発展もないのだ。これでは、かれらが、われわれにむかって、うらめしや、というはずである。おもうに、これは、われわれに、空想力はあるが、想像力のないことをしめしている。「モルグ街の殺人事件」の冒頭で、ポーが、いみじくも喝破したとおり、空想力というのは、一種の綜合力で、白痴に近いような人間にも、しばしば、みいだすことのできる能力だが、想像力というのは、綜合力と分析力とが弁証法的に統一されたものであり、そうそう、どこにでもころがっているしろものではないのだ。わたしのいわゆる批評精神とは、こういう想像力の異名にほかならない。「リーダーズ・ダイジェスト」の影響かどうか知らないが、当節、批評家面をしてのさばっている連中が、想像力はむろんのこと、空想力さえ欠乏しているようなダイジェスト屋ばかりだからといって、あんまり批評精神というやつを甘くみてもらいたくないものである。こういう観点からながめるなら、あるいは、われわれ日本人よりも、ディズニーのほうが空想力こそ乏しいが、まだしも想像力らしいものをもっているかもしれない。それは、ディズニー漫画のアニメーティングの操作一つをとってみても、あきらかであるような気がする。

かりにかれが、化猫の漫画映画をつくるとすれば、なによりかれは、まず、ほんものの猫の生態を、ドキュメンタリー・フィルムでとるであろう。そうして、その猫のうごきをとった写真を、一コマ、一コマ、丹念に分析していって、猫の運動の客観的合法則性をつかみ、つぎにそこから再出発して綜合の過程にはいり、その合法則性を、一コマ一コマの漫画に具体化してゆくであろう。もっとも、漫画の猫は、ただの猫ではなく、化猫である。したがって、漫画の猫が、写真の猫のそのままの再現ではなく、かれの内心にある化猫のイメージにしたがって、適当にデフォルメされたものであることはいうまでもない。人間の登場するばあいにも、むろん、同じ手つづきがとられており、たとえば「不思議の国のアリス」では、アリスをはじめとして、ハートの女王にしても、気ちがい帽子屋にしても、それぞれ、ちゃんとした人間のモデルがあり、まず、まっさきに、かれらのうごきがカメラによってとらえられ、ドキュメンタリー・フィルムとして完成される。周知のように、これが、ディズニー漫画のアニメーティングというやつだが、カメラというメカニズムがはいってくるので、一応、ものめずらしくみえるとはいえ、古来、想像力にとんだ芸術家が、ことごとく、カメラなしで、ディズニーの方法を実践して今日にいたっていることは、いま、ここで、あらためてことわるまでもあるまい。ディズニーのあたらしさは、——もしかれにいくらかでもあたらしさがあるとすれば、あらゆるアヴァンギャルド芸術家の例にならって、かれが、この方法によって、われわれの内部世界を、いきいきと、描きだそうとした点にあるのだ。

具体的なものを分析していって、抽象的なものに到達し、その抽象的なものから綜合していって、最初の出発点である具体的なものへ復帰する、という過程の上では、アヴァンギャルディストも、自然主義者も、なんらえらぶところはない。ただ、そのさい、分析の対象となる具体的なものが、前者のばあいには、内部世界に、——後者のばあいには、外部世界に、もとめられることが多いというちがいがあるだけである。したがって、アヴァンギャルド芸術が、最初、超現実主義として、内部世界の具体的なイメージの忠実なドキュメントから出発し、つづいて抽象芸術や純粋芸術が支配的になり、最後に、ふたたびよりエクザクトな形で、最初の具体的なイメージをとらえようとする試みに転じていることは、論理的なものが歴史的なものの反映である以上、当然のことというほかはない。むろん、こういううごきは、映画の領域だけではなく、絵画の領域においても、文学の領域においてもみいだすことができる。しかし、アヴァンギャルド芸術に関するこの種の考察は、これまで、いろいろな機会に、さんざん、口がすっぱくなるほどしゃべってきたので、今回は、もうこれくらいで、かんべんしていただきたい。それに、わたしは、いま、「十代の誘惑」という映画をみて、内部世界における具体的なものの分析だなどといってみたところで、所詮、日本の芸術家にとっては、なんらの興味もないにちがいない、と少々絶望しているようなところもあるのだ。わたしは、性典映画というのは、ティーン・エージャーに、セックスのいかなるものであるかをあきらかにするためにつくられている映画かとおもっていた。ところが、それは、ただ、かれらのあいだに、セックスにたいする恐怖をバラまく目的をもってつくられている映画だったのだ。したがって、そこには、若い世代のすがたなどうかがうべくもなかったが、――しかし、世の大人たちのセックスにたいする無智、無関心、嫌悪等々は、かなりの程度までとらえられているような気がした。かれらは、セックスに関しても、実践はするが、断じてみずからの実践を認識しようとはしないのである。

しかるに、われわれが、内部世界における具体的なイメージ、――たとえば夢なら夢を手がかりにして、無意識や下意識の世界へきりこんでゆき、これまでまったく知られていなかった「不明の地（テラ・インコグニタ）」についてのドキュメントをつくろうとするならば、さっそく、われわれは、セックスと、まともに対決しなければならないのだ。フロイトの「精神分析」はすでに古いかもしれない。たしかにツヴァイクのいうように、われわれにとってもっとも必要なものは精神綜合かもしれない。しかし、繰返していうまでもなく、分析力をともなわない綜合力は、単なる空想力にすぎないのだ。なるほど、私小説家のなかには、勇敢にみずからの性的経験について語るようなひともないではないようだが、どうやらかれらは、フロイトよりも、フロイトの患者に似ており、かれらの赤裸々な告白にたいしてささやかな分析を加えるなら、ただちにそれが、ドキュメンタリティを看板にしたフィクション以外のなにものでもないということがわかるであろう。意識とは、意識された存在にほかならない。しかし、存在には、外的な存在と内的な存在とがあり、むろん、後者は前者によって規定されているが、両者はいずれもおのれのなかに、いまだかつて意識されたことのない暗黒の部分をふくんでおり、われわれの手によって、その不明の部分を一歩一歩、あきらかにされてゆくのを待っているのである。――いや、あきらかにされまいとおもって、必死になって頑張っている、と、いったほうが、いっそう、実状に即しているかもしれない。これらの現実、――人間のそとにある現実と、人間のうちにある現実とを統一し、現実そのものの正体に肉迫するのが、人間の実践というものなのであろう。「トルクシブ」の字幕ではないが、現実は頑強である。しかし、人間は、それにもまして頑強である。……

なんだかディズニーから話がすっかりそれてしまって、わたしは、少々、さきばしりしすぎているようだ。もとへ帰ろう。それでおもいだしたが、昨年、「群像」の「広場日記」のなかで、佐多稲子が、ディズニーの「不思議の国のアリス」には、いつものように、妙におそろしいどぎつさがあるが、これは、いちがいに、アメリカ国内の不安の反映というようなことだけでかたづけられるものではなく、ディズニー自身の感覚のなかにそれがあるせいだ、というような意味のことを書いていたのをみたことがある。もしもそうだとすれば、それは、ディズニーの作品にも、いくらか超現実主義的な要素のある証拠であり、ディズニー、もって瞑すべし、というところだが、――しかし、そういうおそろしいどぎつさは、日に日にかれの作品から薄れ去りつつあるのではなかろうか。その原因は、むろん、かれの商業主義との妥協にもとめらるべきであろうが、もともとかれの芸術は、抽象芸術と超自然主義との折衷の産物であり、抽象的なものから出発して、外部世界の具体的なものへ近づいてゆけば、「バンビ」のような自然主義的な作品となり、逆に内部世界の具体的なものを描きだそうとすると、「不思議の国のアリス」のような超自然主義的な作品がうまれ、いずれにせよ、われわれによって意識されていない現実のなかにある暗黒の部分を白日の下にさらけだし、われわれを戦慄させるようなことはできないのである。(「不思議の国のアリス」は超現実主義ではない。なぜなら、超現実主義においては、分析の対象となる具体的なものが、最初からわれわれの内部世界に属していなければならないからだ。)しかもなお、それは、いかに自然主義的なものへ近づこうと、超自然主義的なものへ近づこうと、やはり、一抹の抽象性をとどめており、どこまでも不徹底のそしりをまぬがれがたい。こういう観点からみるならば、ディズニーとは反対に、漫画映画を抽象芸術のほうへひっぱってゆこうとしているスティーヴン・ボサストゥのほうが、まだしも新鮮だといえるかもしれない。

むろん、アヴァンギャルド芸術の今日の課題は、分析と綜合とを武器として、抽象芸術と超現実主義との対立を、ものの見事にアウフヘーベンしてしまうことにあるであろうが、――しかし、非ユークリッド幾何学の誕生にあたって、幾何学的空間よりも、むしろ、物理的空間が問題になったように、こういう課題を解決するためには、われわれは、内部の存在よりも、むしろ外部の存在に視線をそそぐべきではなかろうか。現に猫騒動の最近の研究によれば、化猫とは、単なる幻想の産物ではなく、犬にかまれて恐水病になった人びとの七転八倒するすがたをみて、われわれの祖先がおもいついたものだというじゃないか。そういえば、一九三〇年代のはじめに、わたしは、「燈台守」という恐水病になった人間を主人公にした、ジャン・グレミヨンの超現実主義映画をみたことがあるが、たしかにあの作品など、化猫映画の一種にちがいなかった。サドゥールによれば、あの作品は、グラン・ギニヨル座のだしものである怪奇劇を、ジャック・フェデエが脚色し、ソ連やドイツのドキュメンタリー・フィルムの手法をとりいれて、グレミヨンがつくったものだということだが、むろん、そこではドキュメンタリーの要素は超現実主義的要素に従属しており、いまもいうように、今後、両者の関係は、その逆にならなければならないとはいえ、「怪猫有馬御殿」のことなどを考えると、わが国には、「燈台守」のような作品さえ、当分、あらわれる気づかいはないとおもわないわけにはいかない。いったい、どうして、こういう事態にたちいたったのであろうか。さっきわたしは、無造作にポール・ローサの「ドキュメンタリー・フィルム」なども、今日では、すでに時代おくれだといわなければならないといったが、はたしてあの本が、われわれのあいだで、正しく受けいれられているかどうか、はなはだ疑問なきをえない。われわれは、もう一度、あのあたりまでひっかえして、再出発すべきではなかろうか。

たとえば津村秀夫は、「映画と批評・第二部」(角川文庫)のなかで、ローサのドキュメンタリー・フィルムの定義「現実の創造的劇化や社会分析の表現」(厚木たか訳)をとりあげ、原書ではこの「現実」という言葉は、「アクチュアリティ」であって、「リアリティ」ではない。両者の相違はどこにあるか。前者はまず「現存」を強調する点において後者と区別される。第二にリアリティ（哲学上では実在と訳されている）のほうが、観念から独立した客観的存在を意味するにたいし、アクチュアリティ（現実）のほうは、まことに成立し存在するものを意味する。すなわちアクチュアリティは「真理」にたいする「存在」であるという点に相違点があるのだ。これはドイツ語になおすと、なおいっそう明瞭であって、「リアリティ」は「レアリテート」だが、「アクチュアリティ」は、「ウィルクリヒカイト」に相当するからである。――と、なかなかガクのあるところをみせ、したがって、ローサのいうように、ドキュメンタリー・フィルムが、アクチュアリティと取組むのは勝手だが、――しかし、リアリティの世界を意図するフィクション・フィルム（劇映画）の攻撃をするのは僭越である、とひらきなおっている。この評論のなかにはっきりとでている機械的唯物論と弁証法的唯物論との素朴な混同、リアリズムといえば自然主義的リアリズムしかおもいうかべることのできないような文壇人的教養、あるいはまた至極古めかしいモラリスト風の感慨、等々は、しばらく措いて問わないにしても、どうやらこのジャーナリストは、アクチュアリティをとらえないでも、けっこう、リアリティの正体はとらえられるとおもっているらしいからおどろくほかはない。ひとつ、おもいきって、ジャーナリストを廃業して、比較言語学の教授にでもなり、心ゆくまで「真理」を探求してみたら如何なものであろう。一方において、「怪猫有馬御殿」のような怪奇映画があらわれ、他方において「東京物語」のような心境映画があらわれるのは、アクチュアリティとリアリティとを、——したがってまた、記録映画と劇映画とを、あくまで峻別しようとするこの種の映画批評家にも一半の責任があるにちがいない。化猫映画は低級で、心境映画は高級だということになっているのかもしれないが、むろん、両者は、一枚の銅貨の裏と表にすぎず、いずれもアクチュアリティを回避しているため、リアリティもまたとらえることができない。つまり、どちらも嘘っぱちになってしまうのである。「真理」は相対的だとか、歴史的に制約されているとか、自明の理について、くどくど述べたてるまでもない。わたしは、まず、われわれは、ポール・ローサのいうように、われわれのそとにある現実の提起するなまなましい問題をとりあげ、アクチュアリティの創造的劇化というようなところから、われわれの仕事をはじめるべきではないかとおもう。「トルクシブ」をつくったトゥーリンやアロンは、あるいはまた、詩人のマヤコフスキーのような人物は、リアリストというよりも、むしろ、アクチュアリストといったほうが、ピッタリしはしないか。

まったく、「現実」だとか、「現実主義」だとかいうような言葉は、ひとをあやまらせるものをもっているようだ。津村秀夫にならって、わたしもまた、少々、ガクのあるところをしめすならば、ヘーゲルは、現実を「本質と存在の一致」として規定した。理性的なものは、すべて現実的であり、現実的なものは、すべて理性的である、というわけである。そうして、このような「現実」概念にたいする幾多の批判のなかで、今日、なお、われわれによってふりかえられる価値のあるものは、マルクスとキェルケゴールのそれだ。読者は安心されるがいい。わたしが、いま、こういうことをいうのは、これからリアリティについてめんめんとして解説の労をとるためではなく、むしろ、もっぱら、いくらかでもアクチュアリティをわたしの話にあたえるためであって、——つまり、佐々木基一のような明晰な頭脳の持主であっても、ドキュメンタリー・フィルムの問題になると、なんとなくロレツがまわらなくなり、わたしには、かれが、いったい、ヘーゲル主義者なのか、マルクス主義者なのか、実存主義者なのか、さっぱり、見当がつかなくなるという一事に、ちょっとふれたいためである。佐々木の「記録映画に関するノート」(「映画評論」第十巻十二号)は、主として、ロッセリーニの方法を、かれの現実主義や社会的観点から説明する今村太平の「イタリア映画」に疑問をいだいたために書かれたものらしいが、——しかし、戦後のイタリア映画のドキュメンタリズムは戦争終結前後のイタリア社会とイタリア人民のおかれた「状況」のドキュメントを提供する目的と必然的に関連してとられた方法である。——というような箇所を読むと実存主義者のような感じもするが、それにつづけて、そのドキュメントがそのものとして人々に強く何ものかを物語り、訴えかけるためには、ドキュメントそのものに普遍的意味が含まれていなければならない。——と書かれているのをみると、ははん、やっぱり、ヘーゲル主義者か、とおもいなおさないわけにはいかない。とはいえ、その普遍的意味というやつを、ルカーチのシェークスピア論かなんかを援用して、強調されると、ルカーチはマルクス主義者でとおっているから、なんだかかれもまた、マルクス主義者であるような気もする。

もっとも、佐々木基一が、今村太平の理論に疑問をもつのは無理もない。今村は、ロッセリーニの「中心のない構図」が、かれの現実主義から生じていることは明白である、——などというようなしゃれたことをいわず、自分の「漫画映画論」と「記録映画論」との関連を、方法論的に、いっそう、明白に規定する必要があるのだ。なるほど、「怪猫有馬御殿」で、ほんものの猫の出現する場面は、すべて「中心のない構図」でとられていたが、あれは監督の現実主義のおかげかもしれない。……ところで、残念だが、わたしは、もう、ここらあたりで擱筆しなければならない。これからわたしは、佐多達枝のバレーをみるために、日比谷公会堂へ出かけなければならない。かの女は、「ペーターと狼」の猫を踊るのである。

猫の親方　あるいは長靴をはいた猫

シャルル・ペロー

澁澤龍彥訳

ひとりの粉ひきが死んで、その残した全財産を、三人の子供たちに分けることになりました。全財産といっても、粉ひき小屋と、驢馬と、猫しかありません。だから分配はすぐに決まって、公証人も代訴人も呼ばれませんでした。そんな連中を呼んでいたら、その謝礼だけで、わずかな遺産はたちまち無くなっていたことでしょう。

長男は粉ひき小屋をもらいました。次男は驢馬をもらいました。そしていちばん末の息子は、猫しかもらえませんでした。

そんな小っぽけな分け前しかもらえなかったので、この末の息子は、どうにも我慢できない気持で、こんなことを言っておりました。

「兄さんたちは、ふたり一緒に住めば、立派に暮らして行ける。ところが、ぼくときたら、猫を食べてしまって、その皮でマフでも作ってしまったら、あとはもう飢え死をするばかりだ。」

猫はこの言葉を聞いておりましたが、何くわぬ顔をして、まじめくさった様子で、こんなことを言いました。

「気を落すことはございませんよ、ご主人さま。わたしに袋をひとつください。それから藪の中を歩いて行けるような長靴を一足、作ってくだされば、それでいいんです。そうすりゃ、ご主人さまの分け前も、思ったほど悪くはないってことが、お分かりになりますぜ。」

　猫の主人は、この言葉をそれほど信用したわけではありませんでしたが、この猫が、いつも脚でぶらさがったり、死んだふりをして小麦粉の中にかくれたりして、鼠や二十日鼠をつかまえることにかけては、なかなかすばしこい手並を示すことを知っておりましたから、ひょっとすると、困ったときに自分を助けてくれるかもしれない、と考えました。

　要求した品物を受けとると、猫は器用に長靴をはき、首に袋をかけ、その袋の紐を二本の前脚で持って、兎のたくさんいる森の中へはいって行きました。そして袋の中に、麩（ふすま）と野芥子（のげし）とを入れ、寝ころがって死んだふりをして、じっと待っておりますと、まだ世間のおそろしさを知らない若い兎が、袋の中の餌を食べにとびこんでくるのでした。

　猫は横になったかと思うと、たちまち成功をおさめました。そそっかしい若い兎が、袋の中にとびこんできたので、猫の親方はすぐさま紐をひっぱって、兎をとらえ、情容赦もなく殺してしまったのです。

　この獲物に大得意になって、猫は王さまのところへ出かけて行くと、お話したいことがあるから、と申し出ました。そして王さまのお部屋に通されると、うやうやしく王さまにお辞儀をして、こう切り出しました。

「王さま、これはわたくしの主人のカラバ侯爵（これは猫が自分の主人に勝手につけた名前です）に言いつけられまして、王さまに献上するために持ってまいりました森の兎でございます。」

「帰ったらご主人に伝えてほしい」と王さまは答えました、「わしの感謝の気持をな。わしは嬉しく思っておるぞ。」

さて、次に猫は麦畑に行って、そこに身をかくして、やはり袋をひらいて待っておりますと、今度は二羽の鷓鴣(しゃこ)がとびこんできましたので、また紐をひっぱって、二羽ともつかまえてしまいました。そしてまた、森の兎と同じように、これを王さまに献上しに行きました。王さまは今度も喜んで、二羽の鷓鴣を受けとりますと、猫に酒手(さかて)をくださいました。

こんな風にして、猫は二、三カ月のあいだ、ときどき王さまのところへ、主人からの贈り物だと言って、狩の獲物を届けに行くことをつづけておりました。ある日のこと、王さまが、世界でいちばん美しいお姫さまとご一緒に、川辺に遊びにおいでになることを聞き知ると、猫は主人にこう言うのでした。

「もしわたしの言う通りにしていれば、あなたに運が向いてきますよ。ただ川の中につかってりゃいいんです。場所はわたしがお教えします。あとはわたしにまかしといてください。」

カラバ侯爵は、そんなことをして何の意味があるのか、さっぱり分かりませんでしたけれども、とにかく猫の言う通りにすることにしました。そして、川の中につかっておりますと、そこへ王さまがお通りになりました。すると猫が大声をはりあげて、こう叫び出すのでした。

「おーい、助けてくれ！　カラバ侯爵さまが溺れていらっしゃるんだ！」

叫び声を聞いて、王さまは馬車の窓から顔をお出しになりました。見ると、いつも狩の獲物を届けにきてくれる猫がいるではありませんか。王さまはさっそく供の者に命じて、早くカラバ侯爵をお助けするようにと仰言いました。

供の者が気の毒なカラバ侯爵を川の中から引っぱりあげているあいだに、猫は馬車のそばに近づいて、王さまに、こう言いました、「じつは、主人が川にはまっているあいだ、泥棒どもがやってまいりまして、自分は大声はりあげて『泥棒！ 泥棒！』と叫んだのですけれども、とうとう主人の着ているものを持って行かれてしまいました」と。ほんとうは、この抜け目のない猫が、主人の着物を大きな石の下にかくしておいたのでした。

王さまはさっそく、王宮の衣裳部屋の係りの者に命じて、カラバ侯爵殿のために、いちばん立派な服を持ってくるようにと仰言いました。そしてカラバ侯爵に、いろいろやさしい言葉をかけてくれるのでした。

供の者が持ってきた立派な服を着ますと、カラバ侯爵の男ぶり（もともと彼は美男子で、風采が良かったのです）は、いよいよ引き立って見えましたから、お姫さまは、大そう侯爵を好ましく思うのでした。そこへ侯爵が、大そう尊敬をこめた、ちょっとばかり情熱的な目つきで、二度三度、お姫さまをちらりと眺めやりましたので、もうお姫さまは、夢中になって侯爵を恋するようになってしまいました。

王さまのご希望で、侯爵は王さまの馬車に同乗し、一緒に散策することになりました。自分の計画がまんまと大当りをとったので、猫はすっかり有頂天になって、王さまの馬車の先ぶれをつとめ、野原で草を刈っている百姓たちに出会うたびに、こんなことを言うのでした。

「これこれ、草刈りの者ども。もし王さまのご質問があったら、お前たちが草を刈っている野原はカラバ侯爵さまの領地でございますと、左様に申しあげろ。その通りに言わなければ、お前たちはひき肉のように、こま切れにされてしまうぞ。」

　果して王さまは、草を刈っている百姓たちに、この野原はだれのものかと、おたずねになりました。

「カラバ侯爵さまのものでございます」と、百姓たちは声を揃えて言いました。猫におどかされていたので、こわかったからです。

「立派な土地をお持ちですな」と王さまはカラバ侯爵に言いました。

「ごらんの通り、王さま」と侯爵は答えました、「この土地は、毎年かならず、たくさんの取り入れがございます。」

　相変らず先ぶれをしていた猫は、今度は麦を刈っている百姓たちに出会いましたので、彼らにこう言いました。

「これこれ、麦刈りの者ども。もし王さまのご質問があったら、この麦畑はすべてカラバ侯爵さまの領地でございますと、左様に申しあげろ。その通りに言わなければ、お前たちはひき肉のように、こま切れにされてしまうぞ。」

　やがて麦畑をお通りになった王さまは、目の前の麦畑がだれのものか知りたく思って、百姓たちに声をかけました。

「カラバ侯爵さまのものでございます」と、麦刈りの百姓たちは答えました。

王さまはまた、お喜びになって、侯爵にお世辞を言うのでした。馬車の先ぶれをつとめていた猫は、出会う人たちすべてに、同じようなことを言うのでありました。カラバ侯爵殿の領地があんまり広いので、王さまは、びっくりしてしまいました。

ようやく最後に、猫の親方は、ある豪奢な城の前にやってきました。この城の主は人食い鬼で、想像もつかないほどの大金持なのでした。今まで王さまが通ってきた土地はすべて、この城の主の土地だったわけです。

あらかじめ、この人食い鬼がどんな男で、どんな力をもっているかを、ちゃんとしらべておいた猫は、ご主人にお目にかかりたいと申し出ました。たまたま城の近くを通りかかったので、ぜひ一言、ご挨拶を申し述べたいと言うのでありました。

人食い鬼は、人食い鬼としては精いっぱいの愛想のよさで、猫を城中に迎え入れ、自分の前にすわらせました。そこで猫が言いました。

「聞くところによりますと、あなたは、ありとあらゆる種類の動物に、すがたを変えることがおできになるそうですね。たとえばライオンだとか、象だとかにも、やっぱり、すがたを変えることがおできになりますか？」

「ああ、もちろんできるよ」と人食い鬼は、ぶっきらぼうに答えました、「ひとつ、参考のために、ライオンになって見せてやろう。」

するると、たちまち、目の前にライオンがあらわれたので、猫は肝をつぶして、あわてて屋根の上にとびあがりましたが、なにしろ長靴をはいているものですから、瓦の上を歩くのは、大そう危なっかしく、骨の折れることではありました。

しばらくして、人食い鬼がもとのすがたにかえったのを見て、猫は屋根から下りてきて、さっきはほんとうにこわかった、と言いました。それから、また人食い鬼に向って、

「これも人から聞いた話なんですが、わたしにはとても信じられません。なんでもあなたは、非常に小さな動物、たとえば鼠だとか、二十日鼠だとかにも、すがたを変えることがおできになるということですがね。しかし、そんなことは、とても無理だと思いますね。」

「とても無理だって？　まあ、見ているがいい。」

こう言うと同時に、人食い鬼は、一匹の二十日鼠にすがたを変えて、床の上を走りまわりはじめました。猫はそれを見るが早いか、たちまち飛びかかって、食べてしまいました。

そうこうするうちに、王さまがやってきて、人食い鬼の立派な城をごらんになり、城の中へはいってみたいと仰言るのでした。跳ね橋の上を通る馬車の音を聞くと、猫は馬車の前に駆けつけて、王さまに、こう言うのでした。

「これはこれは、王さま、カラバ侯爵さまのお城に、ようこそおいでくださいました！」

「なんですって、侯爵さん」と王さまは大声をあげました、「このお城も、あなたのものなのですか！　こんな立派な城は見たことがない、この中庭も、中庭のまわりの建物も。よろしかったら、お城の中を見せていただけませんかな。」

侯爵は、若いお姫さまの手をとって、王さまのあとから階段をのぼり、大広間にはいりました。大広間には、人食い鬼が友達のために用意しておいた、すばらしいご馳走がならんでおり

ました。ちょうどその日に、人食い鬼は友達を招待していたのでしたが、王さまがきているので、友達は城の中へはいって行くことができなかったのです。

カラバ侯爵の男ぶりに夢中になってしまったその娘と同じように、王さまも、すっかり侯爵の身分に幻惑されてしまいました。それに、侯爵が大した財産家だということも分かったので、王さまは、五、六ぱいお酒を飲んでから、こう言うのでした。

「いかがでしょう、侯爵さん、あなたさえよろしかったら、わしの婿になってはくださらんか。」

侯爵は、うやうやしくお辞儀をして、王さまのご好意を受けることにしました。そして、その日のうちに、お姫さまと結婚なさいました。猫も、立派な貴族になって、もう自分の気晴しのためにしか、鼠を追いまわさないようになりましたとさ。

教訓

父から子へと受け継がれる
ゆたかな遺産を当てにすることも
大きな利益にはちがいないが
一般に、若い人たちにとっては
知恵があったり世渡り上手であったりする方が
もらった財産より、ずっと値打ちのあるものです。

もう一つの教訓

粉ひきの息子が、こんなに早く
お姫さまの心をつかんでしまって、
ほれぼれとした目で見られるようになったのは
服装や、顔立ちや、それに若さが
愛情を目ざめさせたからであって、
こういったものも、なかなか馬鹿にはならないものなのです。

編者解説

東 雅夫

いらっしゃいませ！　アンソロジー・レストラン「山猫軒」へ、ようこそ。

え、店名がちょっと不穏だ⁉　まさか「注文の多い料理店」じゃあるまいな？

とんでもございません。当店は猫好きで「おばけずき」な読者の皆様に、東西の文豪たちが腕によりをかけた選りすぐりの名作佳品を御賞味いただく文芸レストランでして、お客様が調理されてしまう気遣いなど猫の毛ほどもございませんので、安心しておくつろぎください。

ささ、それでは早速、本日のスペシャル・メニューを御紹介いたしましょう。

まずは極上のアペリティフ（食前酒）として巻頭に掲げました別役実の「猫」。作者は一九六〇年代から前衛的な劇作家として活躍するかたわら、〈そよそよ族伝説〉三部作（一九八二～八五）をはじめとする童話ファンタジーの書き手としても、数多くの印象に残る作品を手がけてきました。虚実のあわいに絶妙な「怪論」を披瀝（ひれき）する、別役流幻想動物学の書というべき『けものづくし』（一九八二）の中でも、本篇はひときわ可憐で愛すべき逸品であります。

え、別役実には『山猫理髪店』（一九七九）という宮沢賢治リスペクトの童話集もあったな、と？　よく御存知ですね、お客様！　まさに、それこそが当店の名前の由来なのです。

さて、パート1「猫町をさがして」は、萩原朔太郎の「**猫町**」（初出は「セルパン」一九三五年八月号）とアルジャーノン・ブラックウッドの「**古い魔術**」（原題は「Ancient Sorceries」／一九〇八年刊の連作短篇集『John Silence（ジョン・サイレンス）』所収）という、妖しき猫の町を描いて東西の双璧を成す両傑作を中心に構成されております。この両篇は幾度となく復刊再録の機会に恵まれているアンソロジー・ピースでありますが、両篇が並べて収録される例は過去になかったと記憶します。本書の打診をいただいた際、真っ先に閃（ひらめ）いたアイデアのひとつでした。

まずは、ふたつの作品を、ひと連なりに御賞味ください。実は私も、本書編纂のため久しぶりに両篇を熟読玩味したのですが、両作家が詩情ゆたかに描きだす不思議な町の描写と、そこに籠められた「この世の外ならどこへでも！」の切なる想念に、更（あらた）めて魅了された次第です。「古い魔術」の邦訳は十指に余り、創元推理文庫にも植松靖夫氏による達意の訳が『心霊博士ジョン・サイレンスの事件簿』の一篇として収められていますが、本書にはあえて、泰西怪奇小説紹介の先覚者のひとりでもある西條八十の訳文（一九五五年刊行の小山書店版『世界大衆小説全集7』所収）を採りました。萩原朔太郎と西條八十という日本近代詩の両大家による猫町文芸対決という趣向であります。ちなみに最後まで取捨に悩んだのが、平井呈一訳「猫町」（朔太郎版の英訳ではなく「古い魔術」をこの邦題で訳しているのです。東京創元社版『世界恐怖小説全集2　幽霊島』所収）で、「猫町」タイトル三連チャンの誘惑に駆られましたが、これについては目下、別の腹案もあるため今回は見送りました。

ところで、「猫町」と「古い魔術」の相似にいち早く着目、『幻影城』所収の「**猫町**」（初出は一九四八年三月発行の「小説の泉」第四集）や『探偵小説四十年』（一九六一）所収の「**萩原朔太郎と稲垣足穂**」の章などで言及したのが、余人ならぬ江戸川乱歩でした。そればかりでなく、乱歩は探偵小説誌「宝石」一九五七年八月号で「名作鑑賞」と銘打ち、初刊本に載った川上澄生（すみお）の挿絵も含めた形で「猫町」を再録掲載しているのです。同号は乱歩が自ら「宝石」の編集主幹を務めた最初の号であることからも、並々ならぬ思い入れのほどが察せられます。同篇に附された「無可有郷」という紹介文を、次に全文掲げておきます。

詩人萩原朔太郎さんとは、方面ちがいながら、生前交友があった。そのことは「探偵小説三十年」のはじめの方に、詳しく書いておいた。いっしょに浅草の木馬にのり、浅草公園のノスタルジーについて語り合った仲である。そんな関係で、萩原さんは著書の出るたびに、わたしにも贈ってくれた。「猫町」もその一つである。全文四号活字で上質の紙に印刷した大薄い本に、ボール紙の芯を入れた厚い表紙をつけ、表紙には赤レンガの理髪店の窓から、大きな猫の顔がのぞき、そのよこに赤青だんだらの床屋の看板のあめんぼうがたっている絵がかいてある。エキゾチックな明治調のあの表紙が懐しい。同じ絵が無彩色で本の扉にも入っているので、それをカットにしてここに出しておく。「猫町」は萩原さんの散文詩の傑作である。戦後ブラックウッドの「古き魔術」を初読、「猫町」の着想と相通ずるのに驚いたことも、「幻影城」の「怪談入門」に書いておいた。わたしはこの内外の無可有郷物語を、両

方とも、こよなく愛するものである。（R）

乱歩の「猫町」愛が如実に伝わってくる一文ですね。なお、乱歩と朔太郎の微笑ましき交友ぶりについては、前橋文学館特別企画展『パノラマ・ジオラマ・グロテスク　江戸川乱歩と萩原朔太郎』図録（安智史企画監修／二〇一六）という参考図版満載の好資料があります。

「宝石」のこの号には、日影丈吉の初期の名作のひとつ「飾燈」も掲載されています。日影は後年、「猫町」「古い魔術」と並ぶ三大猫町小説たる傑作「猫の泉」（一九六一）を書くわけで、これもひとつの奇縁と申せましょう。本来なら本書にも「猫の泉」を収録すべきですが、あいにく同篇は同じ創元推理文庫で、私が紀田順一郎先生と共編で刊行した『日本怪奇小説傑作集2』に収められているため、ここは一計を案じて、知る人の少ない「猫町」由来の小品である**「喫茶店「ミモザ」の猫」**を採りました。こちらは「猫町」をテーマにした文芸・絵画作品の競作集である北宋社版『猫町の絵本』（堀切直人編／一九七九）のために書き下ろされた作品です。回顧談風に一見サラリと書かれているようでいて、次第に虚実さだかならぬ境地へ誘われるあたり、やはり凡手の技ではありません。

　このパートの締めくくりには、漫画界の鬼才つげ義春が、文字どおり「猫町をさがし」た記録である**「猫町紀行」**（一九八二年二月に三輪舎より豆本として刊行）を収めました。まだ十代だった作者が「猫町」と初めて出逢ったのも、やはり右の「宝石」誌上であったといいますから、大乱歩の遺徳、大なるかな、であります。なお、二〇一七年の暮れに収録された最新のインタビュー（「スペクテイター」四十一号掲載）で、作者は「なんかね、今になって考えてみると、自分は一貫して、逃げる。『逃げる思想』っていうと変だけど、この世から逃げられるだけ逃げるってかんじですね」と答えていて、さもありなん、と得心させられました。

おや、お客様、異界酔い、はたまた猫酔いでしょうか、すっかりお顔が紅潮されて……酔い覚ましに、ヒヤリとする読み心地の実話系猫奇談はいかがでしょう？

パート2「虚実のあわいにニャーオ」は、現実と虚構のあわいに軽やかに出没するマジカルな獣である猫の特性を伝える、実話ベースの物語集です。ここでも、導きの糸となるのは萩原朔太郎。彼が遺したもうひとつの猫物語である**「ウォーソン夫人の黒猫」**（初出は「文藝春秋」一九二九年七月号）は、文末の作者附記によれば「ゼームス教授の心理学書に引例された一実話」にもとづく再話風の異色作です。ゼームスとは米国の高名な心理学者・哲学者で超常現象にも理解を示したウィリアム・ジェイムズ（一八四二～一九一〇）のことです。怪奇小説好きなら御存知の『ねじの回転』の作家ヘンリー・ジェイムズの実兄ですね。ちなみに、これも猫つながりになりますが、夏目漱石『吾輩は猫である』の中でもひときわ怪奇味濃厚な「首懸の松」のくだりに出てくる迷亭先生の名（迷？）台詞――「今考えると何でもその時は死神に取り着かれたんだね。ゼームスなどにいわせると副意識下の幽冥界と僕が存在している現実界が一種の因果法によって互に感応したんだろう」に出てくるゼームスと同一人物なのです。

居るはずがない猫に脅かされる物語といえば、エドガー・アラン・ポオの「黒猫」があまりにも有名ですが、どうも欧米の妖猫譚には、こうした類の話が少なくないようで、次のエリオット・オドネル／岩崎春雄訳「**支柱上の猫**」（原題は「The Cat on the Post」／一九一三年刊の『Animal Ghosts, or Animal Hauntings and the Hereafter』所収。同書は『動物に霊界はあるか　世界動物怪異実例の研究』の邦題で緑書房から刊行されています）も、黒猫ならぬ幻めく白猫の奇妙な見霊談となっています。オドネルは、いわゆるゴースト・ハンターとして多くの怪談実話集を手がけた作家・オカルト研究家ですが、邦訳は平井呈一編訳『世界恐怖小説全集12　屍衣の花嫁』に十数話が採られている程度なので、『動物に霊界はあるか』は、まことに貴重な一巻です。本篇は厳密にいうと、英国怪談実話の先覚者クロウ夫人の著作からの引例なのですが、『屍衣の花嫁』の解説で平井は「実話怪談のほうでクロー女史以下の直系を継いでいるものといっては、今世紀に入ってはわずかにエリオット・オドンネル一人ぐらいなものであろう」と両者の関係を示唆しています。また「英国第一のゴースト・ハンターと折紙をつけられているだけあって、著書は四十冊以上におよび、その広汎な知識と経験、実話のコツをよく心得ている点で、この人の右に出る者はないようである」とも。

英国上流夫人の典雅な語り口が印象的な「支柱上の猫」に続けて、明治日本の閨秀画家が江戸前の口調でちゃきちゃきと物語る、池田蕉園「**ああしんど**」を御賞味くださいませ。

蕉園は夫の輝方（てるかた）ともども、日本画の大家・水野年方（としかた）門下のおしどり画家として知られ、泉鏡花とも親しい間柄でした。本篇は雑誌「新小説」一九一一年十二月号の特集「怪談百物語」に掲載されたもので、怪談会の席で披露された談話と推測され、その点でも「支柱上の猫」と軌を一にしています。西の幽霊猫と東の化け猫の対比が鮮やかですね。ちなみに『動物に霊界はあるか』の解説で、動物文化史研究家の大木卓氏は「日本でも猫の幽霊話はあるが、それよりも巾を利かしているのは猫股、化猫などの妖怪の類である。これら猫の変化を日本独特のように思う向きもあるが、アイルランドでは日本の猫股顔まけの巨大な猫の王イールソンがミーズ州の洞窟に居をかまえて全国の猫どもに号令するなど、怪猫伝が豊富で、スコットランドには犬ほどもある黒い妖精猫ケイト・シィが御座る」と指摘されております。

　雷、黴菌、生もの……嫌いなものがやたらと多いことで知られる文豪・泉鏡花は、犬も大の苦手。では猫派かというと、そうでもないらしく、「黒猫」（一八九五）「悪獣篇」（一九〇五）「二た面」（一九一三）「雪柳」（一九三七）等々、鬼気迫る妖猫譚を手がけています。そんな中で例外的に、キリッとした江戸前な美猫の不思議さを活き活きと描いて異彩を放つのが「**駒の話**」（初出は「サンデー毎日」一九二四年一月一日号）。大正六年（一九一七）の暮れに三十一歳の若さで病没した蕉園への追慕の念がひそめられた作品でもあります。

　花のお江戸の片隅で繰りひろげられる、庶民的な猫騒動の物語を、もう一篇。鏡花と並ぶ近代怪談文芸の巨匠・岡本綺堂の「**猫騒動**」（初出は「文藝倶楽部」一九一八年五月号に「猫婆」と題して掲載。〈半七捕物帳〉連作の一篇）です。こちらは鏡花のアクロバティックな文体とは対照的な、平明にして端正な語り口が味わい深い名品と申せましょう。

　文体こそ好対照ですが、鏡花と綺堂には共通点もありました。和漢洋にわたる奇談異聞の蘊蓄を、巧みに自作の糧としていた点です。「猫騒動」が近世奇談随筆の雄『耳嚢』（『耳袋』とも表記。根岸鎮衛著。一八一四年成立）所収の「猫の人に化し事」「猫人に付し事」を素材としていることは、夙に碩学・柴田宵曲が名著『妖異博物館』（一九六三）所収の「**化け猫**」で指摘したところです。宵曲もまた、学識に裏打ちされた品位を感じさせる達意の文章家であり、『妖異博物館』正続二巻は、小泉八雲や田中貢太郎の流れを汲む再話文学の精華です。

宵曲先生は「猫の化けるのは大体女で、それも若い女の話は殆どない」と断じていますが、とはいえ何事にも例外はあります。初期浮世草紙の怪異小説集『新御伽婢子』（未達こと西村市郎右衛門著。一六八三年刊）の一篇「**遊女猫分食**」の猫は、なんとイケメン男子となって長崎の遊女町を闊歩するのでした。今回は、幻想文学者・歌人として知られる須永朝彦氏による原文のニュアンスを活かした現代語訳（ちくま学芸文庫版『江戸奇談怪談集』所収／二〇一二）で、お愉しみください。

さて、このへんで本日のアトラクション――昔なつかしき怪猫絵巻の開陳と参りましょう！

『**鍋島猫騒動**』（国立国会図書館所蔵）は、明治二十二年（一八八九）七月に豊栄堂から刊行された和綴本です。拙著『妖怪伝説奇聞』（二〇〇五）の巻末附録として、現代語訳とともに収録したものを一部改訂のうえ再録いたしました。近世後期から昭和中期にかけて、歌舞伎や講談や映画の世界で人気演目となり親しまれた怪猫ものの一典型を御堪能ください。

上原虎重「**佐賀の夜桜怪猫伝とその渡英**」は、猫に関する蘊蓄本の先駆でもある著書『猫の歴史』（一九五四）から採録しました。同書には他にも「魔物としての猫」や「西洋の猫の伝説」という章が含まれています。著者は「毎日新聞」勤務のジャーナリストとして海外特派員などを務め、終戦後、職を辞して読書三昧の独居生活をおくったとのこと。同書が唯一の著作

（没後出版）ですが、洋の東西にわたる博識といい、本篇にも明らかな豪放磊落な語り口といい、おばけずきの片鱗が窺える点といい、一読忘れがたい好著です。巻末附録として収められた「チビの伝」は、自身の飼い猫の想い出を綴って、猫好き諸賢は号泣必至かと。

また同書では、「佐賀の夜桜怪猫伝とその渡英」の本文に続けて、文中で言及されているミットフォード（Algernon Bertram Freeman-Mitford　英国貴族出身の外交官として幕末～明治初頭の日本に赴任）の著書『Tales of Old Japan（昔の日本の物語）』（一八七一）から「The Vampire Cat of Nabéshima」が、原文のまま（豪快ですね）収録されています。

本書では同篇および「The Story of the Faithful Cat」の猫奇談二篇を、円城塔氏にお願いして訳し下ろしていただきました。円城氏はすでに「幽」誌上で、小泉八雲ことラフカディオ・ハーンの『怪談』全訳を手がけており、「当時の英語圏の読者のように怪談を読む」（「幽」第二十号掲載「翻訳にあたって」より）ことを企図した大胆斬新な訳文が、識者の反響を呼んだのは記憶に新しいところです。明治日本を訪れた外国人が、母国の読者に向けて書き綴った古い日本の物語という点において、ハーンとミットフォードの著書には共通するものがあるように思われます。円城氏の独創的な訳文を通じて、海を渡った怪猫の姿が、当時の欧米の読者にどのように映じたのかを追体験していただけたら幸いです。

欧米における怪猫受容を考える際に注目されるのは、ミットフォードが再話にあたってタイトルに付け加えた「ヴァンパイア」すなわち吸血鬼という言葉でしょう。怪猫映画をご覧になった方はお分かりかも知れませんが、怪猫が人間を襲う際の「決め技」は、もっぱら頸部への噛みつき攻撃であり、なるほどその姿は、吸血鬼が犠牲者の血を吸うシーンとそっくりなのです。しかも犠牲者になりすまして、次なる獲物を狙う怪猫の習性は、吸血鬼に襲われた者が、人知れず吸血鬼と化す特性とも符合します。

　思えば『昔の日本の物語』が世に出た一八七一年前後は、英米ホラー・シーンにおける大転換期——ゴシック・ロマンスの残滓（ざんし）から近代的な怪奇小説が新たに生まれ出ようとする黎明期であり、それを象徴するかのように怪異の主役が、旧来の悪魔や亡霊から、吸血鬼や人狼やフランケンシュタインの怪物といった新時代のモンスターへとシフトする端境期でもありました。鍋島公寵愛の美妾・お豊の方を無惨に喰い殺し、その姿に成り代わって藩主を色仕掛けで籠絡（ろうらく）しようとする凄艶酷薄な極東のモンスターの物語は、「辺境」と「猟奇」が三度の飯より好きなヴィクトリアン人士の琴線を、妖しく騒がせただろうことは想像に難くありません。ちなみに奇しくも翌一八七二年に上梓されたJ・S・レ・ファニュの短篇集『In a Glass Darkly』所収の中篇「吸血鬼カーミラ」は、あの『吸血鬼ドラキュラ』に先駆する英国産吸血鬼小説の古典として有名ですが、美女になりすまして貴族の館へ入り込み、血の犠牲（いけにえ）を狙う魔物というモチーフは、「ナベシマの吸血猫」と奇妙なほど符合するのです。しかもカーミラは、なんと猫に化身して、犠牲者の寝所に侵入するのでした！

　幸い『吸血鬼カーミラ』は平井呈一による名訳が創元推理文庫から出ておりますので、そちらでじっくり読み較べていただくことにして、本書にはレ・ファニュが手がけたもうひとつの妖猫小説である「**白い猫**」（原題は「The White Cat of Drumgunniol」／初出は「オール・ザ・イヤー・ラウンド」一八七〇年四月号）を収めることにしました。作者の故地アイルランドに伝わる猫の怪奇伝説の影響を感じさせる作品ですが、同時に我が国における「火車」の伝承を彷彿せしめるのが面白いところです。なお、仁賀克雄（二〇一七年没。ＲＩＰ）編訳『猫に関する恐怖小説』は、同篇をはじめとする英米の猫ホラーの定番作品を網羅した先駆的な好アンソロジーですので、御関心ある向きには一読をお勧めしておきます。

パート3の締めくくりには、戦後文芸批評の巨人であり、たとえば澁澤龍彥の文体にも甚大な影響を与えたとおぼしき花田清輝による、何とも人を喰った趣の怪猫映画エッセイ「**笑い猫**」（初出は「群像」一九五四年三月号）を収録しました。『怪猫有馬御殿』を散々にむしゃぶり尽くしたあげく、『不思議の国のアリス』のチェシャ猫へと軽やかに東西の八艘飛びを決めてみせる幻惑の妙技を、ご覧あれ。

いかがでしたか、山猫軒の妖猫譚フルコース。

デザートに御用意したのは、どなた様も御存知の「**猫の親方　あるいは長靴をはいた猫**」（原題は「Le Maître Chat ou Le Chat Botté」／邦訳の初出は「アンアン」一九七〇年七月二十日号）――シャルル・ペローの大古典『昔話』（原題は『Histoires ou contes du temps passé, avec des moralités』／一六九七）から、澁澤龍彥による軽妙洒脱な名調子で御堪能いただきます。どうか皆様にも、抜け目のない猫のお恵みがありますように！

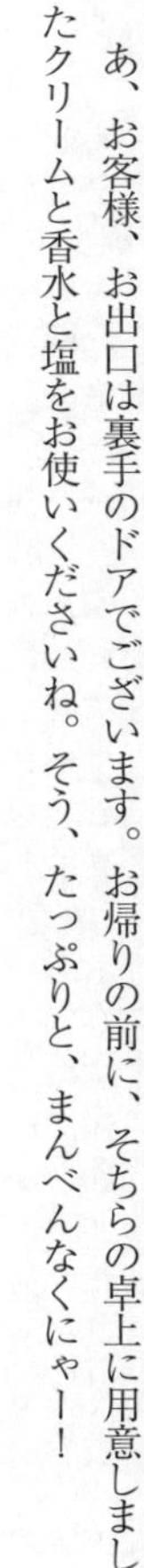

あ、お客様、お出口は裏手のドアでございます。お帰りの前に、そちらの卓上に用意しましたクリームと香水と塩をお使いくださいね。そう、たっぷりと、まんべんなくにゃー！

二〇一八年六月

底本一覧

「猫」 別役実『けものづくし　真説・動物学大系』平凡社（1982）
「猫町」 萩原朔太郎『ちくま日本文学全集18　萩原朔太郎』筑摩書房（1991）
「古い魔術」 アルジャーノン・ブラックウッド／西條八十訳『世界大衆小説全集　第1期　第7巻』小山書店（1955）
「猫町」 江戸川乱歩『江戸川乱歩全集　第26巻　幻影城』光文社文庫（2003）
「萩原朔太郎と稲垣足穂」 江戸川乱歩『江戸川乱歩全集　第28巻　探偵小説四十年（上）』光文社文庫（2006）
「喫茶店「ミモザ」の猫」 日影丈吉『日影丈吉全集　別巻』国書刊行会（2005）
「猫町紀行」 つげ義春『新版 貧困旅行記』新潮文庫（1995）
「ウォーソン夫人の黒猫」 萩原朔太郎『ちくま日本文学全集18　萩原朔太郎』筑摩書房（1991）
「支柱上の猫」 エリオット・オドネル／岩崎春雄訳『動物に霊界はあるか　世界動物怪異実例の研究』緑書房（1990）
「ああしんど」 池田蕉園『文豪怪談傑作選・特別篇　百物語怪談会』ちくま文庫（2007）
「駒の話」 泉鏡花『鏡花コレクションⅠ　幻の絵馬』国書刊行会（1992）
「猫騒動」 岡本綺堂『半七捕物帳（一）　新装版』光文社文庫（2001）
「化け猫」 柴田宵曲『妖異博物館』ちくま文庫（2005）
「遊女猫分食」 未達（西村市郎右衛門）／須永朝彦編訳『江戸奇談怪談集』ちくま学芸文庫（2012）
「鍋島猫騒動」 作者不詳／東雅夫訳『妖怪伝説奇聞』学習研究社（2005）
「佐賀の夜桜怪猫伝とその渡英」 上原虎重『猫の歴史』創元社

(1954)
「ナベシマの吸血猫」 A. B. Mitford, *TALES OF OLD JAPAN* (1871) より訳し下ろし
「忠猫の話」 A. B. Mitford, *TALES OF OLD JAPAN* (1871) より訳し下ろし
「白い猫」 S・ル・ファニュ/仁賀克雄訳『猫に関する恐怖小説』徳間文庫 (1984)
「笑い猫」 花田清輝『アヴァンギャルド芸術』講談社文芸文庫 (1994)
「猫の親方　あるいは長靴をはいた猫」 シャルル・ペロー/澁澤龍彦訳『澁澤龍彦翻訳全集13』河出書房新社 (1997)

一部の例外を除いて、表記は現代仮名遣いに、常用漢字は新字体に改めました。

収録作品のなかに、現在からすれば穏当を欠く表現がありますが、古典として評価すべき作品であることに鑑み、原文のまま掲載しました。

（編集部）

編者紹介　1958年神奈川県生まれ。早稲田大学卒。文芸評論家、アンソロジスト。怪談専門誌『幽』編集顧問。著書に『遠野物語と怪談の時代』(日本推理作家協会賞受賞)、『百物語の怪談史』、編纂書に『日本怪奇小説傑作集』(共著)、『文豪妖怪名作選』ほか多数。

検印
廃止

猫のまぼろし、猫のまどわし
——東西妖猫名作選

2018年8月10日　初版

編者　東(ひがし)　雅(まさ)　夫(お)

発行所　(株)東京創元社
代表者　長谷川晋一

162-0814/東京都新宿区新小川町1-5
電　話　03・3268・8231-営業部
　　　　03・3268・8204-編集部
URL　http:/www.tsogen.co.jp
DTP　キャップス
旭印刷・本間製本

乱丁・落丁本は、ご面倒ですが小社までご送付ください。送料小社負担にてお取替えいたします。

ISBN978-4-488-56405-6　C0193